Yvonne Lacina-Blaha

Zitronen aus Fribello

ROMAN

OMNINO

HANDELNDE PERSONEN

ISABELLA — Touristin

ANGELO — Obstverkäufer

LUCAS — Tourist

LORENZO — Bruder von Angelo

DONATELLA — Ex-Freundin von Angelo

MISTER BRIDE — Tourist

SIGNORA COTTINETTI — Vermieterin

RICARDO — Wirt

SIGNORA TRENETTI — Feinkostladen

SIGNOR COSTADELLA — Zitronenbaum-Allee

SIGNORA MISTRELLA — Blumenladen

DOTTORE FRACALLO — Dorfarzt

SIGNOR CATTASINA — Schuhladen

SIGNORA VACCILLANO — Schreibwarenladen

SIGNORA CATTOLONA — Postamt

PATER MAESTRO — Pfarrer

SIGNOR FRATELLO — Bürgermeister

SIGNOR LISETTO — Polizist

Isabella freut sich auf den Strand und das Meer, das sie schon durch die Autoscheibe in seiner ganzen Weite glitzern sieht. Sie parkt und wirft einen Blick in den Rückspiegel. Sie schaut in das satte Grün ihrer Augen. Müde sieht sie aus, und ihre langen braunen Haare könnten eine Bürste vertragen. Sie streckt sich und öffnet die Autotür. Sofort weht ihr ein leichter Wind den salzigen Geruch nach Meer in die Nase. Sie lehnt sich an das Auto, schirmt mit der Hand die blendende Sonne ab und lässt ihren Blick über die Promenade schweifen. Das ist also Fribello. Wie dieser Name schon klingt, wie ein schönes Versprechen …

Sattes leuchtendes Rot wechselt sich mit zartem Rosa und strahlendem Gelb ab. Die Blumen in diesem Beet sind nicht in Reih und Glied eingesetzt, sie sind kunterbunt durcheinandergemischt wie auf einer Blumenwiese. Die grünen Parkbänke davor wirken wie frisch gestrichen. Sie hört nur das Rauschen des Meeres, kein Geräusch lenkt sie ab. Das tiefblaue Meer bewegt sich ganz sachte, die Sonne verschafft ihm diesen einzigarten Glanz. Der Strand ist menschenleer. Sie atmet tief ein. Ja, hier ist sie richtig, das spürt sie. Ihr Ex-Freund Lucas hätte jetzt neben ihr gestanden, mit den Händen in den Hosentaschen, und hätte *Schon ganz nett* gesagt. Allein bei diesem Gedanken atmet sie flacher. Sie braucht diese Auszeit in Fribello. Die Trennung muss sie erst verarbeiten. Lucas ist ihre große Liebe. Aber so sehr sie auch gekämpft haben, da war einfach nichts mehr zu machen, sie haben sich auseinandergelebt. Der Alltag war einfach stärker, er hat den Gefühlen keinen Raum mehr gelassen. Und ja, sie hätte Lucas fragen können, ob sie sich hier in Fribello gemeinsam eine Auszeit nehmen, vielleicht hätte sie das wieder zusammengebracht. Aber ihr war klar, dass er sich nie darauf eingelassen hätte.

Sie dreht sich um und schaut ihre Koffer an, die auf dem Rücksitz liegen. Sie parkt lieber außerhalb des Zentrums, da braucht sie keine Parkscheine. Sie wird einfach diesen Angelo fragen, ob er ihr tragen helfen kann. Sie muss sowieso zu ihm, er soll ihr ja ein Zimmer besorgen. Es ist heiß. Sie zieht ihren Pullover aus und knotet ihn um die Hüfte. Dann sperrt sie das Auto ab und schaut sich um. Wo ist das Schild mit der Aufschrift *Centro?* Sie muss zum Hauptplatz, dort ist Angelos Obstladen. Ihr Freund Lorenzo hat ihr so oft in den schillerndsten Farben von seinem Heimatort erzählt, dass sie das Gefühl hat, sich in Fribello bereits gut auszukennen. Das Dorf soll ja nicht groß sein, sie wird den Platz schon finden. Hoffentlich ist jetzt auch noch dieser Obsthändler so nett, wie Lorenzo ihn beschrieben hat, und besorgt ihr ein Zimmer mit einem atemberaubenden Meerblick.

Genau so hat sie Italien in Erinnerung. Sie bleibt vor einem sandfarbenen alten Steinhaus stehen und betrachtet die hellgrünen Fensterläden aus Holz. Ein Mintgrün. Die Holzkisten mit den rot leuchtenden Blumen passen perfekt dazu. Sie bindet sich die Haare zusammen. Nach sieben Stunden Autofahrt bräuchte sie jetzt eine kalte Dusche. Es wird Zeit, dass sie diesen Angelo findet. Lorenzo meinte, sie braucht keine Wegbeschreibung, jeder kennt seinen Obstladen. Das kann gut sein, aber Isabella hat hier noch keinen einzigen Menschen getroffen, wen soll sie also fragen? Der Duft von Zitronen steigt ihr in die Nase, sie kann sich nicht erinnern, wann sie das letzte Mal einen so intensiven Geruch wahrgenommen hat. Sie bleibt stehen und schaut sich um. Die Zitronenbäume stehen in Reih und Glied neben einem kleinen Brunnen. Die Früchte sind beeindruckend groß, die gelbe Farbe strahlt richtig. Sie ist so fasziniert, dass sie gar nicht bemerkt, dass sie schon auf dem Hauptplatz angekommen ist.

Sie weiß gar nicht, wo sie zuerst hinschauen soll. Überall stehen kleine Steinhäuser. In vielen ist ein Geschäft. Alle haben bunte Rollläden. Die Farben Blau und Grün wechseln sich ab. Lorenzo hat nicht übertrieben, es ist so richtig kitschig. Kitschig schön. Sie lächelt. Ach, Lorenzo, wie konnte er nur diesen hübschen Ort verlassen, um in einer stressigen Großstadt eine Pizzeria zu eröffnen? Und jetzt steht sie hier, mit einer leisen Ahnung von einem Lebensgefühl, von dem ihr Lorenzo so viel erzählt hat. Und da entdeckt sie auch schon den kleinen Laden mit alten, braun gestrichenen Holzkisten davor, das Obst darin sieht so richtig gesund aus mit seinen kräftigen Farben. Die Holzfenster sind gründlich gestrichen, und die große geschwungene dunkelgrüne Schrift *frutta e verdura* ist einladend. Vor dem Laden steht ein attraktiver schlanker Mann mit unendlich vielen schwarzen Locken. Er ist so anders als sein Bruder. Lorenzo ist groß und kräftig und hat fast keine Haare mehr auf dem Kopf. Hoffentlich weiß dieser Angelo auch wirklich Bescheid. Sie schaut an sich hinunter, ob sie halbwegs ordentlich aussieht, aber was kann sie nach so einer langen Autofahrt schon erwarten. Sie atmet tief ein, streckt den Körper durch, fährt sich mit den Fingern durch die Haare und geht los.

Angelo sortiert die Feigen, diesmal haben viele Dellen. Er legt sie auf die Seite, die kann er nicht verkaufen, die wird er selber essen. Er schaut auf, da steht ein Mädchen, er hat sie gar nicht gehört, so vertieft war er. Eine Touristin hat er hier schon lange nicht mehr gesehen. Er wischt sich die Hände am Tischtuch ab. Das macht er sonst nie. Er betrachtet Isabella genau, dunkle Locken, nicht so dicht und dunkel wie seine, sie hat große Augen, eine kleine Nase, sehr schlank. Angelo zieht sein T-Shirt gerade. »Was kann ich für die hübsche Fremde tun?«

Sie reagiert da jetzt lieber nicht darauf. »Lorenzo schickt mich, er meinte, Sie haben ein Zimmer für mich, also jetzt nicht bei Ihnen, aber in Fribello.«

Angelo lehnt sich an die Theke und schlägt die Füße übereinander. »Sind wir doch gleich per du, so ist das Leben viel einfacher. Ich bin Angelo.«

»Ich bin Isabella, es ist wunderschön hier. Lorenzo hat mir gesagt, dass Sie, also du, mir ein Zimmer besorgen könntest.«

Er mustert sie eingehend. »Wie lange brauchst du eines?«

Isabella schaut sich im Laden um. Die Äpfel liegen sogar nach Farben geordnet in den Holzkisten, sie ist beeindruckt. »Für etwa drei Monate.«

Angelo denkt nach. »Signora Cottinetti hat sicher ihr Gästezimmer frei. Das ist direkt am Meer. Wäre das in Ordnung für dich?«

Sie ist erfreut. »Das wäre toll!«

Angelo schaut sie an. »Hat mein Bruder Lorenzo noch irgendwas gesagt, wollte er mir etwas ausrichten? Wir haben sehr lange nicht miteinander geredet.«

Isabella will sich jetzt nicht unterhalten, sie will so schnell wie möglich das Zimmer sehen. »Nein. Lorenzo hat nichts gesagt, oh doch, *liebe Grüße* soll ich ausrichten.«

»*Liebe Grüße*, mehr nicht?« Er schaut zu ihren Beinen. »Wo sind die Koffer?«

»Die habe ich im Auto gelassen.« Sie hofft, dass das ein Angebot ist.

Angelo nimmt den Schlüssel. »Gut, dann holen wir sie.«

Sie ist erleichtert, sie hätte es schon irgendwie geschafft, aber so ist es ihr eindeutig lieber. »Ja, aber sollten wir nicht vorher fragen? Diese Signora Conti... anrufen?«

Er geht zur Tür und macht sie auf. Er dreht das „*Komme gleich*"-Schild um. Er zwinkert ihr zu. »Ach was, wir gehen einfach hin, ich habe nicht gehört, dass sie das Zimmer vermietet hat. Sie heißt Signora Cottinetti.«

Sie seufzt, hoffentlich laufen sie jetzt nicht umsonst zu dieser Frau. »Wir müssen über den Hauptplatz.«

An einer Straßenecke überlegt Isabella, ob das auch der richtige Weg ist. Sie schaut sich um und erkennt die Umgebung.

Angelo wundert sich. »Wie weit ist es noch?«

Sie deutet mit der Hand. »Fünf Minuten, ich wollte kein Parkticket lösen.«

Er bleibt kurz stehen und wischt sich über die Stirn.

»Da ist es!« Isabella geht zu einem kleinen, roten Fiat und sperrt auf. Angelo hebt die Koffer aus dem Auto und stöhnt. Sie hätte gleich sagen sollen, dass er damit durch das halbe Dorf laufen muss, dann hätte er eine Schubkarre mitgenommen. Er redet den ganzen Rückweg kein Wort mit ihr, er ist einfach zu sehr mit den Koffern beschäftigt.

Isabella ist das Schweigen ganz angenehm. Sie kommen am Obstladen vorbei. Zum Glück steht niemand davor und wartet auf Bedienung, aber bei diesen Temperaturen geht ja auch keiner zu Mittag aus dem Haus, alle halten Siesta, nur er schleppt sich mit den Koffern ab. Der Arme. Er deutet Isabella mit dem Kopf an, dass sie Richtung Meer müssen.

Sie schaut ihn von der Seite an. »Es tut mir leid, sind sie sehr schwer? Es ist auch ziemlich heiß.«

Angelo richtet sich auf und schaut sie kurz an. »Ach, kein Problem. Wir sind ja gleich da. Noch zweihundert Meter.«

Er deutet auf ein zweistöckiges Steinhaus mit großem Garten. »Da ist es!« Er stellt das Gepäck vor dem Gartentor ab und lockert seine Schultern.

Es ist eins der sandfarbenen Steinhäuser mit einem roten Dach, die Fenster sind von blauen Holzläden umrandet und überall blühen Rosen. Der betörende Duft vermischt sich mit der salzigen Meeresluft. Sie atmet tief ein. Rosenduft mit Meeresluft. Hier kann sie es aushalten.

Die Hausherrin steht im Garten und schneidet gerade ihre roten Rosen. Das muss Signora Cottinetti sein. Sie entdeckt die Neuankömmlinge und richtet sich auf.

Mit der Schere in der Hand deutet sie auf Angelo. »Was willst du? Und wen hast du da mitgebracht?«

Isabella zuckt zusammen, Angelo scheint den unfreundlichen Ton gar nicht wahrzunehmen.

»Diese junge Dame braucht ein Zimmer für drei Monate.«

»Das sind ja einmal gute Nachrichten«, Signora Cottinetti wird gleich freundlicher. »Ich habe ganz zufällig eines frei.«

So zufällig ist es wohl nicht, denn es sind kaum Touristen da. Sie macht das Gartentor auf und winkt Isabella herein. Angelo bückt sich und hebt die Koffer auf. Signora Cottinetti bittet Isabella in den Garten und macht das Tor zu. Sie schaut Angelo an. »Das schaffen wir schon. Danke.«

Isabella nimmt die Koffer und schnauft kurz. Signora Cottinetti macht die Haustür auf und deutet die steilen Stufen hinauf. Es ist alles sehr eng, sehr dunkel, und das Holz knirscht. Die Vermieterin sperrt im zweiten Stock einen kleinen Raum auf. »Das war das Arbeitszimmer meines Mannes, dort hat er aber meistens nur seine Schuhe geputzt, ich konnte den Geruch der Schuhpaste nie leiden. Aber was sollte ich tun, er war ein leidenschaftlicher Schuhträger, mehr Leidenschaft hatte er nicht in sich.« Sie lacht hysterisch.

Isabella gefällt das Zimmer. Es ist sehr einfach gehalten, die Möbel sind dunkelbraun, nicht ihre Lieblingsfarbe, aber der Balkon mit diesem Ausblick lässt sowieso alles andere unwichtig werden. Besser geht es nicht. Isabella schaut aus dem Fenster. So wird sie also jeden Tag aufwachen und schlafen gehen, wie Lorenzo es gesagt hat. Signora Cottinetti räuspert sich, sie hat nicht ewig Zeit. Isabella dreht sich um. »Oh, tut mir leid, ich war nur …«

Signora Cottinetti schaut auf die Uhr. »Ist schon gut, wir sollten die organisatorischen Dinge besprechen. Kein Rauchen, kein Herrenbesuch, zweihundert Euro in der Woche.«

Isabella freut sich über den Mietpreis, so bleibt von ihrem Budget sogar noch etwas übrig. Es war eine kluge Entscheidung, das Weihnachtsgeld ihrer Großmutter all die Jahre anzusparen. Als Angestellte in einem Buchladen hätte sie sich nicht so viel Geld zur Seite legen können.

Signora Cottinetti faltet die Scheine und steckt sie in ihre Weste. Sie zieht den Schlüssel von der Tür ab und gibt ihn Isabella. »Ich hoffe auf ein ruhiges Zusammenleben.«

»Ganz sicher.« Isabella zieht schnell die Tür zu, sie will allein sein. In den letzten Monaten hatte sie einfach zu viele Diskussionen mit Lucas. Nach zehn Jahren Beziehung will sie sich endlich auf sich konzentrieren und herausfinden, was das Leben für sie noch bereit hält. Sie war es, die die Beziehung beendet hat. Und ihren Job hat sie gleich mitgekündigt. Denn wenn man nichts ändert, verändert sich nichts. Sie ist frei. Frei in Fribello. Sie hat lange genug gezögert.

Lucas steht bei Lorenzo in der Pizzeria. »Hast du etwas von Isabella gehört? Hat sie dir vielleicht erzählt, wo sie ist? Ich meine, dir erzählt sie doch alles. Du kennst wohl ihre Sicht auf unsere Beziehung besser als ich.«

Lorenzo lacht. »Jetzt übertreibst du. Ja, wir reden viel, aber das ich mehr weiß als du, das bezweifle ich. Sie ist in Fribello, ich habe sie hingeschickt. Sie bleibt ein paar Monate. Das Mädchen braucht Klarheit und Meeresluft.«

»Sie ist bitte wo?« Lucas ist erstaunt, sie hat es wirklich getan. Sie hat nicht nur davon geredet, sie hat sich eine Auszeit genommen. Sicher hat sie auch in der Buchhandlung gekündigt. Das überrascht ihn jetzt wirklich.

»Fribello ist ein Ort, der einem irgendwie Kraft gibt. Man kann sich auf sich selbst konzentrieren, weil es so wenig Ablenkung gibt. Das herrliche Meer, der betörende Duft der Blumen und diese Zitronen leuchten den ganzen Ort aus, so viele sind es. Diese schöne Umgebung lässt einen auch innerlich ruhig werden. Deswegen habe ich Isabella nach Fribello geschickt. Sie ist eine Träumerin. Sie kann dort wieder zu dir finden, du wirst ihr fehlen, weil sie jetzt wieder frei ist für ihre eigenen Gefühle. Sie liebt dich doch! Du solltest zu ihr fahren. Das Ambiente dort hilft selbst einem Typen wie dir, der nichts von Romantik versteht. Sie wird dich gleich in einem anderen Licht sehen, wenn du im Zitronenduft vor dem Meer stehst. Verstehst du!« Lorenzo schaut ihn erwartungsvoll an.

Lucas nickt. »Ich bin mir nicht sicher, ob das der beste Weg ist, eine Beziehung zu reparieren, wenn der andere abhaut. Aber du hast es ja nur gut gemeint.« Lucas ist verzweifelt. Er verlässt die Pizzeria. Er muss nachdenken, vielleicht sollte er wirklich nach Fribello fahren.

Angelo steht in seinem Obstladen und sortiert die Äpfel, er mag das nicht, wenn Kunden die unterschiedlichen Sorten durcheinanderbringen. Die Roten und die Grünen, sie müssen immer in einer Reihe sein. Er träumt vor sich hin. Dieses Mädchen. Er nimmt einen Apfel und beißt hinein. Hübsch ist sie. Er ist neugierig auf sie. Er schluckt ein Stück hinunter. Wen hat sein Bruder ihm da wohl geschickt? Er kann nicht glauben, dass nicht mehr als *liebe Grüße* zwischen ihnen übrig sind. Er muss ihn anrufen, vielleicht kann Lorenzo ihm auch etwas über sie erzählen. Er muss diese Isabella noch einmal sehen, am liebsten sofort. Sie hat sicher Hunger, er sucht Obst aus und schnappt sich einen Korb.

Signora Cottinetti schaut aus dem Fenster, als Angelo sich dem Gartentor nähert. Sie schüttet die Nudeln ins kochende Wasser, knallt den Deckel auf den Topf und geht zum Gartentor. »Du schon wieder! Was brauchst du?«

»Ich habe dir vorhin einen Gast gebracht, also könntest du ruhig ein bisschen dankbar sein.«

Er weiß ganz genau, dass die Alte ihm eigentlich eine Provision für die Vermittlung eines Feriengastes schuldet. Ihr Blick fällt auf den Obstkorb, den Angelo in der Hand hat.

»Darf ich zu Isabella? Ich möchte ihr diesen Korb zur Begrüßung schenken.«

Signora Cottinetti geht auf die Seite, um Platz zu machen. So still ist sie selten, dieser Kerl verlangt keine Provision für die Vermittlung, der bringt auch noch etwas.

Isabella sitzt auf dem Bett und betrachtet den Lampenschirm. Viele kleine Zitronen sind darauf gestickt. Sie lässt ihren Blick die Wände entlang wandern, etliche kleine Landschaftsbilder hängen da. Es klopft. Das wird doch nicht wieder dieser Angelo sein. Sie steht langsam auf und geht zur Tür.

»Du hast sicher schon lange nichts mehr gegessen, das Obst ist natürlich aus meinem Laden.«

Über diese Aufmerksamkeit freut sie sich. »Der ist ganz schön groß! Danke, das ist sehr nett.« Sie nimmt die Türklinke in die Hand.

Er versteht den Wink und verbeugt sich. »Also dann, ich hoffe, mein Obst schmeckt dir. Man sieht sich.«

»Davon ist auszugehen. Danke schön!« Isabella stellt den Obstkorb auf den Tisch. Angelo hat ihn mit Bananen, Äpfeln, Zitronen und Orangen gefüllt. Wer soll das alles essen, das wird ja schlecht. Sie schnappt sich eine Banane und beißt hinein. Das tut gut. Erst jetzt merkt sie, wie hungrig sie ist. Sie stellt sich zur Terrassentür und genießt diesen Ausblick. Die Sonne verschwindet schon fast im Meer. Sie schaut auf die Uhr, es ist tatsächlich Abend geworden. Jetzt, wo es nicht mehr ganz so heiß ist, möchte sie noch eine Runde durchs Dorf drehen. Sie macht die Terrassentür zu und wirft die Bananenschale in den Mülleimer. Sie geht zum

Obstkorb und nimmt sich noch zwei Bananen und zwei Äpfel, den Rest bringt sie Signora Cottinetti. Sie klopft an die Küchentür.

»Ja bitte?« Signora Cottinetti sitzt am Tisch und isst Spaghetti mit Tomaten.

Isabella steckt den Kopf durch die Tür. »Ich habe einen Obstkorb von Angelo bekommen, ich kann das nicht alles allein essen. Ich dachte, ich gebe Ihnen etwas davon.«

Signora Cottinetti deutet mit dem Kinn in eine Richtung. »Stell ihn bitte auf die Küchenzeile.«

Isabella ärgert sich, als sie das Haus verlässt, diese unfreundliche Vermieterin hätte sich ruhig bedanken können. Es ist nicht mehr so heiß, die Straßenbeleuchtung ist schon an. Die schwarzen, geschwungenen Lampen passen wunderbar zu den alten Häusern. Isabella spaziert langsam Richtung Hauptplatz, sie bleibt immer wieder stehen und betrachtet die kleinen Blumeninseln. Die Blüten in Rot, Rosa und Weiß verströmen einen intensiven lieblichen Duft, der sich verlässlich mit dem Salzgeruch des Meeres vermischt. Das ist Fribello. Sie atmet ganz tief ein.

Da hört sie, wie jemand ihren Namen ruft.

Angelo winkt, er sperrt gerade seinen Obstladen zu. »Ich habe Feierabend«, ruft er. »Wir könnten doch gemeinsam essen gehen. Das Ristorante hier hat ganz köstliche Ravioli, kennst du die mit dem dicken Teig am Rand? Das ist eine Spezialität in Fribello.«

Isabella hat eine Schwäche für diesen dicken Rand, den sie schon von Lorenzo kennt, und Hunger hat sie auch. Sie nickt. »Warum nicht? Ich komme mit.«

»Damit habe ich jetzt nicht gerechnet. Wunderbar, es sind nur hundert Meter bis zum Ristorante alla Madonna. Einmal über den Hauptplatz.«

Es ist viel los im Restaurant. Am großen Tisch in der Mitte ist das Treffen des Verschönerungsvereins, es ist laut. Angelo sucht einen Tisch in der Ecke, er will nicht, dass sie ständig beobachtet werden. Er nimmt den Sessel und bittet Isabella, Platz zu nehmen. Isabella findet Gefallen an seiner Höflichkeit. Eigentlich ist er auch ganz hübsch mit seinen dunklen Locken, er ist nicht sehr groß, aber sein Körper wirkt gut gebaut.

Angelo ruft zum Wirt hinüber: »Ricardo! Bringst du uns Wasser!«

Isabella schaut durch den Raum, es ist gemütlich hier, das dunkle Holz ist nicht ihr Fall, auch nicht die rot karierten Vorhänge, aber die Stimmung ist gut.

Ricardo bringt einen Krug Wasser und zwei Gläser. »Angelo! Wen hast du da mitgebracht?«

»Sie ist auf Besuch hier. Eine Freundin von Lorenzo.«

»Da hat er aber eine hübsche Freundin geschickt.« Ricardo lacht laut.

Isabella räuspert sich, sie ist ja auch noch hier.

Ricardo klopft ihr auf die Schulter. »Geschmack hat er, wie heißt du?«

»Isabella.«

»Ich bin Ricardo, was willst du essen?« Er zieht die Tischdecke gerade.

Angelo antwortet für sie. »Wir hätten gerne zweimal die hausgemachten Ravioli, die muss sie kosten, die sind einzigartig.«

Sie ärgert sich, er hätte sie auch fragen können. Aber gut, sie hätte sie sowieso bestellt.

Angelo lehnt sich zu ihr, er schaut sie genau an. »Schön, dass wir hier zusammen sitzen.«

Isabella nickt und nimmt das Glas in die Hand. Ihr fällt auf, dass sie seit Stunden nichts mehr getrunken hat.

»Fribello ist ein kleiner Ort, das ist dir sicher schon aufgefallen, aber das muss ja nicht zwingend schlecht sein. Man ist nie allein, wenn man Hilfe braucht. Es findet sich immer jemand, der schnell einmal aushelfen kann, dafür bleibt auch selten etwas geheim. Ständig wird etwas über andere herumerzählt, egal ob es wahr ist oder nicht. Man muss die Geschichten hier eben erfinden, es tut sich ja sonst nichts, aber es genügt mir, mir ist nie langweilig. Wenn ich mich unterhalten will, dann komme ich eben ins Ristorante und höre mir die neuesten Gerüchte an. Wir sind quasi ein Märchendorf.« Er grinst.

Isabella findet das wunderbar. »Das ist genau das Richtige für mich als Großstädterin. So ruhig stelle ich mir das Leben hier vor. Und über mich wird wohl niemand reden, ich bin ja eine Touristin und absolut uninteressant.«

Angelo schüttelt den Kopf. »Da irrst du dich aber gründlich. Genau das macht dich erst recht spannend.«

Ricardo bringt die Ravioli. »Vorsicht, die Teller sind noch sehr heiß!« Er stellt sie auf den Tisch und legt die grün karierten Servietten dazu.

Isabella beißt in ein Stück Ravioli, dieser dicke Rand, dieses flaumige Gefühl im Mund, sie spürt wie der weiche Teig in ganz kleine Stücke zerfällt. Und dann auch noch diese Füllung mit Ricotta und Rucola, sie zergeht auf der Zunge, so flaumig ist sie. Es sind die besten Ravioli. Allein schon deswegen hat sich diese Reise gelohnt.

Angelo nimmt ein Stück in den Mund. »Man schmeckt, dass die Oma ihre Finger im Teig hatte.«

Isabella schluckt hinunter. »So kann man es auch nennen, aber sie sind wirklich sehr gut.«

»Das ist ein Familienbetrieb, weißt du.« Angelo wischt sich den Mund ab. »Es freut mich, dass sie dir schmecken, und es freut mich auch, dass wir uns jetzt besser kennenlernen.« Er schaut sie erwartungsvoll an.

Isabella legt die Gabel auf den Teller und fragt ganz trocken: »Ist das schon das Romantikprogramm?«

»Nein, das kommt erst.« Angelo lacht und ruft zu Ricardo. »Bringst du uns Rotwein!«

»Nein danke, kein Rotwein, ich bin müde und möchte bald schlafen.« Romantik, das hat ihr gerade noch gefehlt.

Angelo legt sein Besteck auf den Teller. »Das ist aber traurig, der Abend hat doch erst begonnen. Können wir das wenigstens nachholen?«

Isabella gähnt. »Ja, können wir.«

Angelo steht auf und ruft Ricardo zu. »Ricardo, danke! Es war wie immer großartig. Ich zahle morgen.«

Isabella geht mit Angelo durchs Restaurant, sie spürt die vielen neugierigen Blicke in ihrem Rücken. Sie will sich möglichst schnell von Angelo verabschieden, denn sie findet ihn zwar sehr nett, aber sie befürchtet, dass er mehr möchte als nur Ravioli essen. Gleich vor der Restauranttür bleibt sie stehen. »Danke für den schönen Abend. Gute Nacht!«

Aber so einfach macht er es ihr nicht. »Ich bringe meine Begleitung natürlich nach Hause, das lasse ich mir nicht nehmen.«

Sie hat es befürchtet.

Er deutet ihr mit der Hand, dass sie über den Hauptplatz müssen. »Weißt du, hier in Fribello ist alles ein wenig langsamer, hier leuchten auch die Sterne intensiver. Schau mal nach oben. Jeder einzelne von ihnen leuchtet für dich, dieser hier leuchtet dir den Weg zu deinem Bett aus. Wir bräuchten hier gar keine Straßenlaternen. Bella, schau hinauf, wünsch dir was!«

Sie schmunzelt, so einen Schwachsinn hat sie noch nie gehört. Der tut ja so, als hätte er die Sterne extra als Showprogramm für sie bestellt. Aber immerhin, ihr Ex-Freund Lucas hätte keinen einzigen gesehen.

Sie kommen zum Gartentor. Isabella ist nervös, er wird sie doch jetzt hoffentlich nicht küssen wollen. Angelo verbeugt sich vor ihr und beginnt »Grazie, Grazie, Grazie!« zu singen. Isabella schaut auf den Boden und ist peinlich berührt.

Signora Cottinetti reißt die Fenster auf und brüllt. »Ruhe da unten!«

Angelo verbeugt sich und geht rückwärts weg. Schnell macht Isabella das Gartentor auf und huscht ins Haus. Sie zieht die Schuhe aus, geht ins Badezimmer und putzt sich die Zähne. Ihre Gedanken kreisen, er hat sich sehr um sie bemüht, obwohl er sie nichts gefragt hat. Und diese Vorstellung war irgendwie schön, noch nie hat ein Mann für sie gesungen. Vielleicht ist ja das der Weg, den sie sucht. Kitschige Romantik am Gartentor. Sie legt sich ins Bett und deckt sich zu. Diese dünnen Bettdecken hier in Italien sind nicht ganz ihr Ding, flauschig dick ist ihr lieber. Vielleicht war das doch keine so gute Idee mit Italien, mit der Trennung? Was ist, wenn sie sich in einen anderen verliebt? Noch ist es sowieso zu früh, ihr Herz hängt eindeutig noch an Lucas, aber irgendwann wird sie vielleicht wieder in einer Beziehung sein. Mit wem auch immer.

Angelo steht in der Küche und schneidet die aufgeplatzten Feigen auf, zum Glück sind es nur drei Stück. Er nimmt den Teller und setzt sich an den Küchentisch. Er muss an Isabella denken, ihre Zurückhaltung reizt ihn. Warum ist sie wohl hier? Schade, dass sie es ihm nicht erzählt hat. Er beißt in die Feige. Er hätte sie fragen sollen, da ist er wie sein Bruder. Da fällt ihm Lorenzo wieder ein, er fehlt ihm, das war ihm in dieser Deutlichkeit gar nicht bewusst. Er muss ihn endlich anrufen, aber nicht jetzt. Er ist müde, er wäscht den Teller ab und geht ins Bad. Während er seine Zähne putzt, beschließt er, dass er alles tun wird, um dieses reizende Mädchen kennenzulernen. Er wird ihr morgen eine Überraschung vor die Tür legen.

Angelo steht zeitig auf, viel früher als sonst. Er muss in den Obstladen. Er holt drei Zitronen und eine Grußkarte, die hat er zum Glück noch in der Lade herumliegen. Er möchte Isabella eine Botschaft bringen.

Er überlegt kurz, ob er Signora Cottinetti schon aufwecken kann. Ach was, denkt er, die ist sicher schon wach. Er gähnt. Tatsächlich, es brennt Licht in der Küche der Vermieterin.

Sie sitzt beim Frühstück, als sie Angelo entdeckt. Sie springt auf, zieht den Morgenrock zu und läuft zum Gartentor. »Quälst du mich jetzt zu jeder Uhrzeit?«

»Ich ziehe bald bei dir ein«, scherzt er. »Ich will Isabella nur kurz etwas vor die Türe legen, ich bin gleich wieder weg.«

»Na, hoffentlich zahlt sich das alles aus!«

Isabella liegt noch im Bett. Die Sonne scheint durch den gelben Vorhang, sie hört die Vögel. So fühlt sich also Glück an. Sie streckt sich und fragt sich, was sie heute in diesem wunderschönen Dorf anstellen will. Neuer Tag, neues Glück. Sie wird sich jetzt in dieses Abenteuer stürzen. Wie gut, dass ihr Mut dieses Mal stärker war als die Zweifel, die sie sonst oft von etwas abgehalten haben. Der Wind lässt den Vorhang leicht auf und ab tanzen und die Sonnenstrahlen sind jetzt schon kräftig. Sie springt vom Bett und geht unter die Dusche. Sie cremt sich langsam ein, voller Vorfreude auf einen Tag, den sie am Meer verbringen wird, um einfach nichts zu tun. Sie trocknet sich ab, geht zum Schrank und nimmt ein rotes Kleid heraus. Beim Kauf war ihr schon klar, dass es zu kurz ist, es hat ihr aber einfach gefallen mit diesen kleinen Rüschen. Sie schlüpft hinein. Kurz, aber hübsch. Hier kann sie es tragen. Sie betrachtet sich im Spiegel, eigentlich ist es schade, dass sie niemand in diesem Kleid sieht. Sie holt ihren Sonnenhut aus dem Schrank und ihre Sonnenbrille vom Nachttisch und geht hinaus. Fast wäre sie auf ein Päckchen getreten, das auf der Türschwelle liegt. Sie zieht den Fuß zurück und hebt es auf. Sie hält drei Zitronen und eine Grußkarte in der Hand.

Dein Tag soll so schön sonnig sein, wie die Zitronen leuchten. Guten Morgen, Angelo.

Sie schmunzelt, dieser Kerl ist ganz schön aufdringlich. Den wird sie wohl nicht mehr so schnell los. Ob das gut oder schlecht ist, darüber will sie jetzt nicht nachdenken, sie will nur schwimmen gehen und sich treiben lassen. So einfach kann es manchmal sein. Sogar für sie.

Isabella legt die Zitronen auf den Nachttisch und macht die Tür zu. Ihr fällt ein, dass sie noch ein Badetuch braucht, sie wird die Vermieterin fragen. Hoffentlich verlangt sie keine Ausleihgebühr dafür, bei der weiß man ja nie. Signora Cottinetti schält gerade die Kartoffeln, als Isabella den Kopf zur Küchentür hineinstreckt. »Haben Sie vielleicht ein Badetuch für mich. Ich habe gar keines mitgenommen. Das wäre nett.«

»Im Haushaltsraum liegen welche. Nimm nicht zu viele, die muss man ja auch waschen.« Sie schaut Isabella von der Seite an. »Schnell Freunde gefunden, wie ich merke. Aber der kommt mir nicht ins Zimmer!«

Isabella muss kurz nachdenken, wen sie damit meint. Angelo? Ach, darauf geht sie erst gar nicht ein. Sie sieht den Obstkorb, den muss sie ja in den Obstladen bringen. »Kann ich den mitnehmen?«

Die Vermieterin schaut sie fragend an. »Ich habe doch gerade gesagt, dass Herrenbesuch verboten ist, und der schon gar nicht.«

Isabella deutet auf den Obstkorb.

»Ach so.« Die Signora nickt verlegen. »Nur zu, verstellt eh nur den Platz.«

Isabella zieht die Tür zu und geht in den Haushaltsraum. Sie stellt den Obstkorb ab und zieht aus dem Regal ein Badetuch mit roten Rosen heraus. Es ist kitschig, aber so liegt sie wenigstens auf Rosen gebettet am Meer. Der Tag könnte schlechter sein. Sie braucht noch ein bisschen Proviant, wenn sie den ganzen Tag am Strand bleiben will. Sie geht Richtung Hauptplatz, atmet tief ein und schließt die Augen. Dieser Geruch, der in diesem Dorf immer in der Luft hängt, sie kann nicht genug davon bekommen. Sie öffnet die Augen und sieht Angelo schon aus der Ferne. Er steht da und ordnet die Feigen. Isabella will sich umdrehen, aber da hört sie schon: »Guten Morgen! Wie geht es dir? Hat dein Tag gut begonnen?«

Sie winkt ihm zu und ruft. »Hallo, danke es geht, ich muss mir eine Kleinigkeit zu essen aus dem Supermarkt holen.«

Angelo lächelt. »Signora Trenetti sperrt erst in fünf Minuten auf. Wir haben hier nur den Feinkostladen von Signora Trenetti, einen Supermarkt gibt es zwei Orte weiter, willst du zu Fuß gehen?«

Ach ja stimmt, ein wirklich kleiner Ort, wie Lorenzo schon sagte. Sie geht zu Angelo, dann kann sie ihm wenigstens den Korb geben und muss ihn nachher nicht schon wieder treffen. Sie nimmt das Badetuch heraus und streckt ihn Angelo entgegen.

Er winkt ab. »Du kannst ihn behalten, du brauchst ihn doch für dein Handtuch und den Proviant.«

Großzügig ist er, das muss man sagen. »Danke.« Sie lächelt.

»Die Zitronen, die ich dir vor die Tür gelegt habe, die sind von Signor Costadella. Seine Zitronenbäume stehen in einer Allee. Man erzählt sich, dass es dort später dunkel wird, weil die Zitronen so leuchten. Ich möchte dir dieses Paradies gerne zeigen. Es ist gar nicht weit von hier, über den Hauptplatz, dann noch etwa zweihundert Meter. Dieser wunderschöne Garten ist quasi der Eingang zum Hauptplatz. Komm doch mit!«

Isabella kann die leuchtenden Zitronenbäume direkt vor sich sehen, schön wäre es schon, aber bei Angelo ist irgendwie alles schön, vor allem leuchtet alles. Sie schaut ihm in die Augen. »Ich muss jetzt.«

Angelos Blick lässt sie nicht los. »Vielleicht am Abend?«

»Angelo, ich muss jetzt wirklich los. Danke für das Angebot und danke für den Korb. Ach ja, danke für die Zitronen vor der Tür. Das war wirklich sehr nett.« Sie winkt kurz und hastet zu dem Feinkostladen. Sie öffnet die Tür, es ist eng hier, die Regale stehen ganz nah beim Eingang.

Signora Trenetti eilt zur Tür und hält sie auf. »Es ist alles ein bisschen voll hier, ich weiß, dafür habe ich lauter Spezialitäten.«

Isabella schlüpft zwischen den Regalen hindurch und schaut sich um, es ist alles liebevoll arrangiert. Der Käse liegt schön geschnitten in der Theke, jedes einzelne Blatt scheint seinen Platz zu haben. Daneben der Schinken, hauchdünn geschnitten in einer Reihe nebeneinander. Es riecht ganz intensiv, ihr läuft das Wasser im Mund zusammen. Sie deutet auf die Theke. »Ich hätte gerne ein Brot mit diesem Käse.«

Signora Trenetti fragt nach. »Ein Toskanabrot mit Pecorinokäse? Drei Scheiben Käse?«

»Ja, das passt gut. Dazu noch bitte diese Tafel Schokolade mit Haselnüssen und ein Mineralwasser.«

Signora Trenetti packt alles ein und schaut Isabella an, sie lässt ihren Blick an ihr herabschweifen. Sie legt den Käse wieder in die Theke und drückt ihr die Papiertüte in die Hand. »Das macht vier Euro zwanzig.«

Isabella legt das Geld auf die Theke und verabschiedet sich. Sie zieht an ihrem Kleid, das bei jeder Bewegung hinaufwandert, aber gut, sie hat ja darunter einen Bikini an.

Angelo putzt die Glasscheibe, er wischt unkonzentriert hin und her, er verschmiert alles. Er versteht dieses Mädchen einfach nicht, wie kann man leuchtende Zitronen ausschlagen? Diese Frau hat einfach keinen Sinn für Schönheit. Er zieht Spuren auf der Glasscheibe. Was soll er machen, sie gefällt ihm trotzdem. Er kann sich nicht aussuchen, wer ihn fasziniert, so ist nun einmal das Wesen der Liebe. Wo sie hinfällt, da fällt sie hin. Angelo geht einen Schritt zurück und schaut auf die Scheibe, da hat er aber was angerichtet, das kann er gleich noch einmal machen. Er beginnt zu wischen, da fällt ihm ein, dass er seinen Bruder Lorenzo noch immer nicht angerufen hat. Er legt das Putztuch auf die Verkaufstheke und holt ein kleines schwarzes Buch aus der Lade. Er fährt mit dem Finger die Namen entlang, Lorenzo, da steht er ja. Eine Schande, dass er die Nummer seines Bruders nicht auswendig weiß. Er nimmt den Hörer, was soll er sagen, warum er sich so lange nicht gemeldet hat. Es gibt ja keinen Grund dafür. Er hört das Läuten in der Leitung. »Pizzeria Fribello. Sie sprechen mit Lorenzo.«

Er zögert kurz. »Lorenzo, hier ist Angelo.«

Lorenzo lacht. »Angelo! Du lässt mal was von dir hören. Ist die hübsche Touristin schon bei dir? Deswegen rufst du doch an, oder?«

Angelo ist gekränkt, denkt Lorenzo wirklich so über ihn? »Ja, sie ist da, Lorenzo. Aber ich habe mich gefragt, warum wir uns schon so lange nicht mehr gehört haben. Was ist passiert?«

Lorenzo schweigt kurz. »Wir haben eben viel zu tun. Wir sind sehr weit weg voneinander.«

Er ist aufgebracht. »Das Herz kann doch tausende Kilometer überwinden, dem sind doch solche Dinge egal.«

»Wenn das wirklich deine Theorie ist, dann liebst du mich halt nicht genug«, legt Lorenzo nach. Er kann einfach nicht ernst bleiben.

»Das ist kein gutes Gespräch unter Brüdern, das gefällt mir gar nicht. Bruderliebe vergeht nie.« Angelo versteht in dieser Hinsicht keinen Spaß.

»War ein Scherz«. Lorenzo lacht. »Ach, kleiner Bruder, du beschäftigst dich zu viel mit der Liebe. Heirate mal, dann wirst du ganz schnell sehen, wie das wirklich ist.«

»Womit wir doch beim Thema wären. Was weißt du über sie?« Angelo drückt den Hörer fester ans Ohr.

»Du meinst sicher Isabella. Sie mag Ravioli mit dicken Rand, meine Ravioli.« Lorenzo lacht. »Sie hat sich von ihrem Freund getrennt, sie war unglücklich, sie wollte sich eine Auszeit nehmen. Da habe ich sie nach Fribello geschickt. Ich habe ihr auch gesagt, dass sie zu dir kommen soll. Das habe ich doch gut gemacht. Nicht?«

»Du schickst mir eine Frau? Warum das?«

»Naja, weil es in Fribello so wenige davon gibt. Oder willst du es etwa mit dieser Donatella versuchen? Außerdem habe ich sie nicht zu dir geschickt, das Mädchen war einfach unglücklich mit ihrem Leben. Da habe ich ihr unser geliebtes Dorf empfohlen, und wenn du schon da bist, kannst du dich auch um sie kümmern.«

Mister Bride macht die Tür zum Obstladen auf, er ist grantig, weil sie schwer aufgeht. Die könnte dieser Obstverkäufer auch einmal reparieren, regt er sich ständig auf. Wie kann man nur so nachlässig sein. Er stellt sich zur Verkaufstheke, aber Angelo dreht sich weg. Er wird ein bisschen leiser. »Äh, ich muss dir da noch etwas erzählen. Donatella ist meine Ex-Freundin.«

»Das wusste ich nicht. Du, ich muss jetzt. Ich habe zu tun, meine Pizzeria ist voll mit Leuten. Pass auf dich auf, ruf wieder einmal an oder noch besser, komm mich besuchen!« Er wartet gar nicht auf die Antwort und legt den Hörer auf.

Angelo kann sich wieder erinnern, warum sie kaum mehr reden. Lorenzo hört ihm einfach nie zu, er wird für ihn immer der kleine verträumte Bruder bleiben. Wenigstens hat er jetzt die Informationen über Isabella. Sie ist also frisch getrennt, das erklärt, warum sie so zurückhaltend ist. Es hat also gar nichts mit ihm zu tun.

Er schaut Mister Bride an. »Was kann ich für Sie tun?«

»Eine Uhr kaufen, damit die Kunden nicht so lange warten müssen.«

Angelo entschuldigt sich. »Das Telefonat war wichtig, das war mein Bruder.«

»Ein unwichtiges Telefonat wäre ja noch schöner.«

Er hat ein schlechtes Gewissen. Dieser Tourist ist eh immer schlecht gelaunt und jetzt ist er richtig grantig. Er muss ihn irgendwie aufheitern. »Mein Bruder ist im Ausland. Wir telefonieren sehr selten, leider. Warum sind Sie eigentlich nach Fribello gekommen? Sie sind ja schon einige Monate hier.«

Mister Bride atmet tief ein. »Ich bin mir zwar nicht sicher, ob Sie das etwas angeht, aber da wir uns ja irgendwie schon kennen. In meiner Heimat bin ich ein bekannter Sachbuchautor. *Die köstliche Teatime* war ein großer Erfolg in Großbritannien. Ja, es ist richtig gut gelaufen. Mit meinen Büchern, mit meiner geliebten Ehefrau. Bis sie davon gelaufen ist. Sie hat einen anderen Mann kennengelernt. Ich war lange fest entschlossen, über diesen kleinen Fehler hinwegzusehen. Aber ich habe irgendwann verstanden, dass sie mit diesem Fehler leben will. Sie wohnen jetzt in meinem Haus. Natürlich konnte ich diese Geschichte nicht lange geheim halten, in jeder Zeitung war das zu lesen. Ich wusste gar nicht, dass ich so bekannt war. In fettgedruckten Buchstaben stand *Mr. Teatime, betrogen und verlassen!* Ich musste weg, was hätte ich sonst tun sollen. Dann bin ich nach Italien gefahren und bin hier gelandet, weil das Benzin knapp wurde. Irgendwie tut das gut, das alles zu erzählen. Ich habe seit meiner Flucht ja kein längeres Gespräch mehr geführt. Ich muss nachdenken, ich muss an meinem Roman schreiben, ich habe halt keine Zeit für solche Gespräche mit eigentlich Fremden. Geben Sie mir bitte zwei Bananen, ich muss weitermachen.«

Angelo drückt sie ihm in die Hand. »Ein Geschenk des Hauses. Sie können jederzeit zu mir kommen, ich höre zu.«

Mister Bride bedankt sich und geht. Die Tür lässt er offen.

Angelo schüttelt den Kopf, dieser Mister Bride, immer total angespannt. Er denkt an das Telefonat mit Lorenzo. Das war nicht sehr harmonisch, aber gut, sein Bruder wusste schon immer alles besser. Er weiß jetzt wenigstens, dass Isabella wegen ihrer gescheiterten Beziehung unglücklich ist, er muss ihr jetzt zeigen, dass das Leben wieder schön sein kann. Wenn sie nicht zu den Zitronen will, dann muss er sie zu ihr bringen.

Isabella liegt auf ihrem Badetuch und schwitzt. Es ist heiß, sehr heiß. Sie ärgert sich, dass sie keinen Sonnenschirm mitgenommen hat. Ihr Ex-Freund Lucas hatte doch in einem Recht gehabt, man holt sich am Strand nur einen Sonnenbrand. Sie grinst. Er wollte nie ans Meer fahren, weil es ihm zu anstrengend war. Immer diese Fragen, wo ist die Sonne, wo ist der Schatten, wann muss ich mich wieder eincremen, und soll ich auf dem Weg zum Eis Schuhe anziehen, damit ich mir nicht die Fußsohlen verbrenne. Das war immer seine Antwort, wenn sie ihn gefragt hat, ob sie nicht einen Urlaub am Meer machen wollen. Er hatte einfach nicht das Bedürfnis danach, und sie hat nicht beharrlich genug darauf bestanden. Isabella nimmt ihre Flasche in die Hand, sie trinkt einen Schluck, das Wasser ist warm. Es schmeckt scheußlich. Sie schaut in ihren Korb, die Schokolade ist geschmolzen. Sie nimmt die Packung in die Hand und geht zu einem Papierkorb, ihre Finger sind klebrig, sie schleckt sie ab, die schmeckt ja richtig gut. Sie spürt den glühend heißen Sand unter ihren Füßen, als sie vorsichtig bis zum Badetuch geht, sie setzt sich hin, putzt ihre Füße ab und schaut ins Meer. Dieser Ausblick ist es auf jeden Fall wert. Sie nimmt das Brot und beißt hinein. Sie schaut das Papier an, in das es eingewickelt ist, es hat kleine rote Blumen drauf. Sie beißt in den Käse, er ist würzig, das Brot ist ganz weich. Ein Vogel fliegt vorbei. Das Meer glitzert. Genau so hat sie sich das vorgestellt. Ihr fällt ein, dass sie sich nicht eingecremt hat, sie hat die Sonnencreme gar nicht mitgenommen. Sie isst dieses herrliche Brot auf und packt alles wieder ein. Sie geht auf ihr Zimmer, so ein Mittagsschlaf kommt ihr gerade recht.

Angelo steht in der Zitronenbaum-Allee von Signor Costadella. Ein intensiver Duft umhüllt ihn, das Gelb leuchtet ihn an. Reinste Poesie ist das hier für ihn. Der Herr des Hauses kommt auf ihn zu und breitet die Arme aus. »Angelo, mein lieber Junge, was für eine Freude, was treibt dich zu mir?«

Angelo geht auf ihn zu. »Ich hätte gerne ein Zitronenbäumchen, das schönste, das du hast. Ich möchte es gerne einpflanzen.«

Signor Costadella schmunzelt. »Die sind alle schön! Aber was willst du denn damit? Du bekommst doch jeden Tag Zitronen von mir geliefert. Wozu brauchst du eigene?«

Er beschwichtigt sofort. »Ich brauche und liebe deine Zitronen, keine Sorge. Ich brauche das Bäumchen nicht für mich, ich möchte einer jungen Dame zeigen, wie schön es bei dir ist.«

Er setzt sich auf den Sessel. »Dann bring sie doch her!«

Angelo setzt sich auf den zweiten Sessel. »Wenn das so einfach wäre! Sie hat noch nicht viel für Zitronen übrig, und für mich noch viel weniger. Deswegen bringe ich das Zitronenbäumchen zu ihr und hoffe, sie verliebt sich in die gelben Freunde und dann in mich.«

Signor Costadella kratzt sich am Bart. »Meinst du, das funktioniert?«

Er lehnt sich zurück. »Ich hoffe es. Sie ist sehr zurückhaltend, wenn ich es nicht mit deinen leuchtenden Zitronen schaffe, dann frage ich mich: Womit sonst?«

Signor Costadella lehnt sich auch zurück. »Warum sollte sie sich wegen eines Zitronenbäumchens in dich verlieben? Das ist ja keine Wunderpflanze, die verzaubert.«

Angelo beugt sich nach vorn. »Ich habe sie gefragt, ob sie zu dir mitkommen möchte. Das wollte sie nicht, aber sie weiß ja noch nicht, wie schön es bei dir ist. Nur deine Zitronen sind so schön groß, riechen so intensiv und leuchten so hell. Ich möchte ihr zeigen, dass ich es wirklich ernst meine mit dem Ausflug. Und wenn wir dann Zeit miteinander verbringen, vielleicht mag sie mich ja doch.«

Signor Costadella zieht seinen Strohhut ins Gesicht. »Na gut, ich gebe dir eines. Du versprichst mir, wenn es dem Bäumchen nicht gut geht, dann gräbst du es wieder aus und bringst es zurück. Versprochen?« Er hebt den Zeigefinger.

Angelo klopft ihm auf die Schulter. »Danke, du verstehst mich. Das wusste ich.«

Signor Costadella steht langsam auf und stützt eine Hand ins Kreuz. Er schleppt ein Bäumchen im Topf herbei. »Hier, das habe ich sowieso noch nicht eingesetzt. Dann wird es eben woanders groß.«

Angelo nimmt das Bäumchen. »Was willst du dafür?«

Signor Costadella rechnet kurz. »Vierzig Euro kostet es, für dich dreißig.«

Er schluckt, das ist ganz schön teuer, er nimmt das Geld aus der Tasche. »Na dann, danke, bis bald.«

»Das Bäumchen gerade halten!«, ruft Signor Costadella ihm nach.

Angelo sieht nichts, die Blätter tanzen ihm um die Nase, ein Schmerz im Rücken sticht. Er greift beim Bäumchen unten nach, ein Blatt kitzelt ihn an der Nase, eines hängt sich beim linken Ohr ein. Dottore Fracallo geht über den Hauptplatz und ruft Angelo zu: »Was trägst du so schwer, du darfst das nicht, das habe ich dir doch gesagt!«

Er antwortet ihm nicht, was soll er auch sagen, gut für seinen Rücken ist das nicht, das weiß er selbst. Ausgerechnet jetzt ist es so heiß. Es ist Mittagszeit, andere halten Siesta, nur er schleppt den schweren Topf. Das erinnert ihn an die erste Begegnung mit Isabella, wenn er nicht gerade so fertig wäre, dann würde er das vielleicht sogar romantisch finden.

Endlich, da ist das Gartentor. Er bleibt stehen und stellt das Bäumchen keuchend ab, er wischt sich den Schweiß von der Stirn und streckt sein Kreuz durch.

Signora Cottinetti kommt gelaufen. »Was willst du schon wieder?«

»Ich möchte dieses Zitronenbäumchen im Garten einsetzen.«

Die Vermieterin fuchtelt wild mit den Armen. »Was willst du?«

Angelo hat keine Lust auf eine Diskussion, er lügt sie lieber an. »Das ist ein Geschenk, weil du so nett warst und Isabella aufgenommen hast. Ich möchte dir gerne das Zitronenbäumchen im Garten einsetzen. Er wird auch Isabella sehr gut gefallen.«

Sie kann es nicht fassen, er verlangt keine Provision, nein, er schenkt ihr auch noch etwas. Der ist echt nicht mehr zu retten, das alles wegen einer Frau. Vielleicht streicht er ihr noch die Fenster oder malt die Hausfassade an, damit diese Isabella es schöner bei ihr hat. Mit dieser Art von Romantik kann sie sich anfreunden, mal sehen, was dem Liebeskranken noch einfällt. So ein Zitronenbäumchen kann sie wirklich gut gebrauchen, es ist sicher von Signor Costadella, das kostet nicht wenig. Sie macht das Tor auf. »Bitte sehr, du kannst es gerne einsetzen.« Dummkopf, denkt sie sich, aber das sagt sie nicht laut.

Angelo reibt sich die Hände, er macht ein paar Dehnungsübungen für seinen Rücken, die ihm Dottore Fracallo empfohlen hat. Dann hebt er das Bäumchen und trägt es zu Isabellas Balkon. Signora Cottinetti läuft ihm nach. »Du willst es hier pflanzen? Und wie soll sie das Bäumchen dann sehen? Sie hängt ja nicht kopfüber. Stell es doch direkt zum Eingang! Da geht sie jeden Tag daran vorbei.«

»Stimmt auch wieder.« Er dreht sich um und trägt es zum Gartentor. Er will es einfach nicht mehr halten müssen, er stellt es ab. »Ich brauche eine Schaufel.«

Signora Cottinetti läuft zum Gartenhäuschen und drückt ihm eine in die Hand. Er sticht in die Erde, er spürt einen Widerstand. Es staubt ein bisschen, er wischt sich den Schweiß von der Stirn. »Der ist ganz schön hart! Schon lange nicht gegossen?«

Ihr ist das äußerst peinlich. »Naja, diese eine Stelle, da ist ja nichts außer Erde, was soll ich da gießen?«

Mit viel Kraft sticht er noch einmal in den Boden, er hebt einen schweren Brocken hoch, seine Arme tun ihm weh. Er schaufelt und schaufelt, bis das Loch groß genug ist, immer wieder muss er kurz eine Pause einlegen. Signora Cottinetti steht daneben und ist ungeduldig. »So schwer ist das jetzt auch wieder nicht.«

Er hört ihr gar nicht zu. Er hebt das Bäumchen hoch, setzt es ein und drückt es ganz fest in die Erde. Er geht einen Schritt zurück und schaut es an, es steht gerade, so kann es seine ganze Schönheit entfalten. Er schaut auf den Balkon, wenn Isabella das jetzt übersieht, dann ist ihr nicht zu helfen. Er muss sie nur noch irgendwie darauf aufmerksam machen, dass das Bäumchen von ihm ist. Er legt die Schaufel auf den Boden und geht. »Ich muss los. Danke!«

Signora Cottinetti brüllt ihm nach. »Was ist jetzt mit der Erde, wer räumt die weg? He, das Bäumchen muss ja noch zugedeckt werden!« Wütend nimmt sie die Schaufel und gibt die Erde auf die Wurzeln.

Angelo sieht schon aus der Ferne Signora Trenetti vor seinem Laden stehen. Sie schaut ihn böse an. »Auch schon da! Ich habe nicht ewig Zeit, ich sperre extra mein Geschäft zehn Minuten zu, damit ich bei dir einkaufen kann. Und wie schaust du überhaupt aus?«

»Entschuldigung, ich habe ein Zitronenbäumchen eingesetzt, das hat etwas länger gedauert als gedacht.« Er zieht den Schlüssel aus der Hosentasche und sperrt die Tür auf. »Was brauchst du denn so dringend?«

»Tomaten und Zucchini.«

Er reicht ihr das Gemüse. Sie schaut ihn an und grinst. »Wer ist denn diese junge Dame, die gerne Pecorinokäse isst?«

»Pecorinokäse?« Er hat keine Ahnung.

»Man hat euch bei Ricardo gesehen. Ich weiß sehr wohl was los ist.« Sie lacht.

Angelo hat keine Nerven für das alles. Er antwortet einfach nicht, er sagt trocken. »Zwei Euro vierzig bitte.«

Signora Trenetti hebt den Kopf und geht beleidigt aus dem Laden.

Er schließt ab, er braucht das jetzt nicht, dass noch jemand kommt. Er nimmt zwanzig Zitronen in die Hand und putzt sie mit einem Stofftuch ab, nimmt einen Sack und legt sie hinein. Er sprintet wieder zu Signora Cottinetti zurück, die ist noch immer verärgert. »Angelo, so geht das nicht! Ich musste jetzt deinen Dreck wegräumen!«

Er hört ihr gar nicht zu, läuft zu Isabellas Tür hinauf, nimmt die Zitronen aus dem Sack und legt auf jede Stufe eine bis zum Bäumchen. Wenn sie das jetzt nicht begeistert, dann hat er sowieso verloren. »Ich muss gehen. Viel Freude mit dem Bäumchen.«

Signora Cottinetti brüllt ihn an. »Du kommst mir nicht mehr in den Garten!«

»Ich muss jetzt wirklich, meine Kunden warten. Ich habe dir doch das Bäumchen geschenkt, da wirst du das bisschen Erde hineinschaufeln können.« Er winkt ihr und geht.

»Das ist unglaublich, eine Frechheit. Hörst du!«

Isabella gähnt lange und streckt sich. So ein Mittagsschlaf tut wirklich gut. Sie steht auf und geht auf den Balkon, lehnt sich an das Geländer und schaut auf das Meer. Die Wellen bewegen sich sanft, die Vögel gleiten über das Wasser. Sie hört ein lautes Krähen. Sie hat Lust auf einen Spaziergang, sie zieht ihre Schuhe an und geht zur Tür. Auf der ersten Stufe entdeckt sie eine Zitrone, sie geht einen Schritt weiter, sie sieht noch eine von den gelben Früchten, und mehrere bis zum Gartentor. Sie kann sich denken, wer hinter dieser Aktion steckt. Der Obstverkäufer. Irgendwie ist bei dem alles gelb. Jetzt muss sie auch noch zu ihm in den Laden, weil sie sich etwas Obst holen will. Schon seltsam, wenn man immer nur in einen Obstladen gehen kann. Auf dem Weg zu Angelo überlegt sie, was sie jetzt sagen soll, nein, sie will gar nichts sagen, sie will sich nicht dauernd bedanken müssen und so tun, als würde sie das alles so romantisch finden. Es ist nett, mehr aber auch nicht.

Angelo hetzt zum Obstladen, er sieht schon Signor Cattasina davorstehen. »Es tut mir leid, dass du warten musstest. Ich bin schon da!«

Signor Cattasina winkt ab. »Ist schon in Ordnung Junge, du bist wohl gerade mit dem Kopf woanders.«

Er schaut ihn verwundert an. »Ich verstehe kein Wort.«

Signor Cattasina schaut ihn wissend an. »Na, bei so einer hübschen Begleitung kann man ja an nichts anderes mehr denken. Ich hoffe, du hast ordentliche Schuhe an, als Schuhverkäufer muss ich mir das natürlich ansehen. Naja, die hier sind nicht so toll. Sind wenigstens die Sohlen in Ordnung? Streck mal den Fuß hoch.«

Ja, klar, das mit Isabella weiß jetzt wirklich jeder, weil er mit ihr im Ristorante bei Ricardo war, der muss das natürlich überall herumerzählen. Angelo ist genervt. »Ach, Signor Cattasina, das ist doch oberflächlich, man liebt jemanden nicht wegen seiner Schuhe, es geht um das Herz, um die Liebe.« Er klopft sich auf die Brust.

»Ach, das ist doch jugendlicher Unsinn, man muss glänzen! Vom Scheitel bis zu den Schuhsohlen. Jetzt gib schon deinen Schuh her.«

Er streckt den Fuß hin, Signor Cattasina hält ihn in der Hand und holt mit der anderen seine Brille aus der Westentasche. »Das ist allerdings wirklich dramatisch, mein Lieber.«

Angelo bückt sich zu seinem Schuh hinunter. »So schlimm ist das jetzt auch wieder nicht.«

Signora Cattasina fährt mit der Hand die Schuhsohle entlang. »Das gehört ausgetauscht, besser noch, du brauchst neue Schuhe. Wie willst du so eine Frau kriegen?«

Angelo hebt den Kopf und schaut in Isabellas Gesicht. Er versucht zu rekonstruieren, wie lange sie schon diesem Gespräch zuhört, schnell nimmt er seinen Fuß aus Signor Cattasinas Händen. »Isabella, was willst du denn hier?«

»Eine Banane, bitte.«

Er nimmt eine Banane und drückt sie ihr in die Hand. »Da, bitte, geht aufs Haus.« Ihm ist diese Situation äußerst peinlich.

Sie bedankt sich und ist auch schon wieder weg.

Angelo muss sich auf den Sessel setzen. Isabella war da, und er war nicht darauf vorbereitet. Ach was, er war in einer äußerst blöden Situation. Er schaut auch noch furchtbar aus, noch ganz dreckig und voller Erde.

Der Schuhverkäufer schaut ihn an. »Das war sie, oder? Wirklich hübsch. Du brauchst gepflegte Schuhe, diese hier kannst du einfach nur mehr wegwerfen. Die sind richtig abgetreten. Junge, du brauchst dringend Neue. Und ich brauche jetzt einen Salat, Orangen, Gurken, Tomaten, Birnen und Zitronen.«

Angelo packt alles gedankenverloren in eine Papiertüte und reicht sie ihm.

Signor Cattasina ist in Plauderlaune. »Ich freue mich schon auf meinen Salat, den werde ich auf dem Teller mit den roten und grünen Blumen essen. Den hat meine Mutter immer verwendet, wenn sie im Schuhgeschäft etwas zu feiern hatte. Diese Tradition habe ich übernommen. Ich habe heute drei Paare Schuhe verkauft, stell dir das vor. Das ist mir seit Monaten nicht mehr gelungen. Leider habe ich sie an diesen Touristen verkauft, diesen Mister Bride. Da muss ich mich dann irgendwann von den Schuhen verabschieden. Dabei mag ich das so, wenn ich sie wiedersehe und beobachten kann, mit welcher Kleidung sie kombiniert werden. Natürlich mache ich das so, dass es keiner bemerkt, dass ich meine Schuhe beobachte. Du weißt schon. Aber vielleicht ist es besser, wenn ich meine Schuhe nicht immer am Träger sehe. Die meisten putzen ihre Schuhe ja gar nicht. Da blutet mein Herz.«

Angelo unterbricht ihn, er hat jetzt keine Nerven dafür. »Vier Euro dreißig bitte.«

»Hier bitte! Du solltest wirklich über neue Schuhe nachdenken.« Signor Cattasina verabschiedet sich.

Isabella macht einen Spaziergang, schlendert am Brunnen vorbei und schaut in die Auslagen. Angelo war wirklich komisch, fast schon unfreundlich, aber gut, was soll sie sagen, sie ist ja auch sehr zurückhaltend. Sie denkt noch immer viel zu oft an Lucas. Das zieht sie nur runter. Aber Gefühle sucht man sich nicht aus, die sind einfach da. Sie bleibt vor dem Schuhgeschäft stehen. Sie bewundert die braunen Ballerinas. Sie sind spitz und haben ein zartes, braunes Bändchen. Sie überlegt, ob sie sich die leisten soll. Sie rechnet. Fünfundvierzig Euro kosten sie, das Geld hat sie. Sie zieht an der Tür.

Signor Cattasina kommt gelaufen. »Junge Dame, ich komme schon, ich komme schon.«

Sie steht im Geschäft und schaut sich um. Überall stehen braune antike Möbel, jede Schachtel ist ordentlich in ein Regal geräumt. »Ich würde gerne die braunen Ballerinas anprobieren.«

Er geht zu den Schachteln und fragt. »Welche Größe bitte?« Heute ist sein Glückstag.

»Achtunddreißig.« Sie schaut auf das Bild das im Laden hängt. Drei Männer sitzen im Anzug auf schweren Stühlen, sie haben ihre Füße überkreuzt und Zigarren im Mund.

Signor Cattasina zieht die Schachtel heraus und deutet Isabella auf den Sessel. Sie zieht die Schuhe an und geht ein paar Schritte. »Die nehme ich.«

Er packt sie in Papier ein. »Mit oder ohne Schachtel?«

»Ohne bitte.« Isabella legt das Geld auf die Verkaufstheke und verabschiedet sich.

Er ruft ihr nach. »Mädchen, die Schuhe sind aus Rauleder, damit darfst du nicht an den Strand. Sand und Wasser bitte meiden.«

»Danke! Ich werde es beachten!«

Angelo sperrt seinen Obstladen ab, er muss zu Signor Cattasina, neue Schuhe sind wirklich notwendig. Er sieht schon von der Weite, dass im Schuhladen kein Licht mehr brennt. Er läutet an der Sprechanlage, die Wohnung von Signora Cattasina ist gleich über dem Geschäft.

Der Schuhverkäufer sitzt in der Küche und isst seinen Salat, er hört die Glocke. Er wundert sich, dass es bei ihm um diese Uhrzeit noch läutet. Er steht auf, öffnet das Fenster, streckt den Kopf hinaus und sieht Angelo. »Was machst du denn hier?«

Er schaut nach oben. »Na, neue Schuhe kaufen!«

»Um diese Zeit? Junge, komm morgen wieder, ich habe schon geschlossen.«

Angelo ruft hinauf. »Na gut, aber bitte leg mir die schönsten zur Seite. Ich brauche Schuhe, ich brauche glänzende Schuhe!«

Signor Cattasina winkt, schließt das Fenster und zieht den Vorhang zu, sicher ist sicher. Er setzt sich wieder zu seinem Salat. Das ist irgendwie schon verrückt, monatelang hat er höchstens ein paar Schuhe am Tag verkauft und jetzt wird er sogar beim Abendessen gestört. Er überlegt, ob er Angelo jetzt schon die Schuhe verkaufen hätte sollen, vielleicht will er sie morgen nicht mehr. Er führt die Gabel zum Mund, nein, um ehrlich zu sein, so eine Aufregung schafft sein Herz nicht mehr. Er braucht seine Ruhepausen. Er legt die Gabel doch wieder hin, er kann diesen Salat jetzt nicht essen, er muss in sein Geschäft hinunter, um wenigstens Schuhe auszusuchen. Er nimmt den Schlüssel und geht langsam die Kellerstiegen hinunter, er hält sich am Geländer fest. Altwerden ist wirklich nicht einfach, vor allem, wenn man allein ist. Er nimmt eine Schachtel aus dem Regal und holt schwarze Schuhe heraus. Spitze Schuhe mit einem Lochmuster. Er streicht über das Leder, dieses Modell hat er vor Jahren in Mailand gekauft. Er wischt die Staubschicht mit der Hand ab, er muss sie putzen, ach was, er muss sie auf Hochglanz polieren. Er holt seinen Schuhputzkoffer, setzt sich auf seinen Hocker und schaltet Musik ein.

Angelo sperrt seine Wohnungstür auf, dann sucht er halt morgen Schuhe aus, er hat jetzt Hunger. Er macht sich eine Bruschetta. Er schneidet das Weißbrot in Scheiben und angelt sich das Olivenöl. Diese Isabella, kein Wort hat sie über seine Zitronen oder das Bäumchen gesagt. Vielleicht hat sie es auch nicht bemerkt. Er holt drei Tomaten aus dem Korb. Er muss es doch direkter angehen, überlegt er, während er aus dem Küchenfester schaut und den Vollmond betrachtet. Er nimmt eine Zitrone und schaut sie an, er wird sein Glück noch einmal herausfordern, jetzt sofort.

Er läuft zu Signora Cottinettis Gartentor und sieht, dass kein Licht mehr brennt. Er nimmt Anlauf und springt über den Zaun, seine Hose bleibt hängen, er hört, wie der Stoff auf der Innenseite aufreißt. Er bückt sich und befühlt das Loch. Das war ja wohl keine seiner besten Ideen. Toll!! Weltklasse-Aktion. Aber das kann er jetzt nicht ändern, er schleicht zu Isabellas Balkon und wirft eine Zitrone hinauf.

Isabella sitzt auf dem Balkon und hat die Augen geschlossen. Sie hört, dass etwas auf den Boden fällt und reißt die Augen auf. Vor ihren Füßen liegt eine Zitrone. Sie steht auf und nimmt sie in die Hand, sie muss nicht darüber nachdenken, wer ihr die geschickt hat. Sie bückt sich über das Geländer.

Angelo schaut zu ihr hinauf. »Bella, ich darf dich doch so nennen, komm runter, ich will dir den Mond zeigen, den Vollmond. Ich dachte mir, den müssen wir gemeinsam sehen.«

Sie seufzt. Ihr fällt zum Vollmond nichts ein außer Schlafprobleme und Unruhe. »Muss das jetzt sein?«

»Den Vollmond gibt es nicht jeden Tag. Ich kenne eine besondere Stelle, da ist er nahezu magisch!«

»Magisch meinst du? Na, wenn du das sagst. Na gut, ich komme kurz mit.« Magisch, wenn sie dieses Wort schon hört, aber was soll sie jetzt machen, sie hat sich schon für die Zitronen nicht bedankt, da kann sie ihm das jetzt nicht ausschlagen. Sie schlüpft in die neuen Ballerinas.

Angelo wartet am Gartentor. »Komm mit, wir gehen zu einem kleinen Hügel, der ist gleich ums Eck.«

Sie will jetzt nicht weit gehen. »Den Mond sieht man doch überall.«

Er hört ihr gar nicht zu, er biegt zum Strand ab. Sie bleibt stehen, er dreht sich um. »Was ist los, warum gehst du nicht weiter?«

Isabella steht ganz steif da. »Ich darf mit den Schuhen nicht in den Sand.«

Angelo schaut sie an. »Wie bitte?«

»Rauleder.«

»Dann zieh die Schuhe aus!«

Sie ziert sich. »Diese ganzen Krabbeltierchen im Sand. Man sieht im Dunkeln nicht, wo man hintritt.«

Er geht auf sie zu und hebt sie hoch. »Problem erledigt.« Sein Kreuz meldet sich.

Fünfzig Meter schafft er, dann setzt er sie im Sand ab. Er zeigt mit dem Finger nach oben. »Von hier kann man den Mond auch wunderbar sehen, Hauptsache, wir sehen ihn gemeinsam.«

Sie steht neben ihm und schaut ihn von der Seite an, sie muss zugeben, dass sie das jetzt beeindruckt hat. Ein Mann, der anpackt und sie einfach hochhebt, wenn auch nur kurz. Das findet sie wahnsinnig romantisch.

Angelo schaut in den Himmel. »Schau, da wohnt der Mann im Mond, und der passt auf dich auf.«

»Ich dachte, die Sterne passen auf mich auf«, flüstert Isabella in sich hinein. So schnell kann ein romantischer Moment auch wieder zerstört werden. Es wird leicht windig, sie zieht ihre Weste zu. Sie spürt, dass da gerade eine nicht ganz greifbare Stimmung entsteht. Sie will das nicht, in ihr zieht sich alles zusammen, sie will nur mehr entkommen. Sie spürt, dass er nach ihrer Hand greifen will. Isabella verschränkt ihre Arme und schaut ihn an. »Können wir nach Hause gehen, mir ist kalt.« Sie dreht sich zum Haus und geht los.

»Willst du wirklich schon wieder gehen?«

Sie unterbricht ihn. »Ja, ich will lieber wieder nach Hause.«

Sie gehen schweigend nebeneinander, wenn selbst ihm nichts mehr einfällt, dann ist die Situation richtig verfahren. Beim Gartentor verbeugt er sich wortlos und geht.

Isabella legt sich ins Bett, ihr ist nach Verkriechen zumute. Jetzt macht ihr ein Mann solche Avancen, findet den Mond, findet die Sterne, trägt sie zum Meer. Und was macht sie? Sie will das alles nicht, sie will nur ihre Ruhe. Sie zieht die Decke bis zum Hals und dreht das Licht ab. Romantik und das ganze Drumherum, das war doch oft ein Streitthema zwischen ihr und ihrem Ex-Freund Lucas. Das war es doch, was ihr immer gefehlt hat.

Angelo wacht schweißgebadet auf, er greift sich auf seine Stirn. Er hat kein Fieber, aber er fühlt sich gar nicht gut, ihm tut alles weh. Er ist selten krank, er greift sich auf die Brust, er spürt ein starkes Ziehen. Das wird sein Rücken sein, der ihm Probleme macht. Aber es kann auch sein, dass sein Herz gebrochen ist, in zwei Stücke, schließlich ist alles möglich. Er muss Dottore Fracallo anrufen. Langsam schiebt er sich aus dem Bett und schnauft. Er sucht seine Pantoffeln und tastet mit den Füßen danach, in diesem Zustand kann er sich unmöglich bücken. Er schlüpft in die Pantoffeln und kriecht ganz langsam zum Telefon. Dort nimmt er sein Telefonbuch aus der Lade und sucht die Nummer vom Dorfarzt. Er greift zum Hörer und wählt.

Dottore Fracallo knurrt ins Telefon. »Angelo, was kann ich für dich tun? Um diese Uhrzeit! Ich möchte eigentlich in Ruhe frühstücken.«

Angelo keucht. »Dottore Fracallo, ich fühle mich gar nicht gut!«

Dottore Fracallo beißt in sein Brötchen und kaut. Angelo hört ein Schmatzen. »Es geht mir gar nicht gut, kann alles sein.«

»Mir tut alles weh, ich habe das Gefühl, mein Herz brennt.« Angelo ringt so nach Luft, dass Dottore Fracallo nun doch sein Frühstück unterbricht.

»Ich bin gleich bei dir! Ich hole nur schnell den Arztkoffer aus dem Vorzimmer.« Er legt auf.

Jetzt bekommt Angelo erst recht Panik. Ist also doch nicht das Kreuz, wenn der Arzt so schnell kommt. Er schleppt sich wieder zurück ins Bett und setzt sich an den Rand, er fürchtet sich vor dem, was der Doktor sagen wird, wenn er sich so beeilt. Schon läutet es an der Tür, Angelo schnauft, er hätte im Flur beim Telefon bleiben sollen. Jetzt muss er den ganzen Weg noch einmal gehen, wenigstens hat er die Pantoffeln noch an.

Dottore Fracallo schaut Angelo entsetzt an, als er die Tür öffnet. »Du schaust ja wirklich total fertig aus.«

»Hast du etwas anderes erwartet?« Er dreht sich um und schleppt sich zurück ins Schlafzimmer.

Dottore Fracallo setzt sich auf den Sessel neben dem Bett. »Was hast du denn? Zeig mir, wo es weh tut!«

Er fährt mit der Hand über sein Herz. »Hier zieht es.«

Dottore Fracallo öffnet seine Arzttasche. »Ich höre dich mal ab. Was hast du angestellt, dass du dich so fühlst?«

Er flüstert. »Eigentlich nichts. Ich war spazieren, ich habe eine junge Dame gehoben und getragen, aber nur ein paar Meter. Vielleicht habe ich dabei mein Kreuz zu sehr belastet.«

Dottore Fracallo hört ihn ab. »Ich kann beim besten Willen nichts finden. Das Herz ist gut, dieses Ziehen wird vom Kreuz ausgehen. Du bist verspannt. Hast du zu viel Stress? Du solltest in die Apotheke gehen und einen Beruhigungstee kaufen.«

Angelo gerät gleich wieder in Atemnot. »Ich soll in die Apotheke? Ich bin ja nicht verrückt! Du weißt doch, warum ich dort nicht hin kann! Soll es mir noch schlechter gehen?«

Dottore Fracallo schüttelt den Kopf. »Was bitte ist denn so schlimm daran?«

»Donatella! Du schickst mich zu meiner Ex einen Beruhigungstee kaufen?«

Dottore Fracallo zuckt mit den Schultern. »Angelo, du hast nichts, du bist gesund. Du regst dich einfach nur auf.« Er schließt seine Arzttasche.

»Ich habe nichts? Bist du da sicher? Mein Herz brennt. Ich kann kaum atmen, kaum einen klaren Gedanken fassen wegen Isabella. Ich weiß einfach nicht, was ich tun soll. Sie öffnet sich nicht. Pure Verzweiflung ist das, was ich verspüre.«

»Isabella? Ist das die Frau, mit der du bei Ricardo warst? Will sie dich nicht? Wenn dich das so belastet, dann hol dir Rat, wie du die Angebetete auf deine Seite ziehen kannst.« Er nimmt seinen Mantel.

»Rat holen?«, wiederholt Angelo. »Von wem denn? Wer kennt sich denn hier schon mit der Liebe aus?«

Dottore Fracallo dreht sich zur Tür. »Das ist nicht mein Fachgebiet. Frag doch deine Kunden, da kommt jeden Tag ein Haufen Leute zu dir, frag sie doch alle. In Fribello sagt doch eh jeder zu allem etwas, du wirst dich vor Ratschlägen nicht retten können. Ich muss gehen, ich habe einen Termin.«

Angelo sitzt im Bett und schaut dem Arzt nach. Danke, denkt er, danke für gar nichts. Dieser Herzschmerz-Diagnose kann er nicht trauen. Es ist ihm noch nie passiert, dass er sich wegen einer Frau so schlecht fühlt. Er war immerhin mit Donatella zusammen. Wozu war der Arzt da, wenn man damit nichts anfangen kann, was er zu sagen hat. Tee trinken. Tolle Ratschläge sind das. Er schüttelt den Kopf. Er kann nicht zu seiner Ex-Freundin in die Apotheke gehen. Nie im

Leben. Die glaubt ja noch, dass es ihm wegen ihr schlecht geht. Er schüttelt den Kopf. Die ist noch wütend auf ihn, das spürt er ja bei jeder zufälligen Begegnung. Wenn sie ihn übersehen kann, dann tut sie es. Eindeutig war sie schon immer. Donatella hat damals vor ihm gestanden, er weiß es noch, als wäre es gestern gewesen. Mit ihren hohen Stiefeln, die sie selten auszog, stand sie da vor dem Sofa und redete auf ihn ein. Sie wollte Spaß im Leben haben, keinen Alltag, all diese Dinge halt.

Er schleppt sich in die Küche, er muss etwas essen. Wenigstens ist der Appetit wieder zurück. Er öffnet den Kühlschrank, drei Eier liegen noch in einer Schachtel, er nimmt sie heraus und holt Tomaten. Er brät sie mit den Eiern und streut Basilikum darüber, Salz und Pfeffer gibt er noch dazu. Vielleicht ist die Idee, sich einen Rat zu holen, gar nicht so schlecht, zumindest besser als ein Gespräch mit Donatella. Isabella tickt so anders. Donatella hat er am Anfang schon noch mit Romantik beeindrucken können, erst später ging dann gar nichts mehr. Bei Isabella scheitert er schon von der ersten Begegnung an.

Vielleicht hilft es ihm wirklich, wenn er seine Kunden fragt. Da hat doch jeder einen anderen Zugang zur Liebe. Da kann vielleicht sogar er noch etwas lernen. Ihm ist gleich leichter ums Herz, so kann er sicher viele gute Ideen gewinnen. Eine davon wird selbst Isabella ans Herz gehen. Er nimmt die Eierspeise aus der Pfanne und legt sie auf den Teller. Er hat wirklich großen Hunger. Er isst hastig, stellt den Teller in die Spüle und geht ins Bett. Er wird sich noch ausruhen, übertreiben muss man es ja nicht.

Dottore Fracallo ist froh, dass das ein schneller Termin war. Dieser Angelo, ein komischer Kauz. Regt sich wegen einer Frau so auf. Wenigstens hat er eine gute Geschichte zu erzählen, die kann er jetzt auch wirklich brauchen. Er muss zum Treffen des Verschönerungsvereins. Er ist der Präsident, und er hat vor Wochen angekündigt, dass er heute die Blumenliste für den Brunnen am Hauptplatz präsentieren wird. Wie immer hat er sich nichts überlegt. Die Damen im Verschönerungsverein wissen sowieso, dass er sich nicht so gut mit Blumen auskennt. Sie lieben seine Patientengeschichten halt, die er als Arzt natürlich nicht erzählen darf. Aber was bleibt hier schon geheim.

Er öffnet mit Schwung die Tür vom Ristorante, er sieht sie alle schon am Tisch sitzen. Signora Vaccillano winkt ihm zu. Er setzt sich in die Damenrunde und schnauft laut. »Ich bin so erledigt. Ich hatte gerade einen äußerst schwierigen Hausbesuch.«

»Bei wem warst du denn?« Sie schenkt ihm ein Glas Wasser ein.

Er will wie immer Spannung aufbauen. »Das darf ich doch nicht sagen. Ich habe ja Schweigepflicht.«

Signora Vaccillano schaut ihn an und grinst. »Immer wieder! Du lässt dich bitten, am Ende erzählst du es doch. Wir lieben deine Geschichten. Also erspare uns diese Fragerei, erzähle es doch gleich.« Die Damen am Tisch lachen.

Er räuspert sich. »Also gut, ich war bei Angelo. Ich glaube, er ist liebeskrank. Er hat sich in diese junge Dame, diese Touristin, verliebt.«

»Was für eine Touristin? Wie lange ist die denn schon da?« Signora Vaccillano schaut in die Runde.

Ricardo ruft von der Theke. »Sie war hier essen. Mit Angelo. Aber sie hat ihn kein einziges Mal angelächelt. Ich habe das genau beobachtet.«

Dottore Fracallo ist sauer. Dieser Wirt stiehlt ihm die Show. Er unterbricht Ricardo und betont seine Worte extra laut. »Angelo geht es jetzt ganz schlecht. Ich habe ihm geraten, dass er sich an andere wenden soll. Zu seiner Ex-Freundin will er übrigens auch nicht zurück, die reden nicht einmal mehr miteinander. Er braucht dringend Ablenkung.« Er zwinkert in die Runde. »Meine Damen, ich muss wieder arbeiten, es warten noch ein paar Patienten. Es war mir wie immer ein Vergnügen. Ich habe einen neuen Termin für die Blumenliste, ich werde sie dann in eure Postkästen werfen.« Er nimmt seinen Arztkoffer und geht. Ricardo schaut ihm hinterher. Er bringt den Damen die Speisekarte. Sie werden jetzt die Blumenliste für den Brunnen besprechen. Sicher ist sicher.

Isabella wacht auf, es ist schon Mittag, sie fühlt sich total gerädert, aber gut, sie hat auch die halbe Nacht wachgelegen. Dieser Angelo hat ihr den Schlaf geraubt. So lange hat sie immer wieder davon geträumt, dass ihr jemand die Sterne vom Himmel holt. Wie oft hat sie Lucas vorgeworfen, sich nie von der romantischen Seite zu zeigen. Jetzt kann sie nicht damit umgehen, dass ein Mann sie so umgarnt. Sie findet es zwar nett, aber irgendwie auch ein bisschen lächerlich. Sie setzt sich auf und reibt sich die Augen. Sie fragt sich, was Lucas wohl jetzt macht. Sie vermisst ihn, diese Vertrautheit, dieses Wissen um den anderen. Irgendwie war das doch sehr schön, trotz der ewigen Alltagsdiskussionen. Sie verlässt der Mut, was hat sie sich bloß dabei gedacht, einfach so abzuhauen. Ohne Plan, ohne Lucas. Sie legt sich wieder hin und zieht sich die Decke über den Kopf. Was hat sie erwartet, dass das Rauschen des Meeres so laut ist, dass sie ihre eigenen Gedanken überhört? Sie zieht die Decke vom Gesicht und setzt sich auf. Das war ja zu erwarten, dass die Zweifel mit im Gepäck sind. Man haut ja nicht einfach so in ein anderes Land ab, und alles ist paletti. Dem Liebeskummer kann man nicht davonlaufen, das ist auch eine Erkenntnis. So, jetzt hat sie es ausgesprochen, jetzt ist ihr leichter. Natürlich ist sie traurig, dass das mit ihr und Lucas nichts geworden ist. Sie fängt an zu weinen, der ganze Druck, der sich in den letzten Wochen aufgestaut hat, kommt geballt in Tränen daher. Haben sie es auch wirklich lange genug versucht? Hat sie zu früh aufgeben, ist sie zu schnell davongelaufen? Sie schnäuzt in ein Taschentuch. Fribello ist schön, und es war ja ihr ewiger Traum vom Meer, aber so allein ist das schon ganz etwas anderes. Eigentlich wollte sie das alles gemeinsam mit ihm erleben. Sie putzt sich die Nase. Sie packt der Trotz. Er hat sich geweigert, an der Beziehung zu arbeiten, er wollte auch nicht mir ihr ans Meer. Wozu jetzt heulen?

Angelo steht in seinem Laden. Er ist total nervös, er fährt sich durch die Haare. Kann er wirklich seine Kunden einfach so um Rat fragen? Wie soll er das überhaupt formulieren, damit es nicht ganz so verzweifelt rüberkommt. Er geht im Raum auf und ab und spricht laut vor sich hin. »Ich hätte da eine Frage, wie umwirbst du deine Angebetete? Nein, nein, das ich nicht gut. Ich darf das nicht so direkt machen. Ich werde einfach sagen, dass ich Rat für einen Freund brauche. Einen sehr guten Freund. Nein, das ist auch blöd. Ich brauche einen Rat, welche romantische Aktion fällt dir ein. Hach, das klingt gut! Nicht zu persönlich, könnte auch für eine Werbung für meinen Laden sein. Das ist gut!«

Mister Bride öffnet die Tür. Angelo erschrickt, na bravo, ausgerechnet dieser grantige Brite soll sein erster Ratgeber sein. Mister Bride bemerkt nicht, dass Angelo richtig zusammenzuckt. »Zwei Gurken bitte.«

Angelo drückt sie ihm in die Hand und fragt ganz nebenbei. »Wie gewinnst du eine Frau?« Das rutscht ihm einfach so raus. Das ist weit entfernt von möglichst unaufdringlich, unaufgeregt und verzweifelt. Das ist jetzt echt blöd.

Mister Bride lacht laut auf. »Ach, sind wir jetzt per du? Wie verliere ich eine Frau, müsste die Frage wohl heißen.«

Angelo lässt nicht locker, er will nicht gleich bei seinem ersten Kunden scheitern. »Naja, aber irgendwann müssen Sie, du, Sie ja diese Frau gewonnen haben. Es ist wirklich wichtig.« Jetzt klingt er erst recht verzweifelt.

Er überlegt kurz. »Also gut. Dann bleiben wir also beim Du, wenn das hier so üblich ist. Was ich gerne für sie getan habe, ist allerdings nachweislich kein Garant für Erfolg, das war Tee kochen. Vermutlich war das sogar einer der Gründe, warum sie mich verlassen hat, weil sie das vielleicht zu langweilig gefunden hat. Na gut, lassen wir das. Ich habe ihr jedenfalls immer eine Tasse Tee gemacht, das war meine Art, ihr täglich mit einer kleinen Aufmerksamkeit das Gefühl zu geben, dass ich sie verwöhne. Und eigentlich dachte ich, dass sie das auch sehr schätzt, aber sie ist mit einem anderen durchgebrannt, mit einem Teehändler, was wiederum dafür sprechen würde, dass die Tasse Tee gar kein so schlechter Ansatz war. Allerdings hat das einen kleinen Schönheitsfehler, wie sich dann im Nachhinein herausgestellt hat, denn meine Frau hat den Tee immer gekauft, nämlich in dem Laden von dem Kerl. Ich hatte keine Zeit für solche Erledigungen. Ich bin mir jetzt nicht sicher, ob ich dir geholfen habe, aber Tee ist jedenfalls das Stichwort. Ich muss jetzt gehen, ich muss schreiben.«

Angelo läuft schnell zum Korb und holt eine Zitrone, er drückt sie Mister Bride in die Hand. »Danke für den Rat. Die geht aufs Haus.«

Die Tür fällt zu, Angelo steht ratlos im Laden, was soll er damit anfangen, eine Tasse Tee, wie langweilig. Hoffentlich hat er seiner Frau die Tasse wenigstens nackt serviert. Er schnauft, aber gut, er kann jetzt nicht gleich den ersten Rat ignorieren, er muss es jetzt durchziehen. Er hängt das „*Komme-gleich*"-Schild an die Tür und geht in den Feinkostladen.

Signora Trenetti steht hinter der Theke, sie schneidet mit der Maschine den Prosciutto in hauchdünne Scheiben. »Was kann ich für dich tun?«

»Ich brauche Tee! Was hast du da?« Er schaut sich um.

»Naja, Tee gibt es eigentlich in der Apotheke bei Donatella.« Sie dreht die Maschine ab.

Er unterbricht sie. »Jaja, das weiß ich schon, aber du musst doch auch Tee in deinem Laden haben. Oder nicht?«

Jetzt mustert sie ihn eindringlich. »Angelo, bist du krank?«

Angelo will jetzt nicht reden, er will einkaufen. Bei seinen Kunden ist er nicht so aufdringlich. »Alles okay. Hast du jetzt welchen oder nicht?«

Signora Trenetti geht zum Regal, sie holt drei Schachteln hervor. »Kamille, Hagebutten und Schwarztee!«

Er verzieht das Gesicht. »Kamille ist doch etwas, wenn man krank ist. Schwarz geht gar nicht. Aber Hagenbutten sind rot wie die Liebe. Das ist ein romantischer Tee. Den nehme ich.«

Sie legt die Schachtel auf die Theke. »Beim Tee geht es mehr um die Geschmacksrichtung als um die Farbe. Was ist bitte ein romantischer Tee? Ich bekomme bitte ein Euro fünfzig.«

Er geht nicht darauf ein, er gibt ihr das Geld und verabschiedet sich. Signora Trenetti schüttelt den Kopf, jetzt muss sogar schon der Tee romantisch sein.

Angelo steht in seiner Küche, er sucht eine Tasse in der Lade, aber er hat nur weißes Geschirr. Und das ist ziemlich langweilig. Er nimmt eine Tasse heraus und schaut sie an, er sucht nach Antworten. Wie soll er bitte daraus eine romantische Angelegenheit machen. Das gibt's ja nicht, auf was hat er sich da eingelassen! Er nimmt die Tasse in die Hand und starrt sie an. Komm, hilf mir, was soll aus dir werden? Er hat eine Idee. Er wird sie einfach anmalen. Rote Herzen. Das ist es, na klar. Er geht zur Lade neben dem Herd und holt einen roten Stift heraus. Den braucht er normalerweise für seine Angebotstafeln. Er schaut den Stift an und fragt ihn scherzend: Kannst du auch selbständig rote Herzen malen? Sein Talent lässt in dieser Hinsicht ja eher zu wünschen übrig. Er nimmt den Stift und setzt auf der Tasse an, ganz vorsichtig zieht er eine Linie. Er geht einen Schritt zurück und schaut genau hin. Naja. Das Herz ist ihm jetzt nicht so gelungen, aber er ist ja auch kein Maler. Er macht den Hagebuttentee und schüttet ihn hinein. Das sieht gar nicht so schlecht aus.

Er geht damit zu Isabella. Der Tee dampft, die Tasse klappert auf der Untertasse, er krallt sich mit beiden Händen fest, das Ding darf nur nicht herunterfallen. Eine Zitterpartie in der Hand und im Herzen also. Endlich kommt er beim Haus an, er hat nichts ausgeschüttet, was für ein Erfolg. Eindeutig ein Kellnergen. Er nimmt die Hand ganz vorsichtig von der Teetasse weg und läutet bei Signora Cottinetti. Sie öffnet das Fenster und brüllt. »Du schon wieder, von dir habe ich wohl nie Ruhe! Oder willst du jetzt endlich die Erde wegräumen?«

»Bitte aufmachen, der Tee wird kalt!«, ruft Angelo.

»Es sind dreißig Grad, was willst du mit Tee? Ist wer krank?« Sie schüttelt den Kopf.

Er ist ungeduldig. »Mach schon auf! Bitte.«

Signora Cottinetti geht zum Gartentor und öffnet es. »Ich weiß ja nicht, was das jetzt wieder soll, aber gut.«

Isabella sitzt auf dem Balkon, sie hört es klopfen. Sie öffnet die Tür. »Hallo Angelo.«

Er krallt sich an der Teetasse fest. Eigentlich weiß er gar nicht, was er sagen soll. So etwas Bescheuertes. Er bringt ihr bei dieser Hitze Tee. Er glaubt ja selbst nicht dran. Er murmelt in sich hinein. »Ich habe eine Tasse Tee für dich. Vielleicht kannst du das ja brauchen.«

»Aber es hat sicher dreißig Grad, und ich habe hier natürlich etwas zu trinken.« Sie ist verwundert.

»Naja, so einen Tee kann man immer trinken. Er wärmt das Herz.« Er drückt ihr die Tasse so richtig in die Hand. Er will das Ding einfach nur mehr loswerden. Ist ihm ja selbst peinlich, aber was soll man machen. Ein Rat ist ein Rat, da konnte er nicht kneifen.

Isabella schaut die bemalte Tasse an und runzelt die Stirn. Dann schaut sie ihn verlegen an. »Danke, trotzdem sehr nett. Ich trinke ihn später.«

Angelo fasst wieder Mut. »Sehr gern. Ich habe eine ganze Packung daheim, also wenn du noch mehr möchtest ...«

Sie unterbricht ihn. »Danke, das reicht mir, ich wünsche dir einen schönen Tag.« Sie zieht schnell die Tür zu.

Angelo dreht sich um. So wird das nichts. Er hat sich total zum Narren gemacht, so etwas Bescheuertes aber auch, eine Tasse Tee. Er schaut auf den Boden und entdeckt seine blauen Sportschuhe. Stimmt, da war noch etwas. Er wollte zu Signor Cattasina. Wenn er sich schon zum Idioten macht, dann soll er wenigstens gut dabei aussehen.

Angelo kommt in den Schuhladen, Signor Cattasina rennt zur Tür und hält sie ihm auf. »Da bist du ja endlich! Ich dachte schon, du kommst nicht mehr. Ich habe meine besten Schuhe für dich aus dem Keller geholt.«

Er holt den Karton und nimmt sie heraus. »Schau mal, sie haben ein wundervolles Dunkelbraun, und dieses Lochmuster erst! Schick wie nie, du wirst großartig darin aussehen. Wie ein Gentleman.«

Er schaut von den Schuhen auf und Angelo ins Gesicht, er bemerkt, dass er nicht überzeugt ist. »Schau, das sind wirklich wunderbare Schuhe, wenn du sie bei eurem Date ausführst, wird sie auf den ersten Blick merken, dass sie für dich etwas Besonderes ist. Denn warum hättest du sonst solche Schuhe an?« Er schaut ihn erwartungsvoll an.

Sie sind zwar nicht ganz sein Stil, aber vielleicht hat Signor Cattasina ja Recht. »Gut. Ich nehme sie.«

»Die Schuhe kosten zweihundert Euro, für dich mache ich hundertachtzig Euro.« Er stellt die Schachtel auf die Verkaufstheke.

Angelo schluckt, da wird er viel Obst verkaufen müssen. Er nimmt die Schuhe und zieht sie gleich an. Schauen gar nicht so schlecht aus. Er dreht sich im Kreis bei der Verabschiedung und verbeugt sich.

Signor Cattasina lacht und applaudiert. »Du wirst viel Erfolg bei den Damen haben.«

Er wäre schon glücklich, wenn er damit bei einer einzigen Dame punkten kann. Er schaut auf die Uhr, er muss wieder zurück in den Laden. Geld verdienen ist angesagt. Signora Vaccillano steht schon vor dem Geschäft, sie ist grantig. »Ich brauche noch Spargel für mein Risotto am Abend. Wir haben Gäste. Ich brauche vier Bund Spargel.«

»Das ist ja eine ordentliche Menge. Wer kommt denn zu Besuch?« Er nimmt den Spargel, putzt ihn ab und wickelt ihn in Papier.

Signora Vaccillano unterbricht ihn. »Ach, nur meine Cousinen. Eine Frauenrunde, nicht dass du glaubst …«

Angelo winkt ab. »Ich glaube gar nichts, keine Sorge. Aber wenn ich dich schon hier im Geschäft habe: Fällt dir etwas Romantisches ein? Kannst du mir einen Rat geben?«

Ihre Stimme wird sanft, als sie an ihren Mann denkt. »Wir haben uns immer Liebesbotschaften hinterlassen, das war schön. Ich habe mich immer schon auf dem Heimweg darauf gefreut, dass wieder eine Nachricht auf dem Tisch liegen würde. Kauf kleine Zettel, die schön bedruckt sind und einen Glitzerkugelschreiber. Ich habe welche in meinem Laden.«

Angelo nimmt eine Zitrone und drückt sie ihr in die Hand. »Mein Dank für deinen Rat.«

Signora Vaccillano freut sich, die Zitrone passt wunderbar zum Risotto. Darauf hätte sie selbst kommen können. Sie dreht sich zum Ausgang.

Er ruft ihr nach. »Kann ich bitte schnell zu dir in den Laden kommen, ich weiß, du hast noch Mittagspause, aber da du ja gerade bei mir warst und diesen tollen Rat gegeben hast, na, du weißt schon. Ich brauche jetzt diese Zettel und diesen Kugelschreiber. Ich habe so etwas ja nicht.«

Sie seufzt und nickt. Angelo geht ihr nach. Sie öffnet die Tür und holt die Schachtel mit den Glitzerkugelschreibern aus dem Regal. »Lila ist doch eine schöne Farbe.«

Er nickt. Sie nimmt eine Schachtel mit kleinen Blöcken aus dem Regal. »Welchen willst du? Ich habe einen mit Blumen, mit Fröschen, mit einer Fee und mit Zitronen.«

»Ich nehme den mit den Zitronen.«

»Das ist doch eine schöne Farbkombination, auch wenn Zitronen nichts mit Romantik zu tun haben.« Sie packt alles ein.

»Zitronen sind nicht romantisch? Hast du schon einmal an ihnen gerochen? Dieser Duft entführt einen sofort in eine andere Welt, man denkt an die Sonne, an den Sommer, an das Meer, an all die schönen Erlebnisse, die man mal hatte oder erleben möchte. Also wenn das nicht dein Herz berührt!«

Sie kann das nicht nachvollziehen, es ist eine Zitrone, aber gut, sie weiß ja, dass Angelo in allem Romantik sehen will. »Ja, stimmt schon. Ich muss jetzt los, ich muss meinen Laden zusperren.«

Er verabschiedet sich und geht in seinen Laden zurück. Er setzt sich auf einen Sessel und schaut die kleinen Zettel an. Was könnte er damit anstellen, was soll er ihr einfach draufschreiben? Es muss auf jeden Fall etwas sein, worauf sie reagieren muss, eine Einladung. Genau das ist es. Er nimmt den Glitzerkugelschreiber und schreibt in geschwungenen Buchstaben ganz vorsichtig *Abendessen*, *Spaziergang* und *Bootsfahrt*. Ja, damit kann er gut leben, wenn nur dieser Glitzer nicht wäre.

Er schaut auf die Uhr, heute ist Stammtisch im Ristorante, da erfährt man immer ganz gut, was im Dorf los ist. Er steckt die Zettel ein, er wird sich später einen Plan dafür überlegen. Jetzt braucht er Tratsch aus dem Dorf. Er betritt das Lokal, es ist stickig und laut. Das Lachen vom Wirt ist nicht zu überhören. Ricardo entdeckt Angelo. »Alter Junge, du bist auch da. Schön! Willst du einen Grappa? Eine Spezialität von Onkel Beppone. Nur besondere Gäste bekommen den.« Er lacht.

Angelo winkt ab, er will sich nicht betrinken. Er will einfach nur wissen, was im Dorf los ist.

Dottore Fracallo winkt Angelo zu sich. »Na, wie geht's, immer noch liebeskrank?«

Angelo zuckt zusammen, das war jetzt wirklich zu laut, das muss echt nicht jeder wissen, aber gut, es starren ihn hier sowieso alle an. Mit seiner neuen Masche, jeden nach Ratschlägen zu fragen, wird das nicht besser.

Ricardo brüllt hinüber. »Was ist das denn eigentlich mit dieser Touristin? Was will die hier? Ist ja nicht gerade ein Urlaubsort.«

Dottore Fracallo kann es nicht fassen, er steht auf. »Was meinst du damit? Du spinnst ja! Du könntest ja auch Mitglied im Verschönerungsverein werden, wenn es dir im Ort nicht passt.«

Ricardo beschwichtigt. »Ach, komm, reg dich nicht so auf. Der Ort ist schon okay. Ich meine ja nur, wären auch die Hausfassaden gestrichen, dann wäre das alles hier noch schöner. Fribello ist zwar ein wunderbarer Ort, nur halt nicht sehr spannend für Touristen. Was macht man hier schon groß?«

Dottore Fracallo wird ganz rot im Gesicht. »Ich fasse es nicht. Hausfassaden? Du meinst ernsthaft, dass der Verschönerungsverein die anmalen soll? Es geht um Blumen! Verdammt nochmal, um Blumen!«

»Und davon haben wir hier jede Menge, wir sind ja schon fast ein Blumendorf, aber Geld stecken wir nicht in Hausfassaden.«

»Was willst du eigentlich von mir? Ich bin doch nicht für Hausfassaden zuständig. Du nervst heute.« Dottore Fracallo setzt sich wieder hin.

Ricardo klopft ihm auf die Schulter. »Lassen wir es gut sein. Lass uns lieber was trinken. Ich hole uns zwei Grappa.«

Angelo ist erleichtert, die haben ihn jetzt glatt vergessen.

Doch Dottore Fracallo nimmt einen Schluck und dreht sich zu ihm um. »Wie ist das jetzt mit der Kleinen? Ich habe gehört, du machst das jetzt wirklich mit den Ratschlägen. Hast du es eigentlich schon mit Blumen versucht?«

»Naja, nicht direkt, aber mit einem Zitronenbaum. Den hat sie allerdings nicht bemerkt.«

Ricardo zieht eine Augenbraue hoch. »Du hast ihr einen Zitronenbaum in die Hand gedrückt. Und den hat sie nicht bemerkt?«

Angelo hat keine Nerven für solche Gespräche. »Nein, hat sie nicht. Meine Lieben, ich muss jetzt gehen. Bis bald.«

Er geht mit schnellen Schritten zum Ausgang, er schaut nicht links und rechts. Er will einfach nur mehr weg. Da reißt Donatella die Tür auf und läuft mit voller Wucht gegen Angelo. Eigentlich hätte er sie früher bemerken müssen, ihre Stöckelschuhe hört man schon aus der Ferne. Donatella schaut ihn an und nuschelt ihm ins Ohr. »Ach, du auch hier, wäre nicht notwendig gewesen.«

In Angelo zieht sich alles zusammen, ihre Stimme, er kann sie einfach nicht mehr hören, und immer dieser Unterton. Donatella schaut ihn von oben bis unten an, sie stemmt die Arme in die Taille. »Du trägst Lederschuhe mit Muster?«

Angelo antwortet nicht, er geht. Er ist frustriert, in diesem Dorf kann man nichts, aber auch nichts allein machen. Großstadtanonymität wäre ihm gerade gar nicht so unrecht. Er geht langsam über den Hauptplatz, er will nur mehr nach Hause, dort ist er endlich allein. Doch so allein will er plötzlich gar nicht mehr sein. Denn Isabella spaziert über den Hauptplatz, ganz langsam. Diese Frau denkt nach, das sieht er. Angelo geht zu ihr hin, ein bisschen zu hastig vielleicht. Sie bleibt stehen und schaut ihn an. Sie seufzt. Das bemerkt er natürlich, trotzdem nutzt er diese Chance. »Wollen wir gemeinsam ein Stück gehen? Dieser laue Sommerabend ist doch perfekt dafür.«

Was soll sie da jetzt sagen, hat sie eine Wahl. Sie gehen ein paar Meter nebeneinander her, schlendern ganz langsam zum Meer. Mit jedem Meter wird sein Schritt beschwingter. Er richtet sich auf, es wirkt, als würde er wachsen. »Siehst du die Sterne da oben? Sie leuchten dir den Weg zum Strand aus. Heute sind sie besonders intensiv. Nur für dich.«

Isabella lächelt. Angelo bemerkt das und gerät in Fahrt. Er springt in die Luft und streckt die Hand nach oben. »Ich hole dir einen, welchen willst du?«

Sie findet das jetzt richtig lieb. Da muss sie mitspielen. Sie streckt die Hand nach oben und deutet hinauf. »Diesen da ganz links.«

»Diesen da, ok?« Er springt wieder in die Luft und versucht zu greifen. Er tut so, als würde er den Stern schnappen, und legt ihn behutsam in Isabellas Hände.

Sie muss lachen, ja, das ist jetzt schon sehr romantisch. »Danke, Angelo, ich trage ihn nach Hause.«

»Ich begleite dich natürlich.«

Isabella will die Hände öffnen und losgehen, er hält ihre Hände zusammen. »Du verlierst den Stern, du musst ihn ganz vorsichtig tragen.«

Sie hält die Hände so, als würde ein Stern darin liegen, und geht los, sie fragt sich langsam, ob Angelo richtig tickt. Sie trägt den Stern bis zum Gartentor. »So, ich werde jetzt ins Haus gehen. Gute Nacht und danke für den Stern.«

»Schlaf gut, liebe Bella.« Angelo ist müde, er geht jetzt sofort ins Bett.

Isabella geht ins Badezimmer und putzt sich die Zähne und das Gesicht, die Hände wäscht sie sich nicht. Da lag heute ein Stern drauf. Sie grinst.

Angelo hetzt zu seinem Laden, er hat verschlafen. Er hat die halbe Nacht kein Auge zugemacht. Isabella regt ihn einfach zu sehr auf, es lief gestern gar nicht so schlecht, aber auch nicht wirklich gut. Komische Mischung irgendwie, dieser Abend und diese Frau. Sie ist so undurchschaubar. Signora Trenetti steht schon vor der Tür seines Ladens. Sie braucht dringend Tomaten für ihre Bruschetta. Angelo kurbelt den Rollladen hoch, es quietscht ganz laut. Den könnte er auch wieder einmal einölen. Signora Trenetti schimpft von hinten auf ihn ein. »Eigentlich solltest du vor mir da sein, jetzt komme ich zu spät in mein Geschäft. Du solltest ein paar Minuten früher kommen, um Kunden bedienen zu können. Kleine Nachhilfe.«

Angelo will sie beruhigen. »Stimmt, ich sollte pünktlich sein. Was kann ich für dich tun?«

»Ich brauche Tomaten. Zehn Stück, aber schnell bitte.«

Er holt die Tomaten, er denkt an den gestrigen Abend, er bekommt ihn einfach nicht aus seinem Kopf. Er war zwar eine Niederlage, aber trotzdem sehr schön. »Hast du einen Rat, wie ich meine Liebste gewinnen kann?«

Jetzt mustert sie ihn, als wäre Angelo krank, liebeskrank vielleicht. Na klar! Ein Liebesanfall! Sie überlegt, ob sie schnell den Doktor holen soll.

Er fragt sie noch einmal. »Gibt es da gar nichts zu sagen? Fällt dir nichts ein beim Thema Liebe?«

Sie holt tief Luft, das ist eine bösartige Behauptung, die lässt sie sicher nicht auf sich sitzen. Gut, sie und ihr Mann sind schon ein sehr eingespieltes Team, um es positiv zu formulieren, aber sie weiß schon, wie das mit der Liebe geht. »Du könntest ihr ein Abendessen machen und alles mit Herzen dekorieren, oder noch besser ein Abendessen in Herzform kochen.«

Das ist eine tolle Idee, nichts mit Tee, Angelo ist begeistert, so ein Abendessen in Herzform. Grandios! Das muss man schon sagen. Aber wer macht das für ihn, er kann nicht kochen. Er schaut Signora Trenetti an. »Ein großartiger Einfall, aber ich kann nicht kochen.« Er lässt die Schultern hängen.

»Wann brauchst du es denn?«

»So genau weiß ich das noch nicht.«

»Na, dann melde dich einfach, wenn du es weißt. Ich koche dann was. Ich könnte Tomaten in Herzform machen, eine Sauce in Herzform auf die Teller malen, Kartoffeln in Herzform schälen oder Nudeln in Herzform auf den Teller legen. Vielleicht ein Tiramisu mit einem roten Herzen. Ach, da könnte ich so viel machen!«

Angelo applaudiert. »Das wird großartig! Danke! Ich verspreche, ich bemühe mich, dass das sehr bald sein wird.«

Er drückt ihr eine Zitrone in die Hand. »Das ist mein Dankeschön, die Tomaten sind natürlich ein Geschenk des Hauses.«

Isabella sitzt auf ihrem Balkon, immer wieder denkt sie an die Sternennummer von Angelo. Das kann doch nicht so einfach sein mit der Liebe. Kaum holt ihr jemand einen Stern vom Himmel, fühlt sie sich zumindest ein bisschen zu ihm hingezogen. Liebe muss einfach laut und fordernd sein, dann springt ihr Herz an. Jetzt hat sie den Beweis. Beweis ist vielleicht zu viel gesagt, aber immerhin hat sie so ein kleines wohliges Gefühl, das ist ja auch sehr schön. Sie ist total aufgewühlt, sie braucht jetzt Bewegung, sie muss nachdenken. Sie zieht ihre Schuhe an, sie hat Lust, durch das Dorf zu laufen. Sie geht in schnellen Schritten über den Hauptplatz, sie winkelt ihre Arme an und wippt damit hin und her, als würde sie diesem Gefühl davonlaufen. Ihr Atem wird schneller. Sie schaut in den Himmel, es ist sonnig. Als sie Angelos Obstladen sieht, spürt sie in sich hinein. Klopft ihr Herz heftiger als sonst? Sie muss ihm gegenüberstehen, sie muss herausfinden, ob das jetzt mehr als ein klitzekleiner Liebesanfall ist. Sie reißt die Tür auf.

Dottore Fracallo spaziert gerade über den Hauptplatz und sieht, wie Isabella zu Angelo geht. Er läuft schnell zur Auslage und drückt sich fest an die Scheibe, um nur ja nichts zu verpassen. Er rückt nach rechts, um besser ins Geschäft zu sehen, obwohl ihm bewusst ist, dass das jetzt aufdringlich ist, aber er will wissen, was da jetzt läuft. Er ist schließlich der Doktor von Angelo, er braucht das für seine Diagnose.

Sie lächelt. »Ich hätte gerne eine Banane.«

Er schaut sie groß an, als stünde ein Engel vor ihm. Dann holt er die kleinen Zettel hervor und gibt sie Isabella zusammen mit drei Bananen. »Ein Geschenk des Hauses.«

»Ich brauche aber nur eine Banane. Wirklich. Die werden doch nur schlecht.«

»Für dich kann es nie genug geben.«

Er kann es wirklich nicht lassen, er muss es immer übertreiben. So schnell kann so ein Liebesgefühl dann auch wieder verfliegen. Sie dreht sich um und öffnet die Tür. Dottore Fracallo steht noch immer vor dem Schaufenster. Isabella schaut ihn kurz irritiert an und geht weiter. Lauter Verrückte hier in diesem Dorf. Dottore Fracallo schaut ihr noch kurz hinterher, dann öffnet er die Tür. »He, Angelo, ich wollte nur mal schauen, ob es dir gut geht.«

Angelo ordnet seine Äpfel, er mag es nicht, wenn die Stiele in unterschiedliche Richtungen zeigen. »Doktor, es muss ja wohl gehen, dieses Herzrasen ist zumindest weg, aber ein gebrochenes Herz kann vermutlich nicht mehr rasen, sondern liegt tot in einer Ecke.«

»Sehr philosophisch. Das nenne ich mal eine Diagnose. Hast du schon brauchbare Ratschläge bekommen?« Er nimmt einen Apfel in die Hand.

»Brauchbar oder nicht kann man so nicht sagen, die Ratschläge waren nicht schlecht, aber sie reagiert auf nichts. Naja, hin und wieder kommt ein Lächeln, das sehe ich schon als Fortschritt.«

»Jede Genesung braucht Zeit und vermutlich auch jede Eroberung. Was bekommst du für den Apfel?« Er beißt hinein.

»Ach, nichts. Vermutlich muss ich geduldiger sein, aber die Frage ist doch, ob Liebe wirklich so entstehen kann, wenn man nur lange genug wartet. Ich bin mir da nicht so sicher.«

»Ich bin Arzt und kein Psychologe, und ich lebe seit vielen Jahren in einer Ehe. Ich habe es nicht so mit Eroberungsversuchen. Du wirst das schon hinbekommen, ich muss wieder los.« Er verlässt das Geschäft.

Angelo schichtet die letzte Reihe Äpfel um. Der macht es sich auch wirklich einfach, dieser Doktor. Keine brauchbare Diagnose, keine brauchbaren Ratschläge.

Isabella setzt sich auf eine Liege am Strand. Sie nimmt eine Banane in die Hand. Sie entdeckt einen Zettel. Sie liest das Wort *Strandspaziergang*. Sie kramt schnell die anderen zwei Bananen hervor, auch da sind Kärtchen dran. Sie liest *Abendessen* und *Bootsfahrt*. Sie lächelt, so schnell kann es auch wieder kribbeln. Kreativ ist er, und er hat eine wirklich schöne Handschrift. Sie beißt in eine Banane und überlegt. Eine Bootsfahrt wäre wirklich nett. Sie liebt es, direkt am Meer zu sein, das Wasser um sich zu haben. Sie schaut in die Weite, die Wellen tasten sich ganz sanft an den Strand heran. Sie atmet tief ein und holt sich diesen salzig frischen Meeresduft in die Nase. Ja, das wird sie mit ihm machen. Schon ist der Zauber wieder da. So schnell kann es manchmal gehen.

Angelo steht in seinem Laden, ihm wird ganz heiß. Woher soll er wissen, dass Isabella die Kärtchen auch gelesen und nicht achtlos mit der Schale in den Mülleimer geworfen hat. Nein, er muss das jetzt deutlicher machen. Diese Zettel sind einfach zu klein, er wird Schilder bemalen, und sie vor Isabellas Balkon halten. Da kann er dann auch gleich auf den Zitronenbaum deuten, auf den sie ja nie reagiert hat. Was für eine Niederlage. Er geht in den Schreibwarenladen. Signora Vaccillano putzt gerade die Theke, sie hat Handschuhe an, diese ewigen Putzmittel reizen ihre Haut zu sehr »Angelo, was kann ich für dich tun?«

»Ich brauche eine Schere, Leuchtstifte und große Papierbögen.« Er deutet mit den Armen, wie groß sie sein sollen.

»Bist du jetzt zum Bastler geworden? Immer noch dran an der komplizierten Geschichte?« Sie sprüht mit dem Putzmittel in Angelos Richtung, er wedelt mit den Händen.

»Es geht nicht so gut voran, aber ich kann dir das jetzt nicht erzählen, hast du Leuchtstifte und große Papierbögen?« Er will jetzt wirklich nicht darüber reden.

Sie legt den Putzfetzen auf die Theke und geht zum Regal. »Habe ich alles da, aber eine Schere hast du doch sicher.«

»Ja, das stimmt, die liegt neben der Kasse.« Angelo wippt mit dem Fuß, er möchte hier endlich fertig werden.

Signora Vaccillano kramt in den Regalen, sie wischt mit der Hand den Staub weg. »Welche Farben willst du denn? Ich habe Rot, Grün, Orange, Rosa bei den Leuchtstiften. Papierbögen habe ich allerdings nur in weißer Farbe, sehe ich gerade.«

»Ich nehme gleich alle Farben und drei Papierbögen.«

Signora Vaccillano sucht ein Band, um die Bögen einzurollen. Sie reicht es Angelo.

»Was macht das aus?«

»Fünf Euro dreißig bitte.«

Bei diesen Preisen wundert sich Angelo nicht, dass sie sich den neuen Gartenzaun leisten konnte. Er winkt und geht wortlos. Nur raus hier, bloß keine Fragen mehr. Er geht direkt zum Blumenladen, der schräg gegenüber ist, und reißt die Tür mit voller Wucht auf. Signora Mistrella erschrickt. Sie dekoriert gerade die Auslage neu, indem sie die gelben Tulpen gegen rote Rosen austauscht.

»Hallo, hast du drei Holzstangen für mich? Ich möchte etwas darauf befestigen. Die Auslage sieht übrigens sehr schön aus.«

»Danke schön. Wie dick sollen die sein? Ich habe welche, mit denen man die Tomaten stützen kann. Reicht das?«

Angelo nickt. »Ja das dürfte gehen. Drei Stück brauche ich bitte. Wieviel macht das?«

Sie winkt ab. »Geschenk des Hauses.«

»Danke für die Stangen.«

Er wirft die Tür hinter sich zu und läuft zum Obstladen. Donatella steht davor. Das freut ihn natürlich gar nicht. Er geht zur Tür und will den Schlüssel aus der Hosentasche holen, aber seine Hände sind voll beladen. Umständlich versucht er an seine Hosentasche zu kommen, dabei fällt ihm eine Stange hinunter. Donatella zieht am Minirock und faucht ihn an. »Jetzt gib schon diesen Schüssel her, ich sperre auf, wo hast du ihn? Und was hast du da für Zeug in der Hand?«

Angelo deutet mit dem Kopf zu seiner Hosentasche. Donatella greift hinein, sie zieht vorsichtig den Schlüssel heraus und sperrt die Tür auf. Sie dreht sich zu Signora Vaccillano um. »Bitte sehr, hereinspaziert.« Sie muss zugeben, dass ihr das jetzt nicht egal ist, sie hat ihn schon so lange nicht mehr berührt. Als sie noch zusammen waren, da war sie die Herrin des Hauses, jeder wusste, dass sie die Frau von Angelo ist. Im Laden nimmt sie den Geruch der Zitronen wahr. Diese köstlichen kleinen gelben Dinger, sie nimmt eine in die Hand und riecht daran. Angelo schaut sie an, schön ist sie, ihre langen schwarzen Haare, ihre perfekt geformte Figur, und wie sinnlich sie an diesen Zitronen riecht. Eigentlich unglaublich, dass es mit dieser Frau nicht funktioniert hat. Donatella legt die Zitrone zurück und schaut ihn an. Sie schaut ihn sehr lange an, sie studiert ihn. »Ich brauche Tomaten und Birnen. Du bist ihr noch nicht wirklich nähergekommen, oder?«

Angelo fällt sofort wieder ein, warum es mit ihnen nicht funktioniert hat. Es ist einfach ihre unberechenbare Art, die manchmal fast schon an der Grenze zur Boshaftigkeit ist. Warum spricht sie das jetzt an, warum macht sie solche Sachen, immer und immer wieder. Warum kann sie nicht woanders ihr Obst kaufen? In irgendeinem anderen Ort, möglichst weit weg. Sie könnte dort auch gleich wohnen. Sie war jetzt ewig nicht mehr hier, warum kann das nicht so bleiben. Sie isst doch eh lieber Fleisch ohne Gemüse. Er holt fünf Tomaten und drei Birnen und gibt sie in einen Sack. »Hier, ich brauche kein Geld. Ich wünsche dir einen schönen Tag.« Er will einfach nur, dass sie geht.

Donatella schaut ihn an. »Küss sie doch einfach, du bist immer so zaghaft.«

»Möchtest du jetzt bitte einfach gehen!«

»Du willst also keine Ratschläge von mir, aber von allen anderen?«

Er geht zur Tür und macht sie auf, er deutet mit dem Kopf, dass sie jetzt verschwinden soll. Donatella stemmt die Hände in ihre Hüften. »Du glaubst aber jetzt nicht wirklich, dass ich jetzt einfach so gehe?«

»Es ist mir egal, wie du gehst, ob du einfach gehst oder anders. Geh einfach!« Er deutet mit der Hand zur Tür.

»Nur, damit du es weißt: Ich gehe jetzt nur, weil ich sowieso keine Zeit habe. Ich lasse mich von dir sicher nicht hinauswerfen.« Sie knallt die Tür hinter sich zu.

Angelo ist erschöpft, er setzt sich hin. Das war jetzt aber wirklich nicht notwendig, dass sie sich so aufführt. Signora Vaccillano räuspert sich. Er schaut sie müde an. »Was brauchst du?«

»Ich möchte ein Pilzrisotto machen. Zwiebeln, Knoblauch und Pilze. Das ist ja nicht so gut gelaufen. Aber da ist immer noch ganz schön viel Feuer zwischen euch. Und, Angelo, was willst du denn eigentlich mit den Papierbögen?«

Da man hier sowieso nichts unbemerkt machen kann, kann er es ihr gleich erzählen. »Ich möchte die Touristin gerne überraschen, ich möchte einen Mond, eine Sonne und ein Boot aufzeichnen.«

Signora Vaccillano ist entzückt. »Du brauchst unbedingt eine Lichterkette, damit der Mond schön leuchtet.«

Angelo drückt ihr das Gemüse in die Hand, und eine Zitrone. »Eine nette Idee, danke!«

Signora Vaccillano verabschiedet sich.

Er schließt den Laden, rollt die Papierbögen aus und nimmt die Leuchtstifte in die Hand, da klopft es an der Tür. Er erschrickt, das wird doch nicht wieder Donatella sein? Er geht mit einem flauen Gefühl im Magen zur Tür. Signora Vaccillano steht davor, er sperrt die Tür auf. »Hier ist die Lichterkette.«

Angelo umarmt sie, da ist eine, die ihn versteht. Sie schaut ihn an. »Wenn du willst, dann helfe ich dir.« Sie schubst ihn auf die Seite und geht zur Theke. »Angelo, hast du Kleber? Wir müssen das Papier ja irgendwie auf den Stangen befestigen.«

»Ich habe hinten im Zimmer eine Flasche Alleskleber. Ich schaue mal.«

Sie nimmt einen gelben Leuchtstift und malt einen Mond auf. Sie ruft nach hinten. »Angelo, was waren die anderen beiden Dinge? Den Strandspaziergang bei Vollmond habe ich schon!«

Er ruft hinaus. »Ich habe den Kleber! Bootsfahrt und Abendessen bei Sonnenuntergang, also Sonne und Boot.«

Sie bemalt die Papierbögen und klebt sie auf die Stangen, es ist ihr gut gelungen, sogar das Boot. Es erinnert sie an die Zeiten, als ihre Kinder noch klein waren, da hat sie auch sehr viel gebastelt. Sie nimmt die drei Stangen, die Lichterkette und schaut Angelo an. »Gehen wir?«

Er schaut sie verlegen an und fragt ganz leise. »Wieso wir?«

»Ich lasse dich doch nicht allein, das ist unser Abenteuer.«

Na bravo, so war das nicht geplant, aber er kann sie ja jetzt schlecht bitten, nicht mitzukommen. Er öffnet die Tür. »Dann gehen wir.«

Signora Cottinetti putzt gerade die Fenster, als sie Angelo und Signora Vaccillano entdeckt. Sie schüttelt den Kopf. Wenn das mal nicht der Ehemann erfährt, dass sie sich am Abend mit dem Obstverkäufer herumtreibt. Sie steigt vom Fensterbrett und fällt dabei fast hinunter, grantig rappelt sie sich wieder auf. »Schon wieder da. Sogar mit Begleitung!«

Signora Vaccillano schaut auf die Uhr. »Angelo, ich muss zu den Kindern, die warten auf ihr Abendessen.« Außerdem will sie dieser Cottinetti keine Erklärung geben müssen.

Angelo ist erleichtert, er bedankt sich.

»Was willst du schon wieder? Und was wolltest du mit der?«

Er stößt die Gartentür auf. »Es gibt gratis Zitronen, wenn du wieder bei mir im Laden bist.«

Ihr Gesicht hellt sich auf, sie muss gar nicht wissen, warum dieser Liebeswahnsinnige hier ist, es reicht ihr, dass man mit ihm gut Geschäfte machen kann. »Von wieviel Stück sprechen wir? Ich habe dir ja schon sehr oft geholfen.«

»Du kannst eine Kiste haben.«

»Wir sprechen doch hoffentlich von einer großen Kiste.«

Angelo nickt und geht zu Isabellas Balkon. Er bleibt vor einem Baum stehen, dieser Ast ist dick genug, der könnte ihn tragen. Er klemmt die Stangen unter die Achseln und klettert auf den Baum. Er steigt mit einem Fuß auf den dicken Stamm, da fällt ihm ein, dass er keinen Strom für die Lichterkette hat. Er gibt den Fuß hinunter und geht zur Hausmauer, er sucht eine Steckdose. Signora Cottinetti läuft hinter ihm her. »Was wird das jetzt? Das musst du mich schon fragen, wenn du etwas suchst.«

»Keine Sorge, du machst es einem auch nicht möglich, das zu vergessen. Ich suche eine Steckdose. Wo ist die?«

»Das kannst du ja einfach fragen.« Irgendwie gefallen ihr diese Aktionen von Angelo, mit ihm tut sich wenigstens etwas in ihrem Leben. »Hier unten am Eck ist eine, die ist für den Rasenmäher.«

Er kniet sich hinunter und steckt die Lichterkette an. »Toll, wie das leuchtet! Ist sie überhaupt daheim?«

Signora Cottinetti lacht. »Sie ist die meiste Zeit in ihrem Zimmer, ich weiß nicht, was sie eigentlich hier sucht.«

»Na, mich natürlich.« Er nimmt die drei Plakate und die Lichterkette und klemmt sie unter die Achsel. Er hebt einen Fuß in die Höhe und steigt auf den Baum, dann zieht er den zweiten nach und rutscht ab. Diese Lederschuhsohlen sind zu rutschig, mit seinen Sportschuhen wäre ihm das nicht passiert. Warum nur hat er auf diesen komischen Schuhverkäufer gehört. Er versucht es noch einmal und rutscht wieder ab. Die Stangen und die Lichterkette fallen auf den Boden. Er flucht. Signora Cottinetti lehnt an der Hausmauer und schaut dem Treiben vergnügt zu. Angelo packt die

Wut und nimmt Anlauf, er will sich auf den Ast hinaufschwingen und kippt nach hinten. Mit wedelnden Armen fällt er in die Erde. Er rappelt sich auf, spuckt Gras aus und wischt sich den Dreck aus dem Gesicht. Na, Halleluja, das nennt man Körpereinsatz.

Er hört die Stimme von Signora Cottinetti. »Willst du nicht eine Leiter haben?«

»Wenn du eine hast.« Das hätte ihr auch wirklich früher einfallen können.

»Welcher Haushalt hat keine Leiter?« Sie geht zum Gartenhäuschen und holt sie.

Er nimmt sie erleichtert in die Hand und lehnt sie an den Baumstamm. Doch als er auf die ersten Sprossen der Leiter hinaufsteigt, spürt er, dass etwas an ihm zieht, das Kabel für die Lichterkette steckt in der Steckdose und hält ihn zurück. Er verliert das Gleichgewicht und fällt mit der Leiter ins Gras. Signora Cottinetti brüllt laut los. Angelo wischt sich die Erde aus den Haaren und von der Hose. Er gibt das jetzt auf, er nimmt das Kabel aus der Steckdose. Er hängt die Lichterkette auf die Stange mit dem Mond, nimmt die beiden anderen in die Hand und steigt auf die erste Sprosse der Leiter. Dann leuchtet das halt nicht. »Könntest du bitte Isabella einfach auf den Balkon holen und sie bitten, dass sie hinunterschaut?«

»Muss ich nicht.« Signora Cottinetti verschränkt die Arme.

»Wieso? Ist sie etwa schon da?« Er schaut hinauf. »Wie lange stehst du da schon.«

Isabella antwortet nicht auf die Frage, sie will ihm diese Peinlichkeit ersparen. »Ich nehme das Boot!«

Angelo kann es gar nicht glauben, diese Frau steigt auf etwas ein. Es hat sich wirklich ausgezahlt, so hartnäckig zu bleiben. »Ich werde dich abholen!«

Signora Cottinetti amüsiert sich köstlich, ihr würde so eine romantische Zirkusnummer nie gefallen und schon gar nicht einfallen. »Jetzt aber schnell raus aus meinem Garten.«

Er winkt ihr noch einmal zu und läuft davon.

Isabella geht wieder in ihr Zimmer zurück. Sie hat jetzt einfach zugesagt, es gefällt ihr, er gefällt ihr. Sie erwartet sich nicht viel, aber so ein kleines Abenteuer, warum nicht?

Signora Trenetti steht auf, sie hat schlecht geschlafen, sie macht sich Sorgen um Angelo. Sie versteht nicht, warum er sich nicht bei ihr gemeldet hat. Sie hatten doch so schöne Pläne mit dem herzförmigen Abendessen. Es ist wohl nicht gut gelaufen mit dieser Touristin, hoffentlich geht es ihm nicht wieder so schlecht, dass er den Dorfarzt braucht. Sie setzt sich im Bett auf, vielleicht kann ihm Pater Maestro helfen? Sie steht auf, sie braucht einen Kaffee. Er ist noch heiß, sie trinkt ihn mit ganz kleinen Schlucken. Sie wird jetzt zu Pater Maestro gehen. Sie holt ein blaues Kleid aus dem Kasten, ihr Festkleid. Sie zieht es an und eilt in die Kirche. Endlich hat sie etwas zu erzählen. Sie klopft mit der Faust an die schwere Holztür, es ist für sie jedes Mal unverständlich, dass es keine Glocke gibt. Pater

Maestro macht die schwere quietschende Tür auf. Signora Trenetti schaut ihn an, am liebsten würde sie ihm sagen, dass er sich endlich um die Glocke kümmern soll, aber einen Pfarrer belehrt man nicht. Es platzt aus ihr heraus. »Angelo ist unglücklich verliebt, man muss ihm helfen.«

Er schaut sie an. »Ich habe schon davon gehört, aber Liebe kann man eben nicht erzwingen.«

So eine ablehnende Haltung hat sie nicht erwartet. »Jaja, das weiß ich schon, aber kannst du ihn nicht wenigstens trösten, ihm Halt geben, ihm zeigen, dass man Liebe eben nicht erzwingen kann?«

»Dafür müsste er in die Kirche kommen. Ich treffe ihn höchstens beim Kartenspielen im Ristorante. Da hat Angelo aber immer ganz andere Sorgen, er verliert nämlich immer.« Der Pater lacht.

Sie schaut ihn verzweifelt an, so eine Gleichgültigkeit hat sie nicht erwartet. Pater Maestro bemerkt die Enttäuschung und wird sanfter. »Was soll ich tun? Liebe ist nicht immer schön, das muss er lernen.«

»Na gut, wenn du ihm nicht helfen kannst, was soll ich dann tun? Wenn ich schon da bin, könntest du mir die Beichte abnehmen?«

Er nickt, er hat erst vorgestern den Beichtstuhl gestrichen, er hofft, dass er schon trocken ist. Signora Trenetti setzt sich hin, sie nimmt einen beißenden Geruch in der Nase wahr. Sie sitzt ganz aufrecht und faltet die Hände. Pater Maestro ist bereit für ihre Beichte, aber er hört nichts. Sie nimmt die Hände auseinander. »Mir fällt beim besten Willen nichts ein. Ich glaube, ich bin zu oft da.« Sie kichert.

Sie hüpft vom Beichtstuhl und bedankt sich. Pater Maestro begleitet sie zur Tür. Vielleicht hätte sie ihm beichten sollen, dass es sie nervt, dass er keine Glocke hat und dass sie nicht glaubt, dass man Angelo nicht helfen kann, dieses Mädchen zu gewinnen. Sie verabschiedet sich und geht. Sie hat ja ihren eigenen Plan.

Lucas steht am Hauptplatz, er ist endlich angekommen, lange Autofahrten machen ihn immer ganz müde. Er schaut sich um, es sieht alles ganz nett aus. Trotzdem fragt er sich, was Isabella hier will. Nur weil ein paar Häuser hier hübsch aussehen und das Meer da ist, braucht man ja nicht gleich auswandern und vor allem seine Beziehung abbrechen. Und jetzt ist er da. Nie im Leben hätte er gedacht, dass er ihr nachfahren würde. Und jetzt hat er keinen Plan. Naja, einen hat er, er will Isabella zurück. Nur wo und wie fängt er damit an? Lorenzo hat ihm verraten, dass sie hier in Fribello ist und dass er zum Obstverkäufer gehen soll. Der kann ihm sicher ein Quartier besorgen. Er schaut sich um, er sieht ein Ristorante, ein Schuhgeschäft, und ah, da ist ja der Obstladen.

Angelo streicht gerade eine Obstkiste in Hellblau an, er hat das gerne, wenn die Kisten mit dem Obst harmonieren. Da wird er die Zitronen hineinlegen. Gelb und blau ist harmonisch. Er hebt den Kopf und mustert Lucas. Diesen Mann hat er noch nie gesehen. Er richtet sich auf. »Wie kann ich helfen?«

»Lorenzo hat mich geschickt, er meinte, ich würde hier einen Rat bekommen, wo ich ein Zimmer finden kann.«

»Mein Bruder will wohl, dass Fribello zur Großstadt wird. Wir werden schon ein Zimmer für dich finden. Ich bin übrigens Angelo. Schräg gegenüber ist ein Schuhladen, der gehört Signor Cattasina, der vermietet im ersten Stock ein Zimmer. Es ist nicht sehr groß, aber es sieht gemütlich aus. Wie lange willst du denn bleiben?«

Lucas ist erleichtert, es ist gut, wenn man in einer fremden Stadt einen Ansprechpartner hat. »Ach ja, ich bin Lucas. Eigentlich nur so lange, bis ich meine Ex-Freundin wieder nach Hause gebracht habe. Das kann morgen sein, das kann auch ein Jahr dauern. Sie kann nämlich ganz schön stur sein.«

»Davon kann ich ein Lied singen. Ich weiß wie es dir geht. Signor Cattasina hat das Zimmer sicher nicht vermietet, das wüsste ich. Bei uns gibt es selten Touristen.«

Lucas schaut ihn erstaunt an. »Es gibt keine Touristen im Dorf? Auch keine Frauen?«

»Mit dir sind es jetzt drei. Weißt du was, wir könnten am Abend essen gehen. Du hast doch sicher Hunger. Ich habe da gerade so ein Projekt am Laufen, da können wir uns super austauschen.«

Drei Touristen hat er gesagt, das ist schon einmal eine gute Nachricht, denkt sich Lucas. Eine davon wird seine Isabella sein. Abendessen, naja, eigentlich hat er keine Lust dazu, aber wer weiß, vielleicht kann ihm dieser Angelo helfen, und Hunger hat er auch. Er nickt.

»Gut. Um 20 Uhr im Ristorante alla Madonna. Das ist ganz leicht zu finden, es ist am Hauptplatz. Naja, hier ist alles am Hauptplatz.«

»Okay, gut.« Lucas hofft, dass das Restaurant nicht zu teuer ist.

Lucas geht quer über den Hauptplatz, ein netter Kerl dieser Angelo, aber das mit dem gemeinsamen Essen ist wirklich übertrieben. Er bleibt vor dem Schuhgeschäft stehen. Das sieht sehr nobel aus, hoffentlich kann er sich die Miete leisten. Es ist ein ganz schön kostspieliges Abenteuer, das ihm Isabella da beschert. Er öffnet die Tür und geht in den Laden. Der Schuhverkäufer bedient gerade einen Kunden. Der alte Mann lächelt ihn an und schaut auf seine ausgelatschten Sportschuhe. »Junger Mann, was kann ich für dich tun?«

»Angelo, der Obsthändler, hat mir gesagt, dass Sie ein Zimmer vermieten.«

Signor Cattasina reicht dem Pater den Schuhlöffel. »Ist es in Ordnung, wenn ich dem jungen Mann kurz das Zimmer zeige?«

Der Pater nickt, er braucht sowieso noch länger, um sich für ein Paar Schuhe zu entscheiden. Signor Cattasina geht zur Kasse und nimmt den Schlüsselbund heraus. »Es ist im ersten Stock, komm mit. Aber es ist vielleicht ein wenig staubig da oben.«

Er geht ganz langsam die Stufen hinauf und stützt sich am Geländer ab, er deutet Lucas mit der Hand, dass er mitkommen soll. Lucas geht langsam nach, bis Signor Cattasina vor der Tür stehen bleibt und aufsperrt. »Da ist sie, die gute Stube. Bett, Bad, alles vorhanden.

Man muss halt ein wenig abstauben. Es hat schon lange niemand mehr hier gewohnt.«

Lucas geht in das Zimmer und schaut sich um. Die Möbel sind dunkel, da sieht man den Staub besonders gut. »Ach, das bekomme ich schon hin. Wie viel kostet das Zimmer pro Woche?«

»Zweihundert Euro, aber für diese Woche ziehe ich dir dreißig Euro ab, weil du ein bisschen abstauben musst. Außerdem hat die Woche ja schon begonnen.«

»Danke, ich nehme das Zimmer. Ich weiß noch nicht, wie lange ich bleiben werde.« Er geht davon aus, dass das doch eine Weile dauernd könnte, so stur wie Isabella manchmal ist.

Signor Cattasina nimmt den Schlüsselbund und drückt ihn Lucas in die Hand. »Es gehört dir, solange du willst. Ich muss jetzt wieder runter.«

Lucas macht die Tür zu, er legt sich auf das Bett. Das tut gut, endlich wieder die Füße hochzulegen, den Koffer kann er später aus dem Auto holen. Irgendwie kann er ja doch verstehen, dass Isabella Fribello gefällt. Eigentlich hätte er den Obstverkäufer fragen können, ob er sie kennengelernt hat. In so einem kleinen Ort bleibt sie doch sicher nicht unbemerkt. Schon gar nicht Isabella, so hübsch, wie sie ist. Na gut, sie ist jetzt nicht so rasend kontaktfreudig, aber sie wird doch sicher mal eine Banane oder einen Apfel gebraucht haben. Er greift auf die Matratze, die ist ziemlich weich, das mag er gar nicht, da bekommt er spätestens nach zwei Nächten Kreuzschmerzen. Auch so ein Grund, warum er nicht so gerne wegfährt. Sie hat ihn halt immer dazu überredet, genötigt wäre wohl ein zu hartes Wort. Er greift in die dünne Decke, eigentlich hat er es ja lieber richtig schwer und flauschig. Er steht auf und geht ins Badezimmer, er will duschen. Er steht vor der Badewanne und schaut den Staub an, ja, die ist schmutzig. Er nimmt den Duschkopf und fängt an zu putzen. Das hätte er daheim auch öfter tun können, dann hätte er sich so manche Diskussion erspart. Aber genau deswegen ist er ja jetzt auch hier gelandet. Jetzt putzt er eben in Fribello.

Isabella sitzt auf ihrem Balkon, sie schaut auf das Meer. Sie kann einfach nicht genug von diesem glitzernden Blau bekommen. Sie liebt es, wenn sie das Gefühl hat, dass die Sonnenstrahlen auf ihrer Haut liegen. Sie hat sich gut eingecremt, das war zwar schon vor Stunden, aber das wird schon reichen. Es muss reichen, denn sie möchte diesen Platz an der Sonne nie mehr verlassen, zumindest die nächste Stunde nicht. Sie schließt die Augen. Absolut perfekt wäre es, wenn es hier auch noch eine Buchhandlung geben würde, genau eine nach ihren Vorstellungen. Sie macht die Augen auf und setzt sich aufrecht. Genau das ist es, sie könnte hier eine Buchhandlung aufmachen. Die Geschäfte hier gehen doch sicher nicht so schlecht. Sie steht auf und sammelt ihre Bücher ein, die im Zimmer herumliegen. Sie holt den Koffer unter dem Bett hervor und holt ihre Bücher raus. Zehn Stück hat sie mitgenommen. Ihre Gedanken schießen kreuz und quer, sie könnte doch eine Leihbücherei aufmachen. Sie muss Frau Trude anrufen, sie soll ihr zwanzig Bücher schicken. Das muss für den Anfang reichen. Gleich morgen früh wird sie ihre ehemalige Chefin darum bitten. Sie spürt, das ist genau das Richtige für sie. Eine eigene Buchhandlung. Sie holt einen Zettel und einen Stift, sie möchte all diese Gedanken in ihrem Kopf einfangen und festhalten. Visualisieren ist das Wort der Stunde. Sie nimmt ihre Sonnenbrille und setzt sich auf den Balkon. Endlich hat sie einen Plan.

Angelo sitzt schon im Ristorante, er hat sich extra in ein Eck gesetzt, damit ihn nicht jeder sehen kann, er sitzt sogar leicht gebückt da, damit er kleiner wirkt. Der Wirt Ricardo geht auf ihn zu und fragt ihn lautstark. »Angelo, bist du wieder gesund?«

Na bravo, was soll er jetzt darauf sagen. Er antwortet nicht, muss er auch nicht. Ricardo kommt mit einem Grappa zu Angelo und stellt ihn auf den Tisch. »Hier, der ist gegen alles.«

Er greift zum Glas und nimmt einen Schluck. Den braucht er jetzt auch, das war wirklich keine gute Idee von ihm, diesen Lucas hier zu treffen. Ihn überhaupt zu treffen. Was hat er sich nur dabei gedacht? Er ist bald als Touristen-Betreuer verschrien, und überhaupt, wie soll ihm dieser Lucas schon helfen? Der rennt doch selber seiner Liebe hinterher.

Lucas betritt das Ristorante. Er kommt zu spät. Angelo beobachtet wie Lucas den Wirt fragt. Ricardo zeigt mit dem Finger in die Ecke. »Da drüben sitzt er. Was willst du trinken?«

»Ein Bier bitte. Ein dunkles.«

Angelo steht auf und gibt ihm die Hand. Lucas setzt sich zu ihm. Sie schweigen für einen Moment. Er gibt sich einen Ruck, er hat ihn ja schließlich eingeladen. »Isst du auch etwas?«

Ricardo kommt und stellt Lucas das Bier auf den Tisch. »Wenn ihr was essen wollt, ich habe heute nur unsere köstlichen Ravioli, die mit Spinat und Ricotta. Ich kann nicht kochen, aber Ravioli kann ich ins Wasser schmeißen, und die sind ja eh selbstgemacht von der Oma. Die ist gerade nicht da.«

»Dann nehmen wir die Ravioli und ich trinke ein Glas Weißwein, den Hauswein.« Angelo lehnt sich zurück. »Du willst sie zurück. Warum?« Zugegeben eine ziemlich direkte Frage.

»Weil wir eigentlich sehr gut zusammengepasst haben. Wir gehören irgendwie zusammen.«

»Eigentlich und irgendwie. Liebe ist direkt. Passt ihr zusammen, gehört ihr zusammen?« Ricardo bringt Angelo den Wein.

»Ja das mag schon stimmen, aber wenn man seit Jahren zusammen ist und das eine oder andere Problem miteinander hat, dann kommt man irgendwann einmal zum eigentlich oder irgendwie. Und wenn man dann an diesem Punkt angekommen ist, dann genügt manchmal nur eine kleine falsche Geste, und es ist vorbei, weil es eigentlich schon seit Monaten in einem schlummert. Oder besser gesagt in ihr.«

»Was war die falsche Geste?« Lucas tut ihm jetzt

richtig leid, so am Prüfstand zu sein hat nicht viel mit Liebe zu tun.

»Ich habe den Geschirrspüler nicht ausgeräumt, ich habe sie nicht zum Essen ausgeführt, meine Socken lagen auch herum, oder vielleicht war es die Geburtstagskarte auf der *Liebe Grüße* stand. Am Ende einer Beziehung weiß man oft nicht mehr, warum es nicht mehr geht. Über all den Alltagsstreitereien stand bei ihr der große Wunsch nach Veränderung. Sie wollte neu anfangen, im Job, und ihre ewige Idee vom Meer hat sie verfolgt. Die ja dafür steht, dass sie sich einfach ausprobieren wollte, ohne den Alltagstrott und anderer Einflüsse. Ich bin einfach nicht der Typ dafür, aber ich hätte gewartet. Zumal ich es sowieso für einen Widerspruch halte, sich selbst ausprobieren zu wollen und dann jemanden an seiner Seite zu haben, der mit seinen eigenen Bedürfnissen natürlich in die eine oder andere Richtung lenkt. Sie hat das als Desinteresse und zu wenig Liebe füreinander abgetan.«

Angelo hört Lucas gar nicht mehr richtig zu, er hängt noch immer an den *Lieben Grüßen.* »Das hast du wirklich so geschrieben? Das ist schon ganz schön unpersönlich.«

Lucas unterbricht ihn. »Darum geht es doch nicht. Es ist doch letztlich egal, wenn man unterschiedliche Vorstellungen vom Leben hat. Das Leben hat gut miteinander funktioniert, sie hätte es halt gerne öfter romantisch oder abenteuerlicher gehabt, aber ich bin halt nicht der Typ dafür. Romantik kann man nicht erlernen, das muss irgendwie in einem liegen und zeig mir ein Paar, dass sich nach Jahren noch gegenseitig überrascht oder große Inszenierungen hinlegt. Das ist einfach unrealistisch. Aber das wollte sie nicht wahrhaben, sie wollte herausfinden, ob es da nicht noch mehr gibt.«

»Warum fährst du ihr dann nach, wenn du sagst, dass du nicht der Typ dafür bist?«

»Weil ich mit ihr leben will, weil ich sie liebe. Ich liebe sie einfach, so etwas muss man nicht erklären oder hinterfragen.« Er trinkt einen Schluck vom Bier.

Ricardo stellt die Teller mit den Ravioli auf den Tisch. »Achtung heiß, aber es wird euch schmecken.«

Angelo nimmt einen Bissen, er hat Hunger, er spürt wie es auf der Zunge warm wird, er löscht sofort mit einem Schluck Wein. »Romantik gehört halt dazu. Jede Frau findet das schön.«

»Jaja. Aber weißt du, so sehr sie auf Romantiknummern steht, sie braucht auch klare Strukturen in einer Beziehung. Wenn es dann zu romantisch werden würde, wäre sie höchstens peinlich berührt, denke ich. Sie wäre gerne viel emotionaler, viel offener, viel mehr dem Abenteuer zugewandt, aber das ist bloß eine Theorie in ihrem Kopf. So ist sie eben. Ein einziger Widerspruch, aber eben mein Widerspruch. Zumindest bis vor kurzem.«

»Was hast du jetzt vor? Weiß sie, dass du hier bist?« Angelo ist kämpferisch, er will Lucas helfen.

»Ich bin weit gefahren, aber weiter bin ich noch nicht. Sie weiß nicht, dass ich hier bin. Ich weiß ja nicht einmal, wo sie wohnt. Lorenzo meinte, du wüsstest es vielleicht.«

Lorenzo? Ach du meine Güte, Lucas hat seinen Bruder schon einmal erwähnt. Angelo kommt ein furchtbarer Gedanke, ihm wird ganz heiß, er öffnet seinen ersten Hemdknopf, weil ihm alles zu eng wird. Der Typ wird doch nicht seine Isabella meinen? Aber irgendwie hört sich alles danach an, das hätte ihm gleich auffallen müssen. Sie ist Touristin, seit kurzem ohne Beziehung, Lorenzo hat sie geschickt. Na klar, also das ist wirklich offensichtlich. Na bravo, das braucht er jetzt auch noch. Was soll er jetzt tun, ihn darauf ansprechen? Blöd wäre er, er wird das jetzt schön für sich behalten. Isabella hat ihn verlassen und sie will sicher nicht weiter mit so einem unromantischen Typen zusammen sein. Das ist der beste Beweis für ihn, sie steht auf Romantik. Aber so positiv ist das jetzt auch wieder nicht, sie reagiert ja nicht auf ihn. Somit haben sie wieder ziemlich ähnliche Chancen, was auch wieder nicht gut ist. Er braucht bessere Chancen, er denkt nach. Er wird Lucas beobachten, nein, besser noch, er wird Lucas zur Seite stehen, er wird ihm bei seiner Rückholaktion helfen. Der Typ ist gerade so verunsichert, dass er jeden Blödsinn mitmacht, wenn Angelo ihn dazu bringt, dass er sich bei seinen Rückholaktionen total blamiert, dann hat er wieder bessere Karten. Das klingt nach einem wirklich guten Plan. Da braucht er auch keine Ratschläge von seinen Kunden, da kann er damit aufhören.

Angelo tätschelt Lucas die Hand, er fühlt sich überlegen. Lucas zieht seine Hand ein Stück zurück, lässt sie aber am Tisch liegen. Lucas redet und redet. »Meine Freunde haben mir ja schon gar nicht mehr zu gehört. Die ersten Wochen waren sie der Meinung, dass sie sich wieder einkriegt und dann kam immer häufiger die Bemerkung, dass ich sie vergessen soll. Ich will sie nicht vergessen. Deswegen sitze ich jetzt hier. Aber wie kann ich sie finden?«

Angelo schiebt seine Locken zur Seite, Lucas tut ihm irgendwie leid, er muss ihm die Wahrheit sagen. Er hat ja auch keine andere Wahl, er wird es sowieso herausfinden. So kommt bei Lucas wenigstens kein Verdacht auf, wenn er jetzt den Ort verrät. »Sie wohnt bei Signora Cottinetti, in einem Haus am Meer. Du erkennst es sofort, es ist das Haus gleich dort, wo der Strand beginnt. Aber mehr weiß ich wirklich nicht.«

Lucas richtet sich auf. »Ich werde sie morgen besuchen und mit ihr reden.«

Angelo bekommt Panik. »Du kannst ihr doch nicht einfach so sagen, dass du jetzt da bist. Du musst gleich mit einer großen Nummer beginnen.«

»Was genau meinst du damit?«

Angelo holt Luft. »Wir brauchen Herzen, fliegende Herzen. Wir gehen morgen gleich in den Schreibwarenladen und kaufen welche. Sie muss spüren, dass du es wirklich willst.«

Angelo spürt, dass Lucas unruhig wird. »Wie meinst du das?«

»Na, so, wie ich es sage, ich helfe dir natürlich. Ehrensache.« Und das meint er tatsächlich so. Lucas tut ihm leid, Punkt, auch wenn sie Gegner sind. Sie sitzen ja auch in einem Boot, sie kämpfen beide um die Liebe, da muss man schon zusammenhalten. Auch wenn es diese Unschärfe gibt, dass sie ein und dieselbe Frau meinen. Und ja, es stimmt schon, er wird natürlich versuchen, dass Lucas sich möglichst blöd anstellt. Eigentlich ist es schade, er hätte sich sehr über einen Verbündeten gefreut. Er wischt sich den Mund mit der Serviette ab. »Morgen um zehn Uhr vor dem Schreibwarenladen? Den findest du auf jeden Fall, der ist gleich bei deiner Unterkunft nebenan.« Angelo steht auf und verabschiedet sich.

Lucas geht in sein Zimmer. Er weiß eigentlich gar nicht, wie ihm geschieht, darauf war er gar nicht eingestellt, dass ihm da jetzt jemand so dreinredet. Aber warum soll er es nicht versuchen, er hat sowieso keinen besseren Plan als dieser Typ. Er legt sich hin und schläft in der Sekunde ein.

Es ist 10 Uhr. Lucas steht vor dem Schreibwarenladen, ihm ist heiß, das wird ein richtiger Hochsommertag, das kann er eigentlich gar nicht brauchen. Nicht heute, nie, er ist eher der kühle Typ. Er schaut auf die Uhr, er ist ausnahmsweise pünktlich, aber was ist mit Angelo? Er dreht sich zum Geschäft um und schaut in die Auslage, er ist richtig. Angelo hetzt auf ihn zu. »Entschuldige bitte. Heiß ist es heute. Wollen wir hineingehen?« Angelo hat es eilig, er bekommt noch eine Lieferung vom Obstauto. Er öffnet die Tür. »Hereinspaziert.«

Signora Vaccillano schlichtet gerade die Buntstifte, damit sie farblich zusammenpassen. Sie hebt den Kopf. »Oh, hallo Angelo, wenn ich dich sehe, fällt mir sofort ein, dass ich noch einen Salat brauche.«

»Du kannst dir dann einen holen. Hast du rote herzförmige Luftballons?«

Signora Vaccillano überlegt kurz. »Ich müsste welche im Regal haben.« Sie geht nach hinten und kramt herum, bis sie schließlich drei Packungen herauszieht, zwei Packungen mit Glitzerherzen, eine mit kleinen rosa Herzen. »Die sind doch nett.«

»Kann ich die Herzen aufmachen, ich muss mal schauen, ob man da irgendwie den Namen auf den Luftballon schreiben kann.« Angelo reißt eine Packung auf.

Lucas verliert die Nerven. »Das ist doch alles total bescheuert. Wir sind erwachsene Männer.«

Signora Vaccillano schaut gespannt von einem zum anderen.

Angelo tut entsetzt. »Darf ich dich daran erinnern, dass du wirklich keine Ahnung davon hast. Warum bin ich sonst hier?« Er dreht sich zu Signora Vaccillano um. »Wir brauchen noch einen schwarzen Lackstift, damit wir die Luftballons beschriften können. Das war es, was macht das?«

Signora Vaccillano setzt die Brille auf und nimmt ihren Kugelschreiber, sie rechnet zusammen. »Neun Euro achtzig.«

Angelo dreht sich zu Lucas um und schaut ihn an. Lucas zieht die Brieftasche aus der Hose und kramt darin. Er gibt gar nicht gern Geld aus, noch dazu für so einen Schwachsinn. Angelo schaut auf die Uhr. »Ich muss gehen, das Obstauto kommt sicher gleich. Lucas, wir sehen uns!«

Angelo läuft aus dem Laden. Signora Vaccillano überlegt kurz, ob sie die Chance nützen und diesen Touristen fragen soll, was er mit Angelo zu tun hat, aber sie hat leider keine Zeit dafür, sie muss noch

Salat vom Obstladen holen. Man weiß ja nie wann der wieder geschlossen hat, da muss man schon dranbleiben. Sie muss ihm nachlaufen, der könnte einem ja sonst glatt das „*Komme gleich*"-Schild vor die Nase hängen.

Angelo sperrt seinen Laden auf. Er hat Glück, das Obstauto kommt um die Ecke und hupt ganz laut. Angelo hält sich die Ohren zu, das ärgert ihn jedes Mal, er sieht ihn ja. Der Fahrer bremst knapp vor ihm ab und springt mit vollem Schwung aus dem Auto. »Na, Angelo, was brauchst du denn heute?«

Das hat er sich noch gar nicht so richtig überlegt. »Ich muss kurz in den Laden, ich muss schauen, was ich noch habe.«

Angelo geht hinein und schaut sich um. Er fährt mit den Augen seine Obststände ab und geht zum Fahrer. »Orangen, Tomaten, Gurken, Zucchini, Zwiebel, Knoblauch, wenn ich es mir genau überlege, ich brauche heute das gesamte Obst- und Gemüsepaket.«

Der Fahrer reibt sich kurz die Nase, das bedeutet Arbeit, er muss das ganze Auto ausräumen, die Tomaten liegen blöderweise ganz hinten an der Wand. Er nimmt eine Kiste mit Orangen und reicht sie Angelo. »Was war das nochmal alles? Einfach alles oder?«

Angelo nickt und nimmt die Kiste entgegen. Er schnauft, seine Bandscheiben melden sich, das einzig Mühsame an seinem Job. Der Fahrer reicht ihm eine Kiste mit Salat. Signora Vaccillano kommt auf Angelo zu, sie sieht die Kiste mit dem Salat und greift hinein. »Das trifft sich ja gut. Ich brauche einen Salat, ich nehme mir einen, ja? Ich bestelle dafür auch neue Herzen.

Das Geld bekommst du das nächste Mal.« Sie steckt ihn in ihre Tasche und geht.

Sehr witzig, murmelt Angelo in sich hinein.

»Also ich brauche keine Herzen, ich hätte nur gerne das Geld.« Der Fahrer stellt noch die Kisten mit den Tomaten, Gurken und dem anderen Obst auf den Boden. Angelo geht in den Laden und holt dreihundert Euro. Das Obst wird auch nicht billiger. Er drückt dem Fahrer das Geld in die Hand, der winkt, springt ins Auto und fährt davon. Angelo schleppt die Kisten in seinen Laden und hört von hinten. »Hallo, ich habe Halsschmerzen, Donatella hat mir empfohlen, dass ich Ingwer trinken soll. Was auch immer das ist. Hast du so etwas?«

Angelo lässt die Kiste fast fallen. Der Dorfpolizist und seine Ex reden miteinander? Das ist jetzt aber nicht wahr, das gefällt ihm gar nicht. Ja, es stimmt schon, sie ist seine Ex. Trotzdem will man irgendwie doch immer einen Überblick haben. Warum muss sie ausgerechnet Signor Lisetto treffen, na gut. Vielleicht haben sie sich einfach nur so unterhalten. Oder hatten sie ein Date? Hat sie etwa Probleme und braucht die Polizei? In Angelos Kopf läuft ein Film ab, alles ist möglich. Auf jeden Fall, es gehört sich für einen Freund nicht, dass er die Ex trifft. Signor Lisetto ist doch sein Freund, oder etwa nicht? Aber wie gesagt, vielleicht hat sie ja nur die Auskunft eines Polizisten benötigt. Vielleicht war er sogar einfach nur bei ihr in der Apotheke. Das wird es sein.

Signor Lisetto hustet. »Was ist jetzt mit dem Ingwer?«

Angelo zuckt mit den Schultern. »So etwas habe ich nicht.«

»Und wo soll ich dieses Zeug jetzt bekommen? Donatella meinte, du hast das sicher.«

Er würde ihn am Liebsten fragen, bei welcher Gelegenheit sie das gemeint hat. »Hast du nicht in der Apotheke nachgefragt was du nehmen könntest?« Am liebsten würde er sich die Ohren zuhalten, damit er die Antwort nicht hört.

»Ich war bei Donatella in der Apotheke und sie hat mir diesen Ingwer empfohlen.«

Angelo atmet auf, da beginnt Signor Lisetto zu erzählen. »Wir haben eine Motorradtour gemacht, da dürfte ich mich irgendwie verkühlt haben. Da hat mich Donatella in die Apotheke geschleppt und mich dann zu dir geschickt, um einen Ingwer zu kaufen.«

Ihm stockt der Atem. »Wer ist bitte Wir?«

»Donatella und ich, wir sind mit dem Motorrad gefahren, mehr war da nicht. Du hast doch jetzt sowieso deine Touristin, das weiß doch das ganze Dorf.«

Das kann er nicht leugnen, er bemüht sich um eine andere. Trotzdem sollte ein Freund die Finger von seiner Ex lassen. Noch dazu Signor Lisetto, der es noch nie ernst mit einem Date gemeint hat.

»Das ganze Dorf weiß auch, dass du nicht landest.« Signor Lisetto lacht.

Angelo streicht eine Locke aus seinem Gesicht, das hat jetzt sein müssen, aber gut, wenn er eh schon weiß, dass es nicht so gut läuft, dann kann er ihn um Rat fragen, als Freund und als Kunde. »Was würdest du denn an meiner Stelle tun?«

»Soll ich dir mein Motorrad borgen, darauf fahren die Frauen ab, noch dazu mit Blaulicht.«

»Das wäre eigentlich keine schlechte Idee.« Angelo kann sich das wirklich gut vorstellen. Er kann zwar nicht Motorrad fahren, aber so schwierig wird das schon nicht sein.

»Naja, es ist verboten, aber wir müssen es ja keinem erzählen.Wer soll das außer mir noch kontrollieren? Ich bin ja der einzige Polizist hier.« Er lacht.

»Ich habe keinen Ingwer, willst du etwas anderes? Hier ist eine Zitrone, Geschenk des Hauses. Damit kannst du dir eine heiße Zitrone machen, da wirst du auch schnell wieder gesund.«

»Danke, ich muss los, mein Liegestuhl wartet.« Er streckt Angelo die Hand entgegen. Er zuckt zusammen, er kennt den äußerst männlichen Händedruck bereits. Tapfer streckt er die Hand aus.

Da reißt Lucas die Tür auf. »Ich habe jetzt lange nachgedacht, aber ich weiß einfach nicht, wie ich es angehen soll. Ich werde jetzt zu ihr gehen und mit ihr reden. Es muss sich etwas tun, ich halte das so nicht mehr aus.«

Endlich zeigt der einmal eine Gefühlsregung, der wirkt ja fast lebendig, denkt sich Angelo. Er merkt, dass er sich möglichst schnell was überlegen muss, sonst rennt der noch zu Isabella und holt sie sich zurück. »Soll ich dich zu ihr begleiten? Ich zeige dir, wo das Haus ist!« Zum Glück fragt dieser Tourist nie nach.

»Ja bitte! Endlich kann ich zu ihr. Ich werde einfach sagen was mir in den Sinn kommt. Das wird schon klappen, meinst du nicht?«

Angelo sieht seine Chance. »Also wenn du mich jetzt so direkt fragst, würde ich es doch lieber mit einer romantischen Aktion versuchen. Die Frau ist von dir weggefahren, in ein anderes Land, da muss man sich schon anstrengen.«

»Meinst du? Wenn das unbedingt sein muss. Ich will ja nicht sofort unromantisch rüberkommen. Wann machen wir das mit den Herzen und Luftballons?«

Angelo kneift die Augen zusammen, er ist wild entschlossen, diese Aktion jetzt durchzuziehen. Dieser Typ muss sich lächerlich machen, da führt kein Weg daran vorbei. »Ich habe eine Idee. Wir werden die Luftballons im Garten vor ihrem Balkon anbringen. Heute Abend.«

»Da ist es doch schon dunkel, das sieht doch kein Mensch mehr.« Lucas findet das komisch, jetzt muss er Angelo überreden, dass sie die Aktion sofort durchziehen. Er möchte es hinter sich bringen, er will ja nicht ewig in Fribello bleiben. Geld und Zeit verschleudern.

Angelo hängt das „*Komme gleich*"-Schild hin und geht mit Lucas zum Brunnen am Hauptplatz. »Komm wir setzen uns hin und blasen die Luftballons auf, da können wir den Plan genau überdenken. Da stören mich keine Kunden.«

Angelo nimmt einen und bläst hinein. Sofort geht ihm wieder die Luft aus, naja, das ist nicht gerade seine Disziplin. Lucas nimmt ihm den Luftballon ungeduldig aus dem Mund. Er bläst alle allein auf. Angelo nimmt den Stift aus Lucas Jackentasche und will ein *L* auf den Luftballon schreiben. Lucas schaut ihn an. »Es sollte meine Handschrift sein, meinst du nicht?«

Ganz langsam und in schönen geschwungenen Buchstaben schreibt er seinen Namen auf die Luftballons, er malt noch ein Herz dazu. Ach wäre er doch schon bei ihr. Warum weiß man immer erst, was man hatte, wenn man es nicht mehr hat?

Signora Trenetti steht im Eingang ihres Ladens, sie schüttelt den Kopf. Jetzt hat dieser Angelo auch noch einen zweiten Verrückten. Da sitzen zwei erwachsene Männer am Brunnen und blasen Luftballons auf. Das glaubt ihr ja keiner, wenn sie das im Dorf erzählt.

Mittlerweile steht auch Signor Cattasina vor seinem Schuhladen. Auch Signora Mistrella schaut neugierig durch die Auslage ihres Blumenladens. Es ist ihr irgendwie zu aufdringlich, sich direkt in den Eingang zu stellen. Angelo und Lucas bemerken gar nicht, dass sie beobachtet werden, sie sind so mit sich beschäftigt. Angelo ist froh, jemanden an seiner Seite zu haben, der genauso leidet. Hin und wieder zwickt es ihn, dass er nicht ganz ehrlich zu Lucas ist. Aber so ist es in der Liebe, sie treibt einen manchmal in die unmöglichsten Situationen.

Ricardo steht vor dem Ristorante alla Madonna, er deckt gerade den Tisch. Er kann es nicht lassen, er brüllt zu den Jungs hinüber. »Was macht ihr da eigentlich?« Er lacht, er bemerkt gar nicht, dass er den Tisch falsch deckt. Die Plastikblumen gehören in die Mitte des Tisches und nicht auf die Seite, wenn das die Oma sieht, dann kann er sich wieder was anhören.

Angelo stupst Lucas an. »Komm, wir gehen jetzt zu ihr. Bevor das halbe Dorf da steht und zuschaut.« Er bekommt zittrige Knie. Er bringt Lucas zu Signora

Cottinetti in den Garten, wenn er großes Pech hat, wird er es miterleben wie Lucas und Isabella aufeinandertreffen. Aber mit diesem Risiko muss er leben. Er geht mit Lucas an seinem Obstladen vorbei. Mister Bride steht mit einer säuerlichen Mine vor dem „*Komme gleich*“-Schild. Angelo winkt ihm zu. »Ich komme gleich!«

»Das steht ja auf dem Schild!« murmelt ihm Mister Bride grantig hinterher.

Angelo bleibt mit Lucas vor dem Gartentor von Signora Cottinettis Haus stehen. Er zögert, jetzt kommt der Moment der Wahrheit. Angelo sucht die Vermieterin. Die kniet am Boden und jätet gerade Unkraut. Er winkt ihr zu.

Sie steht auf und wischt sich die Hände an der Schürze ab. Sie trällert Angelo ungewöhnlich nett zu. »Hallo, wie geht es dir?«

Er wundert sich über den freundlichen Ton, die will sicher was von ihm. »Signora Cottinetti, guten Tag, können wir reinkommen?«

Sie unterbricht ihn. »Was immer ihr wollt, wenn ihr mir dafür das Unkraut jätet.« Sie öffnet das Gartentor und winkt sie hinein.

»Na klar. Das macht er dann.« Angelo deutet auf Lucas. »Worauf warten wir? Wir müssen die Luftballons wo anbringen. Wir sollten sie auf dem Baum vor ihrem Balkon aufhängen.«

Lucas schaut sich den Baum an, er sieht nur Grün. »Da muss man aber echt genau schauen, um einen Luftballon zu entdecken. Da muss man fast schon wissen, dass da einer hängt.«

Angelo stellt sich neben ihn und schaut hinauf. »Stimmt, aber ich habe eine Idee! Du musst selbst der Baum sein!«

Lucas dreht sich zu ihm. »Was um Himmels Willen meinst du damit?«

Angelo gestikuliert wild. »Du musst die Luftballons in die Höhe halten, direkt vor dem Balkon. Am besten läufst du noch auf und ab, damit sie sich schön bewegen.«

Lucas zeigt ihm den Vogel.

»Und was ist deine geniale Idee?«

»Ich werde jetzt einfach klingeln und mit Isabella reden. Einfach so. Oder ich hinterlasse ihr eine Nachricht, das ist doch viel erwachsener.«

Angelo greift sich mit beiden Händen auf den Kopf. »Jetzt fängst du schon wieder damit an! Ich höre dir jetzt nicht zu. Auf die erwachsene Art Liebesprobleme in den Griff zu bekommen, ist es das, wonach du suchst? Es geht hier um Romantik, die hat kein Alter. Wie willst du mit dem Kopf romantisch sein? Sie geht durch den Körper, deswegen setz ihn jetzt auch ein. Hopp, lauf!«

Lucas reißt ihm die Luftballons aus der Hand. »Gut, dann laufe ich halt hin und her.«

Der Balkon von Isabella ist etwa sechs Meter lang, Lucas muss also nicht oft hüpfen. Zum Glück hat er wie immer Sportschuhe an, trotzdem sinkt er ein, weil der Boden matschig ist.

Signora Cottinetti hat anscheinend die Angewohnheit, ihre Pflanzen nahezu zu ertränken. Zumindest an dieser einen Stelle im Garten.

Lucas hüpft auf und ab. Er keucht. Dieses Hin und Her macht ihn ganz fertig. Während er in die Luft springt, stellt sich ihm die Frage, ob Isabella überhaupt zu Hause ist. »Angelo, ist sie daheim? Sieht sie irgendwas davon?«

»Die geht doch nie aus dem Haus. Die sitzt sicher auf dem Balkon, vermutlich ganz im Eck. Ich sehe nicht so weit hinauf. Ich bin zu klein dafür.«

Er wird stutzig. »Woher weißt du das alles so genau?«

»Hier weiß doch jeder alles. Zu mir kommen ja auch alle in den Laden.« Angelo schaut ihn an und zuckt mit den Schultern.

Das klingt logisch, da kann man nichts dagegen sagen. Lucas ist schon ganz außer Atem, die Knie tun ihm weh.

Signora Cottinettti geht das alles zu langsam, sie will ihr Unkraut erledigt haben. Sie steht mit verschränkten Armen hinter Angelo und schaut dem bunten Treiben gelangweilt zu.

Lucas kann seine Arme mit den Luftballons nicht mehr in der Höhe halten. Er muss auch auf die Toilette. Dieses Herumhüpfen macht ihn fertig, er kann nicht mehr. Er bleibt stehen und drückt Angelo die Luftballons in die Hand. »Ich komme gleich, ich muss aufs Klo. Darf ich?«

Angelo schaut auf die Luftballons. »Dann springe halt ich. Man muss dir wirklich bei allen Dingen helfen.«

Signora Cottinetti nimmt den Schlüssel aus ihrer Weste und sperrt die Tür auf. »Da gleich links ist es.

Aber sauber verlassen.« Sie schüttelt den Kopf.

Isabella öffnet das Gartentor, sie hat den ganzen Tag am Meer verbracht. Sie ist niedergeschlagen, sie hat zwar zwanzig weitere Bücher bei ihrer Ex-Chefin bestellt, aber viel mehr Ideen hatte sie noch nicht. Im linken Augenwinkel sieht sie, dass Angelo vor ihrem Balkon herumhüpft. Sie dreht sich nicht einmal zu ihm um, dafür hat sie jetzt echt keine Nerven. Sie reißt die Tür auf und läuft die Stiegen hinauf. Sie sperrt zu, sie will sicher sein, dass sie niemand stört.

Lucas kommt aus dem Haus. Angelo steht kreidebleich vor ihm, er keucht vom Springen. »Sie war gerade da.«

Lucas bekommt große Augen, er fasst es nicht, er greift sich an den Kopf. »Hättest du mich nicht holen können?«

»Was hätte es gebracht? Wir haben ein viel größeres Problem, sie glaubt jetzt nämlich, dass ich das bin, der vor dem Balkon hin und her hüpft.«

»Das tue ich mir doch echt nicht mehr an.« Lucas dreht sich um und geht.

Angelo läuft ihm nach. Signora Cottinetti läuft den beiden nach. »Was ist jetzt mit dem Unkraut?«

Lucas dreht sich nicht einmal um, er geht einfach. Angelo murmelt etwas von nächster Woche und verlässt ebenfalls den Garten. Signora Cottinetti brüllt ihnen nach. »Ihr kommt mir nicht mehr in mein Haus.«

Angelo ruft zu Lucas hinüber. »In zwei Stunden am Strand! Wir brauchen einen neuen Plan!«

Lucas nickt. »Wenn es sein muss. Ich lege mich jetzt hin.«

Isabella nimmt ein Glas Wasser, sie streift den Sand von ihrem Rock und öffnet die Balkontür. Sie bemerkt einen Luftballon in ihrem Baum, einen roten, der mit Herzen bemalt ist. Sie muss grinsen, dieser Angelo, jetzt hat sich sein Luftballon noch im Baum verfangen. Sie betrachtet ihn, lauter kleine glitzernder Herzen. Und in schwarzen Buchstaben steht da *Lucas*. Das ist jetzt irgendwie richtig komisch. Was soll das bedeuten? Warum um Himmels Willen steht da jetzt *Lucas*. Sie träumt das jetzt oder? Sie kneift die Augen zusammen und schaut noch einmal genau, da steht *L, U, C, A, S*. Ja, da steht *Lucas* drauf. Was soll das? Was ist da los?

Ricardo geht das Bild nicht aus dem Kopf. Angelo und irgendein Typ blasen Luftballons auf. Seltsam, sehr seltsam. Er muss mit Signora Trenetti reden, er hat gesehen, dass sie das auch mitbekommen hat. Er nimmt seine Schürze ab und geht zu ihr. Praktisch, dass auch der Schuhhändler Signor Cattasina da ist, der hat das ja auch gesehen. »Hallo, ich muss mit euch reden. Über Angelo. Wisst ihr, was mit ihm los ist?«

Signora Trenetti nickt. »Ich weiß, in letzter Zeit lässt er seinen Laden oft allein, das ist so mühsam.«

Ricardo unterbricht sie. »Ich meine, dass er sich zum Dorfnarren macht, ist ja schon sehr fragwürdig. Aber jetzt hat er noch einen zweiten Vogel bei sich. Mich geht es ja eigentlich nichts an, aber trotzdem sollte man darüber reden.«

Signora Trenetti mischt sich ein. »Naja, mich geht es ja auch nichts an, aber reden sollten wir.«

Signor Cattasina unterbricht sie. »Mich ja auch nicht, aber wir sollten uns um ihn kümmern.«

Signora Trenetti fügt schnell hinzu. »Aber es ist mir natürlich schon aufgefallen, dass Angelo sich äußerst seltsam verhält. Und jetzt hat er noch diesen zweiten Kerl aufgegabelt, wo hat er den her? Aber Ricardo, du hast schon Recht, wir sollten uns da etwas einfallen lassen. Wenn einer im Dorf überschnappt, dann sollten sich die anderen darum kümmern.«

Ricardo und Signor Cattasina nicken.

»Angelo ist eine Dorfangelegenheit, was wäre ein Leben ohne Tomaten? Ich werde mit Dottore Fracallo reden, es muss ja ein Mittel dagegen geben. Was meint ihr, wir könnten uns doch heute Abend im Ristorante treffen und das besprechen.« Ricardo denkt natürlich auch an sein Geschäft.

Signora Trenetti dreht den Kopf zum Blumenladen. »Signora Mistrella können wir auch gleich mitnehmen, die ist schon wieder sehr neugierig, hat die ganze Zeit die Nase hinter der Auslage und glaubt, wir sehen das nicht.«

Ricardo grinst. »Der jage ich jetzt einen Schreck ein. Bis später, um acht Uhr bei mir im Ristorante, ich rufe die Leute zusammen.«

Ricardo geht mit schnellen Schritten auf den Blumenladen zu und reißt die Tür auf. Er sieht wie Signora Mistrella erschrickt.

»Junges Fräulein, wir müssen heute Abend über Angelo reden, da du gleich nebenan bist, hast du vermutlich die meisten Infos. Um acht Uhr bei mir im Ristorante, geht das?« Er wartet die Antwort gar nicht ab und dreht sich zur Tür, er schmeißt sie mit voller Wucht zu, die Blumenvasen wackeln.

Angelo steht in seinem Obstladen. Mister Bride und Signora Mistrella sind bei ihm. Genau die Richtigen, die sind doch eh sehr angetan voneinander, das ist ihm schon aufgefallen.

Er schaut in die Gesichter. »Bitte sehr, was wollt ihr?« Er kann sich nicht auf seine Kunden konzentrieren, er ist in Gedanken versunken. Eigentlich sollte es ihn freuen, dass diese Aktion mit Lucas so in die Hose gegangen ist, aber es macht ihn auch irgendwie total unruhig, dass Isabella ihn nicht einmal angeschaut hat. Deutlicher kann sie ihr Desinterresse eigentlich nicht zeigen. Es stört ihn auch, dass sie jetzt glaubt, dass er sie mit glitzernden Luftballons umwerben will. Das ist echt blöd gelaufen, das kann man nicht schön reden. Er braucht eine Nachdenkpause. Er muss sich auch wieder um sein Geschäft kümmern. Wenn sie eines Tages weg ist, dann bleiben ihm nur der Schmerz und ein Laden, der nicht mehr läuft. Er richtet sich auf und lächelt. »Was kann ich tun?«

Mister Bride ist schon ungeduldig. »Ich brauche bitte Tomaten. Einen Kilo bitte.«

Angelo drückt ihm die Tüte in die Hand. »Zwei Euro vierzig bitte.«

Er legt das Geld auf die Verkaufstheke und dreht sich um. Er läuft fast in die Signora. Die steht so dicht hinter ihm, dass das gar nicht anders möglich ist. Mister Bride entschuldigt sich und verlässt den Laden.

Signora Mistrella läuft rot an. Angelo bekommt sehr wohl mit was hier los ist, er lächelt sie an. »Na, schon Blumen für Mister Bride hinterlegt?«

»Und wann holst du deine für diese Touristin ab?« Sie fährt ihn richtig an.

»Ich weiß nicht, Blumen sind irgendwie einfallslos. Jeder schenkt Blumen.«

»Ich kann dir versichern, dass das hier in Fribello kaum jemand tut. Leider, ich spüre das jeden Tag in meinem Geschäft. Hochzeiten und Begräbnisse haben wir auch nicht sehr oft im Dorf. Außerdem, Angelo, mit Luftballons herumrennen ist besser? Das ist romantischer?«

Er fühlt sich ertappt und hat das Gefühl, dass er sich rechtfertigen muss. »Die waren ja nicht für mich, die hat der andere gebraucht, um seine Ex zu erobern. Ein Bekannter, er ist nicht von hier. Mein Bruder hat ihn geschickt, das ist alles sehr kompliziert.« Angelo wird ungeduldig, er will nicht mehr reden. »Was kann ich eigentlich für dich tun?«

»Weintrauben, Feigen und Zwiebeln bitte.«

Angelo packt alles zusammen, es tut ihm leid, dass er ihre Blumen beleidigt hat. Wenn das jemand bei seinem Obst tun würde, er würde sterben. Er drückt ihr die Tüte in die Hand. »Das macht fünf Euro siebzig. Hast du vielleicht gelbe Blumen, die irgendwie wie ein Stern aussehen. Zumindest irgendwie. Gelb wäre schon einmal Anfang.«

»Blume fällt mir keine ein, aber ich kann ein paar Sterne zwischen die Blumen stecken. Ah wie schön, ich kann einen Blumenstrauß gestalten. Danke!«

»Kann ich sie vielleicht noch heute abholen? So in dreißig Minuten?«

»Gut, ich such dir die schönsten gelben Blumen!«

Angelo drückt ihr eine Zitrone in die Hand. Sie freut sich, die passt wunderbar zum Salat.

Er sperrt die Tür zu und nimmt den Besen. Er muss endlich wieder einmal aufkehren. Er merkt, dass es ihn immer mehr kränkt, dass Isabella nicht einmal in seine Richtung geschaut hat. Er ist zu ungeduldig für eine Nachdenkpause, er wird ihr den Blumenstrauß bringen, er muss ihr zeigen, wie viel sie ihm bedeutet. Er hofft, dass er Lucas nicht dort trifft. Er traut ihm nicht ganz, der geht sicher irgendwann heimlich hin. Angelo wird plötzlich ganz heiß, der Luftballon, Mist, Nein! Das kann jetzt nicht sein? Der hat sich sicher im Baum verfangen. Und da steht *Lucas* drauf, *Lucas*! Angelo krallt sich am Besen fest. Auf was für eine blöde Situation hat er sich da eingelassen, so ein Blödsinn. Sein Leben war so schön ruhig bevor diese zwei Touristen gekommen sind, jetzt hat er nur Chaos. Er fährt sich mit den Händen über das Gesicht. Isabella hat diesen blöden Luftballon sicher schon irgendwo im Garten entdeckt, naja, vielleicht auch nicht. Sie hat ja auch sein Zitronenbäumchen nicht gesehen. Vielleicht ist er ja auch einfach in den Nachbargarten geflogen. Angelo beruhigt sich wieder. Das wird sicher so sein, er hat jetzt auch keine andere Wahl als das zu glauben. Er kann ja schlecht Isabella fragen, ob sie den Luftballon gesehen hat. Wenn er ihr die Blumen bringt, kann er ja vorsichtig abtasten, ob sie komisch drauf ist. Er entspannt sich wieder, na das war ein Schock.

Signora Cottinetti kniet am Boden und zupft das Unkraut. Dabei flucht sie vor sich hin. Isabella sitzt am Balkon und hört ihre Vermieterin. Sie steht auf und beugt sich über das Geländer. »Ist alles in Ordnung?«

Sie kommt hinunter. »Wie kann ich helfen?« Sie freut sich, dass sie endlich wieder etwas mit ihren Händen tun kann. Das gibt ihr das Gefühl, dass sie alles unter Kontrolle hat in ihrem Leben. Signora Cottinetti gibt ihr die Handschuhe und die Schaufel. Isabella sticht mit voller Kraft in den Boden.

Signora Cottinetti bekommt die Krise. »Mädchen, so kann man das nicht machen! Dafür braucht man Gefühl! Sonst wird das nicht ordentlich, sondern nur ein großes Erdloch, ein unordentliches.«

Isabella ist eingeschüchtert, so macht das keinen Spaß. Sie geht ganz vorsichtig mit der Schaufel zur Erde. Signora Cottinetti faucht sie an. »Was ist, willst du die Erde streicheln?«

Sie wird immer unsicherer, sie traut sich aber nicht, ihr die Meinung zu sagen. Sie sticht ein bisschen fester in die Erde.

»Ach, ich bin einfach nur sauer. Tut mir leid. Dieser Angelo taucht mit einem Typen auf, den ich hier noch nie gesehen habe, sie versprechen mir, dass sie das

Unkraut jäten, wenn sie mit ihren blöden Luftballons vor deinem Balkon hüpfen dürfen, und dann laufen sie einfach davon. Traue nie jemandem, der vor deinem Balkon hüpfen will.«

Isabella bleibt das Herz stehen und der Mund offen. Der Name Lucas am Luftballon war also wirklich kein Zufall. Wäre ja auch komisch gewesen. Was haben die beiden miteinander zu tun, wie kommt Lucas ausgerechnet zu Angelo, und was soll das überhaupt? War dieser Obstverkäufer von Anfang an ein Lockvogel von Lucas? Womöglich noch gegen Bezahlung? Ihr Gedankenkarussell beginnt sich zu drehen, sie wird richtig wütend. Sie wirft die Handschuhe auf den Boden. Das darf doch nicht wahr sein!

Signora Cottinetti hebt die Handschuhe auf und schaut, ob ihnen nichts passiert ist.

Isabella kann sich nicht mehr zurückhalten, sie flucht. »Was für eine bescheuerte Aktion!« Sie zittert am ganzen Körper, sie muss sich bewegen. Sie läuft zehn Meter den Strand entlang und dreht wieder um, die Wellen, der Sand, sie ist jetzt zu unruhig dafür. Auch auf das Meer muss man sich einlassen. Sie läuft in ihr Zimmer und wirft sich auf das Bett. Sie packt die Wut. Alles dreht sich. Was hat das alles zu bedeuten?

Angelo steht bei Signora Mistrella im Laden. Ihm fällt auf, wie schön sie das Geschäft gestaltet hat. Und wie gut es hier riecht. Er atmet tief ein. Signora Mistrella ist ganz aufgeregt, sie überreicht ihm stolz den Strauß. Gelbe Trompetenblumen kombiniert mit silbernen Sternen. Sie hat mal wieder zu viele davon gekauft, aber sie ist immer so überschwänglich, wenn endlich mal wieder jemand heiratet. Angelo bedankt sich. »Was bekommst du dafür?«

»Gar nichts, das ist ein Geschenk. Und jetzt los, die Blumen wollen zum Empfänger.«

Angelo läuft zum Gartentor, er atmet dabei den intensiven Duft ein, wie gut das riecht. Er läutet bei Signora Cottinetti.

Sie kommt hinaus. »Was soll denn das? Bist du übergeschnappt?«

»Ich muss zu Isabella, jetzt sofort. Mach auf.«

»Das glaubst du wohl selbst nicht. Du hast dein Versprechen gebrochen. Du kannst mich gern haben.« Sie brüllt.

Auch Angelo wird laut. »Du kannst auch keinem einen Gefallen tun! Oder? Ich muss zwei Minuten zu ihr.«

Isabella hört Schreie, steht auf und geht auf den Balkon. Sie lehnt sich an das Geländer und sieht Angelo.

»Komm bitte her, ich muss dir was geben, aber sie lässt mich nicht hinein!«

»Heute allein oder doch zu zweit? Ich komme sicher nicht.« Isabella dreht sich um und macht die Tür zu.

Angelo drückt Signora Cottinetti den Blumenstrauß in die Hand und dreht sich um. Na toll, das läuft gar nicht gut. Und wer ist schuld? Dieser Tourist, sonst wäre sie sicher nicht so sauer auf ihn. Der hat irgendwie totales Chaos reingebracht, und jetzt wartet der auch noch auf ihn.

Im Ristorante alla Madonna herrscht reges Treiben. Ricardo hat gleich alle angerufen, die ihm eingefallen sind, fast jeder hatte Zeit. Andächtig wie auf einer Schulbank sitzen sie jetzt bei ihm im Ristorante und sind gespannt. Er hebt das Glas und klopft darauf mit einem Messer. Solche Momente liebt er, da bekommt er endlich die Autorität, die er eigentlich verdient. Seiner Meinung nach ist er als Restaurantchef sowieso der heimliche Bürgermeister im Dorf. Er sieht alles, er weiß alles. Ricardo hebt seine Stimme. »Danke, dass ihr gekommen seid. Ich möchte euch herzlichst begrüßen. Wir haben uns hier versammelt, weil wir über Angelo reden müssen. Denn es ist quasi unsere Pflicht, den Obstverkäufer unseres Vertrauens vor dem Unglück zu bewahren. Natürlich müssen wir auch über den seltsamen Neuling mit den Luftballons reden.«

Ein Raunen geht durch den Raum, die Meute beginnt zu flüstern. Viele haben von dem Neuling noch gar nichts mitbekommen, da gibt es Erklärungsbedarf. Ricardo wird ungeduldig. »Darf ich um Ruhe und Aufmerksamkeit bitten? Dottore Fracallo, ich hätte gerne eine Diagnose, hat Angelo ein, nun ja, wie soll ich sagen, ein psychisches Problem? Ist er übergeschnappt?«

Alle Köpfe drehen sich zu Dottore Fracallo. Er steht auf, ihm ist nicht ganz wohl damit, aber er kann jetzt nicht einfach nichts sagen. Die Menschen hier im Dorf erwarten, dass er alle Krankheiten erkennt. »Nun ja, übergeschnappt ist vielleicht zu viel gesagt, aber er hat sicher eine narzisstische Störung. Alles dreht sich immer um ihn.«

Er schaut in die Runde, alle stimmen ihm zu.

Ricardo ist sich nicht sicher, ob man das so sagen kann, immerhin versorgt er das ganze Dorf mit Obst, er tut genug für andere. Aber er will jetzt keine Grundsatzdiskussion eröffnen, er fragt lieber in die Runde, ob irgendjemand den Neuling kennt.

Signor Cattasina steht auf. »Er wohnt in dem Zimmer, das ich vermiete. Er weiß noch nicht genau, wie lange er bleiben will.«

Ricardo schaut in die Runde. »Nun gut, das sind keine Informationen, mit denen man etwas anfangen kann. Sonst weiß niemand was?«

Signora Mistrella zeigt auf. Ihr wird ganz heiß, ihr Herz schlägt heftig. Sie streckt den Arm so durch, dass er schmerzt. »Ich weiß was!«

Ricardo schaut sie an, ihm fällt auf, dass sie sonst nie bei ihm im Ristorante ist.

»Der Neuling ist, so nehme ich an, der Ex-Freund von dieser Touristin. Angelo und er kennen sich und machen gemeinsame Sache.«

Kopfschütteln geht durch den Raum. Signora Trenetti steht auf. »Mädchen, da hast du sicher was falsch verstanden. Das kann nicht sein, woher soll Angelo den kennen? Warum sollte er ihm helfen?«

Signora Mistrella ist beleidigt. »Doch, ich habe genau zugehört. Angelo höchstpersönlich hat es mir erzählt.«

Donatella bekommt die Krise, das hört sie sich nicht mehr länger an. »So schwierig ist die Übung auch wieder nicht. Der Ex von dieser Touristin ist da und will sie zurück, und Angelo, der Depp, glaubt, dass er trotzdem Chancen bei ihr hat, weil der Ex in seinen Augen nicht so sehr an die Liebe glaubt wie er. Deswegen hilft er auch, er ist einfach zu gutmütig.«

Köpfe drehen sich zueinander, es wird laut, alle reden durcheinander. Alle reden über diesen Touristen, ob der mitbekommt, dass Angelo seine Ex-Freundin haben will.

Ricardo wird ungeduldig. »Können sich bitte wieder alle auf Angelo konzentrieren und nicht auf diesen Touristen? Ich finde, wir müssen unserem Freund helfen. Ich halte jetzt eine Abstimmung ab. Wer möchte Angelo helfen, dann Hand in die Höhe.«

Alle Hände sind oben. »Na fein, dann sind wir alle einer Meinung, wir werden Angelo helfen.«

Signora Vaccillano steht auf. »Ich weiß auch schon wie! Wir könnten einen Zitronenbaum bei Signor Costadella kaufen und lauter kleine Botschaften im Bäumchen verstecken. Den stellen wir dann vor die Tür der Touristin.«

Ricardo fällt spontan nichts Besseres ein, er will aber darüber abstimmen. Er will dazu aufrufen, da fällt ihm Pater Maestro ins Wort. »Ich bin für ein Gedicht! Die Kraft des Wortes soll der Liebe Flügel verleihen.«

Donatella zögert. »Wir können doch nicht ein Gedicht schreiben, wenn wir nicht einmal irgendetwas über sie wissen!«

Pater Maestro nickt, da hat Donatella auch wieder Recht.

Donatella wird laut. »Was ist überhaupt mit diesem Neuling? Wie können wir Angelo helfen, wenn wir den ignorieren?« Sie schaut erwartungsvoll in die Runde.

Dottore Fracallo winkt ab. »Um den können wir uns jetzt nicht auch noch kümmern.«

Donatella ist genervt, sie weiß, dass sie keiner hier ernst nimmt, weil sie die Ex von Angelo ist.

Ricardo ist sauer, das ist sein Job. Er unterbricht sie. »Ich schlage vor, wir machen das jetzt mit dem Zitronenbaum. Das ist auf jeden Fall gut. Wir können ja wegen einem Gedicht oder kleinen Botschaften noch einmal beraten.«

Alle Hände gehen nach oben, keiner hat einen besseren Plan. Donatella denkt kurz nach und ruft in den Raum. »Wir könnten sie beschatten, um herauszufinden, was sie mag und was sie nicht mag. Wer ist dabei?«

Signora Mistrella zeigt hastig auf. So ein Abenteuer wäre schon was.

Signor Cattasina hat seine Zweifel. »Was soll das bitte bringen?«

Donatella antwortet schnippisch. »Wir sammeln Informationen für das Gedicht. Dann können wir entscheiden, ob uns da etwas einfällt. Ich glaube ja nicht, dass sie sehr interessant ist.«

Der Schuhverkäufer schüttelt den Kopf. »Na gut, aber dann solltest du vorher zu mir kommen und deine Schuhe reparieren lassen. Denn mit diesem Klappergeräusch kannst du niemanden beschatten.«

Donatella hat keine Ahnung, was er meint, aber sie hat keine Lust auf Diskussionen, sie willigt ein. »Signora Mistrella, du bist offiziell im Beschattungsteam.« Das kann was werden mit dieser Blumentante.

Ricardo unterbricht sie. »Gut. Wenn alle dafür sind, dann gebe ich den Startschuss für die Beschattungsaktion. Ich würde sagen, wir treffen uns in drei Tagen wieder hier im Ristorante um acht Uhr.« Ricardo ist es wichtig, dass er die Zügel in der Hand hält. Es gefällt ihm, dass er den Ton angibt und alle auf ihn hören. Donatella darf ihm da jetzt nicht in die Quere kommen.

Mit lautem Gemurmel packen alle zusammen. Signor Cattasina schnappt Donatella am Arm, seine Chance ist gekommen, er wird ihr endlich diese Stiefel reparieren. Er leidet schon sehr lange darunter. Jedes Mal, wenn sie an seinem Geschäft vorbei geht, hört er dieses Geklapper. Kaputte Schuhe sind einfach nicht zu ertragen. »Kommst du gleich mit in die Werkstatt? Dann hätten wir das endlich erledigt.«

Donatella ist so überrascht, dass dieser alte Mann so energisch handelt, dass sie nachgibt. »Gut, dann komme ich mit. Zahlen werde ich dafür aber nicht.«

Signor Cattasina winkt sofort ab. »Nein, keine Sorge, das ist ein Geschenk.« Vor allem für seine Ohren, murmelt er in sich hinein.

Dottore Fracallo läuft Signora Mistrella hinterher. Er möchte seiner Frau einen Blumenstrauß mitbringen, das hat er wirklich schon sehr lange nicht mehr gemacht. Signora Mistrella strahlt ihn an. »Ja, klar. Wir können gleich Blumen holen.«

Dottore Fracallo steht im Blumenladen und schaut sich um. Er deutet auf die roten Rosen mit großen Köpfen und langen Stielen. Ein bisschen zu dunkelrot sind sie, aber sie sind einfach wirklich schön. Signora Mistrella nimmt sie aus der Vase und packt sie in das Papier ein. Darauf ist sie sehr stolz, sie hat es selbst gestaltet. Den Schriftzug *Blumenladen Mistrella* hat sie mit einer Füllfeder geschrieben. Sie hat einen großen Rosenkopf dazu gezeichnet. Viele Stunden hat sie damit verbracht, jeden einzelnen Papierbogen zu verzieren, aber sie wollte ihren Kunden einfach persönliche Grüße mitgeben. Sie wickelt die Rosen ein und klebt das Papier zu.

Als Dottore Fracallo mit dem Strauß in der Hand wieder auf der Straße steht, atmet er tief durch. Angelo hat schon Recht, für die Liebe muss man etwas tun. Er weiß zwar nicht so genau, ob es wirklich noch Liebe ist, was ihn mit seiner Frau verbindet, aber sie sind seit fast dreißig Jahren zusammen, also wird er damit nicht so falsch liegen. Er hat schon wirklich sehr lange nicht mehr darüber nachgedacht. Diese ganze Sache mit Angelo hat ihn durcheinandergebracht, dieser Kerl denkt den ganzen Tag nur an die Liebe. Er ist einfach kein großer Romantiker, aber er merkt, dass er aufgeregt ist, weil er seiner Frau endlich wieder einmal Rosen bringt. Er geht über den Hauptplatz und empfindet plötzlich alles intensiver. Der Brunnen plätschert lauter, und er sieht mehr Sterne am Himmel als sonst. Dottore Fracallo steht vor seiner Wohnungstür. Er nimmt den Schlüssel aus der Jacke und schaut die Blumen an. Ihn verlässt der Mut. Er will keine Gräben aufreißen, er ist sich ziemlich sicher, dass seine Frau sich schon lange vernachlässigt fühlt. Er will sie jetzt nicht auch noch darauf aufmerksam machen, dass er ihr schon lange nichts mehr geschenkt hat. Vielleicht ist ihr das gar nicht so bewusst. Oder vielleicht noch viel schlimmer, wenn er ihr jetzt diese Blumen bringt, dann glaubt sie vielleicht, dass er ein schlechtes Gewissen hat. Nein, nichts riskieren, nicht aus der Routine ausbrechen. Er sperrt auf und geht in die Küche. Seine Frau steht am Herd und macht Pizza. Sie dreht sich um und sieht diesen wunderschönen großen Blumenstrauß. Dottore Fracallo drückt ihr die Blumen in die Hand. »Eine Patientin hat mir die geschenkt. Da, bitte.«

Seine Frau schaut ihn ungläubig an. »Von einer Patientin? Die schenkt dir Blumen? Wer soll das sein?«

Er nimmt ein Stück Käse und steckt es in den Mund. »Naja, ich bin ja Präsident vom Verschönerungsverein. Warum nicht?« Er versucht, möglichst gelassen zu wirken, innerlich brodelt er, es war vielleicht doch nicht eine seiner besten Ideen. Sie nimmt eine Vase und stellt die Blumen hinein. Was soll sie ihn groß fragen, was es mit den Blumen auf sich hat, er würde sowieso nicht die Wahrheit sagen. Sie dreht sich wieder um und schneidet die Tomaten für die Sauce klein. Dottore Fracallo ist erleichtert, er hat einfach keine Nerven für solche Gespräche. Er spürt, wie sich alles in ihm zuzieht, er atmet schwer. Er muss raus hier.

»Du, ich muss noch einen Hausbesuch machen, fällt mir gerade ein. Warte nicht auf mich.« Sie ruft nach. »Und die Pizza?« Das hört er gar nicht mehr, er ist schon draußen.

Er geht zum Meer. Das hat er schon lange nicht mehr gemacht. Er spaziert ganz langsam und schiebt den Sand mit seinen Schuhen hin und her. Er nimmt eine Muschel in die Hand und wirft sie ins Wasser. Ja, er muss sich eingestehen, dass er Fehler gemacht hat. Nur, weil es für ihn gut läuft, heißt das nicht automatisch, dass alle damit glücklich sind. Er hat sich auch schon viel zu lange nicht mehr gefragt, ob er glücklich ist. Er hört Stimmen. Angelo und Lucas diskutieren lautstark. Die zwei reden miteinander? Das muss er hören, er versteckt sich hinter einer Liege.

»Du darfst jetzt ja keinen Fehler machen.« Angelo hebt den Zeigefinger.

Lucas ist ungeduldig. »Ich bin hier, um mit meiner Ex zu reden, warum soll ich denn noch warten?«

»Man kann nicht einfach da sein. Man muss das schon inszenieren und sich etwas überlegen. Wie soll sie denn erkennen, dass du es wirklich ernst meinst?«

Dottore Fracallo traut seinen Ohren nicht. Er macht sich noch kleiner unter der Liege. Der Sand kriecht ihm ins Hemd. Angelo hilft dem Typen bei einer Frau? Das kann doch wohl nur diese Isabella sein, dieser Tourist kennt ja sonst keinen Menschen hier. Was ist da los? Angelo braucht wirklich einen Psychiater. Er muss ihn hinschicken. Es gibt ja auch einen Guten zwei Ortschaften weiter.

»Ich glaube, du machst es dir wirklich zu leicht. Uns muss etwas wirklich Mächtiges einfallen.« Angelo breitet die Arme aus.

Lucas witzelt. »Mit einem Luftballon?« Er kann diesen Obstverkäufer einfach nicht ernst nehmen, er kann ihm aber auch nicht sagen, dass er es lieber auf seine Art machen möchte. Denn irgendwie sind sie durch diese Luftballon-Aktion miteinander verbunden. Angelo bemüht sich ja auch wirklich sehr, das muss man schon auch respektieren. Obwohl er es komisch findet, dass der selbsternannte Meister der Romantik nie über seine Gefühle spricht. Vielleicht geht es ihm gar nicht um die Liebe, sondern nur um die Inszenierung. Er will gar nicht darüber nachdenken, das ist ihm sowieso schon alles zu kompliziert. Und eigentlich hat er überhaupt keine Lust darauf, die ganze Zeit über Romantik nachzudenken. Das hat doch auch nicht immer etwas mit Liebe zu tun. »Angelo, warum kann man das nicht anders machen? Ich kann ihr doch auch mit leisen Tönen zeigen, dass ich sie liebe. Bei dir geht es nur darum, es laut in die Welt zu brüllen. Vielleicht will sie das ja gar nicht.« Er steckt die Hände in die Hosentaschen.

Angelo fährt Lucas an. »Warum sind wir jetzt in dieser Situation, dass wir um sie kämpfen müssen? Weil es so gut geklappt hat mit den leisen Tönen?«

»Was heißt Wir? Weißt du was, wir lassen es einfach.«

Angelo nimmt seinen Arm und hält ihn. Seine Stimme wird sanft. »Wir wollen ja nicht, dass du unglücklich bist. Dann machen wir es so, wie du willst, wie du dich wohlfühlst. Wir können ihr ja ein Zitronenpaket schicken, da kleben wir auf jede Zitrone einen Zettel, da steht dann zum Beispiel Spaziergang oder Bootsfahrt drauf. Was hältst du davon?«

Lucas schaut Angelo an. Damit kann er endlich einmal etwas anfangen. »Das klingt gut. Das kann ich mir wirklich vorstellen. Weißt du was, ich denke mal über Ausflüge oder Unternehmungen nach und morgen schreiben wir sie dann auf. Was meinst du? Ich muss da echt noch eine Nacht drüber nachdenken, aber es gefällt mir.« Er klopft ihm auf die Schulter.

Angelo verkrampft sich. Lucas ist ja doch deutlich größer und breiter als er. »Ich bin müde, und wir haben ja jetzt etwas gefunden. Dann bis morgen. Gute Nacht!«

Dottore Fracallo glaubt, dass er sich verhört hat. Er muss sich verhört haben, das geht gar nicht anders. Kein normaler Mensch lässt sich auf so eine Sache ein. Angelo ist wirklich verrückt geworden. Die Liebe hat ihm den Verstand geraubt. Das ist so schräg, dass es auch schon wieder schön ist. Wenn das Herz den Ton angibt, das sollte man in seinem Leben anstreben, da hat er heute wieder etwas gelernt, der Herr Dottore, denkt er sich. Er wird ganz sentimental. Ach, er hätte seiner Frau doch sagen sollen, dass die Rosen von ihm sind, wie blöd und feige ist er eigentlich. Er steht auf und klopft sich den Sand von der Hose und vom Hemd ab. Er zieht die Schuhe aus und schlägt sie gegeneinander. Er muss mit seiner Frau reden. Er läuft schnell durch das Dorf, er bekommt leichte Atemnot. Er sollte sich mehr bewegen, ermahnt er sich. Er reißt die Wohnungstür auf und holt mit einem Schwung die Blumen aus der Vase. »Ariella, was für ein Blödsinn! Ich habe sie natürlich für dich gekauft. Ich habe sie sogar ausgesucht.« Seine Frau schaut ihn von oben bis unten an und wundert sich über den ganzen Sand in seinem Gesicht und in den Haaren. Er steht auf und umarmt sie. Sie hält ihn dabei auf Distanz, auch weil sie eine weiße Seidenbluse trägt. Sie streicht ihm über den Kopf. Er ist erleichtert, weil sie es zulässt, weil er noch etwas spürt. Sie fährt ihn an. »Wo warst du?«

Diese drei Wörter lassen ihn erstarren. Er schaut sie an, genau das ist es, dieser Ton, dieses Misstrauen, das lässt diese Beziehung zu dem werden was sie ist. »Ich gehe ins Arbeitszimmer, ich muss eh noch einiges erledigen.« Zu gern hätte er ihr diese Geschichte mit Angelo erzählt, aber es ist der falsche Zeitpunkt. Wie so oft.

Donatella vermisst das Klappern ihrer Absätze beim Gehen. Sie ist auf dem Weg zu Signora Mistrella. Sie müssen über den Beschattungsplan reden. Sie ärgert sich über den alten Schuhmacher. Sie macht die Tür zum Laden auf. In ihre Nase kriecht ein betörender Duft. Sie schaut sich um, die Blumen sind nach Farben geordnet. Sie ist fasziniert. Sie hätte selbst gerne einen eigenen Kräuterladen gehabt, aber dafür hat sie einfach zu wenig Geld. Ein Glück, dass sie in der Apotheke einen Platz mieten konnte.

Signora Mistrella sieht Donatella und macht die Lade neben der Kasse auf. Sie holt einen Kugelschreiber und ein Blatt Papier. Wie aufregend. Heute wird der Plan für die Beschattungsaktion entworfen. Sie zückt den Kugelschreiber und will das Dorf zeichnen. Donatella schaut ihr zu und wippt mit den Stiefeln. »Was genau machst du da eigentlich?«

Signora Mistrella legt den Kugelschreiber auf das Blatt. »Na, ich wollte einen Plan zeichnen.«

Donatella schaut gelangweilt auf ihre rot lackierten Fingernägel. »Sollte man dafür nicht einen Plan haben?«

»Ja, stimmt schon, fällt dir etwas ein?«

»Das ist ganz einfach. Wir brauchen keinen Plan. Wir müssen nicht viel wissen, um diese persönlichen Botschaften oder das Gedicht zu schreiben. Es reicht, wenn wir herausfinden, ob sie lieber zu den Sternen am Himmel schaut oder am Boden Muscheln sammelt. Wir müssen ihr einfach einmal nachgehen. Kapierst du?« Donatella wird etwas lauter.

Signora Mistrella zuckt zusammen. »Wann wollen wir das machen?«

»Na, gleich morgen in der Früh starten wir. Wir werden ihr den ganzen Tag einfach nachlaufen. Wir treffen uns um neun Uhr vor ihrem Haus.« Donatella hat echt keine Nerven für ihr zögerliches Getue. Signora Mistrella nickt.

Angelo hat schlecht geschlafen. Er ist immer wieder aufgewacht, der Streit mit Isabella setzt ihm ordentlich zu. Er überlegt, die Blumen haben sie nicht versöhnt. Vielleicht ist sie eher der Motorradtyp, er wird zu Signor Lisetto gehen. Er springt unter die Dusche, putzt sich die Zähne und holt ein blaues Hemd und eine beige Hose aus dem Schrank. Er geht über den Hauptplatz. Hatte Signor Lisetto dieses Angebot mit dem Polizei-Motorrad ernst gemeint? Er redet laut vor sich hin. Donatella geht an ihm vorbei. »He, Angelo, bist du ohne mich so einsam, dass du mit dir selbst reden musst?« Er schaut auf. Die hat ihm gerade noch gefehlt. Er winkt ihr zu und geht weiter.

Donatella ist erstaunt. Er bleibt nicht einmal mehr stehen und redet mit ihr, die Zeit ist vorbei, wo er ihr nicht widerstehen konnte. Das ist ihr wirklich nicht egal, das muss sie sich selbst eingestehen. Und alles nur wegen dieser blöden Touristin. Die macht sie schön langsam richtig wütend. Sie geht mit schnellen Schritten zum Haus von Isabella.

Signora Mistrella steht schon vor dem Gartentor von Signora Cottinetti, sie winkt ganz aufgeregt. Donatella ist jetzt schon genervt. Keinen Tag länger hält sie diese Frau aus. Sie müssen diese Sache mit der Touristin schnell erledigen.

Signora Cottinetti kommt aus ihrem Haus, stolpert über eine Stufe, kann sich aber fangen. »Was wollt ihr hier?«

Donatella schnauft laut und keift sie an. »Wir stehen vor dem Haus und nicht im Haus. Das wird ja wohl erlaubt sein.«

Signora Mistrella zupft Donatella am Ärmel und flüstert ihr ins Ohr. »Sollten wir nicht lieber freundlich sein? Wir wollen ja was von ihr.«

Donatella faucht Signora Mistrella an. »Und du, was willst du jetzt von mir?«

Signora Mistrella antwortet gar nicht. Sie fragt Signora Cottinetti ruhig mit einem Lächeln. »Wann verlässt Isabella normalerweise das Haus?«

Signora Cottinetti fasst es nicht. »Ist das jetzt hier eine Pilgerstätte für diese Touristin? Was wollt ihr alle mit der? Wenn ihr mein Unkraut im Garten jätet, dann kann man mit mir über alles reden.«

Signora Mistrella schaut auf den Boden. »Dann machen wir das halt, wenn es unbedingt notwendig ist.«

Donatella unterbricht Signora Mistrella. »Wegen einer kleinen Information sollen wir Unkraut jäten? Das kann nicht sein. Kannst du nicht einfach sagen, wann Isabella das Haus verlässt.«

Signora Cottinettti zuckt zusammen. »Na gut, sie geht eigentlich selten aus dem Haus. Was mich ja wundert, da fährt man extra so weit, dass man dann die halbe Zeit in seinem Zimmer sitzt. Was sie dort genau macht, das kann ich euch nicht sagen, das weiß ich nicht. Es interessieren sich nur eine Menge Leute für sie. Und wenn sie mal spazieren geht oder diesen Angelo trifft, dann ist das sehr unregelmäßig. Ich kann euch gar keine genaue Uhrzeit nennen. Tut mir leid. Aber vielleicht habt ihr Glück, es kann sein, dass sie zu Angelo in den Obstladen geht. Wenn ich so darüber nachdenke, macht sie das schon hin und wieder mal. Ja, und an den Strand geht sie auch. Nur halt nicht zu fixen Zeiten. Ich befürchte, ihr müsst einfach warten. Was wollt ihr denn von der?«

Donatella merkt schon, sie bekommt einfach nicht die Informationen, die sie braucht. Sie deutet Signora Mistrella, dass sie sich umdrehen. Sie werden jetzt einfach hier warten, was soll sie machen. Sie zieht Signora Mistrella am Arm. »Jetzt komm schon.«

Signora Mistrella dreht den Kopf zu Signora Cottinetti. »Wir müssen uns doch verabschieden.«

»Gar nichts müssen wir.« Donatella lehnt sich

gegen den Baum und verschränkt ihre Beine. Sie betrachtet ihre Fingernägel. Die rote Farbe blättert schon ordentlich ab, das muss sie dringend ausbessern. Signora Cottinetti schüttelt den Kopf und geht ins Haus.

Signor Lisetto steht mit dem Gartenschlauch in der Hand vor seinem Polizeihäuschen. Er hat ein richtig großes Blumenbeet angelegt. Er pflegt es jeden Tag. Dabei genießt er auch noch den Blick auf das Meer. Das hat er wirklich gut gemacht. Das Polizeirevier war vor fünf Jahren noch am Hauptplatz, doch das wurde einfach zu teuer. Für einen Polizisten, der hin und wieder Verstärkung aus dem Nachbarort bekommt, braucht man nicht gleich ein ganzes Haus mit fünf Zimmern. Signor Lisetto war fast nie dort, weil er lieber auf Streifzug war. Da ist ihm die Idee gekommen, das kleine Fischerhäuschen direkt am Meer ins Spiel zu bringen. Der Chef im Polizei-Hauptquartier war begeistert von dieser Idee. Signor Lisetto hat das Fischerhäuschen bezogen und ein Polizeischild aufgehängt. Seitdem macht er sehr selten einen Streifzug durch den Ort. Es kommen aber immer wieder Leute zu ihm, legen sich in den Liegestuhl und schauen aufs Meer. So hat er einen besseren Überblick über die Vorgänge im Dorf, die Leute erzählen ihm, welche Probleme es gibt.

Er bemerkt gar nicht, dass Angelo hinter ihm steht. Er ist so auf seine roten Rosen konzentriert, er ist verärgert, dass die Blätter welk sind, obwohl er sie dauernd gießt. Angelo wartet zwei Minuten und redet dann einfach drauflos. »Dein Motorrad, das kommt doch sicher gut bei Frauen an, oder? Ich bin ein Bürger von Fribello, der nie Probleme macht. Na gut, hier macht niemand Probleme. Aber ich denke, man kann mir schon einmal das Motorrad leihen. Zugegeben, es ist das Polizei-Motorrad, aber vielleicht kannst du mir das ja mal borgen. Es ist für die Liebe. Verstehst du, was ich damit sagen will?«

Signor Lisetto schaut von den Rosen auf, er hat ein welkes Blatt in der Hand und dreht sich um. »Deswegen bist du hier? Kannst du dich also wieder erinnern, dass wir Freunde sind. Du warst echt lange nicht da. Und jetzt willst du mein Motorrad haben?« Das Wasser läuft aus dem Gartenschlauch. Er explodiert. »Das gibt es doch nicht. Mist! Angelo, du hast mich abgelenkt mit deiner Fragerei. Schau dir das an, jetzt stehen meine Blumen unter Wasser.«

»Dann wirst du halt jetzt ein paar Dates absagen müssen, weil Frauen ohne Blumen treffen geht ja wohl schlecht.« Er grinst.

Signor Lisetto dreht das Wasser ab und legt den Gartenschlauch weg. Er steckt die Hände in die Hosentaschen. »Also gut, Angelo, wir sind doch Freunde, was willst du jetzt mit einem Motorrad? Schau, ich finde, du drängst die Frauen zu sehr mit deiner Romantik. Du holst ihnen die Sterne vom Himmel, du trägst sie durch die Landschaft, du schreibst ihnen Briefe und so weiter und so weiter. Das hält ja keiner aus.«

»Sterne vom Himmel holen kann ich wie kein anderer.«

Signor Lisetto schaut Angelo an. »Bist du schon einmal auf einem Motorrad gesessen?«

Er schüttelt den Kopf. »Aber du hast es mir doch angeboten. Im Obstladen, weißt du noch?«

Signor Lisetto richtet sich auf. Seine Stimme wird tief, er stellt sich breitbeinig hin. »Ja eh. Weißt du was, ich borge dir mein Motorrad, wenn du das unbedingt für was auch immer brauchst. Der Fahrtwind wird dir in die Ohren kriechen und vielleicht so deinen Kopf durchlüften. Vielleicht hilft das ja.«

»Ich weiß jetzt nicht, was du damit meinst, aber das ist auch egal. Ich weiß nicht, was ich machen muss, ich bin noch nie auf so einem Ding gesessen. Du musst es mir vorher bitte zeigen. Vielleicht ist das zu wild für mich, wenn ich so darüber nachdenke, was ist mit deinem Motorboot? Da steht zwar auch Polizei drauf, aber das würde ich auch echt gerne mal ausprobieren. Ich habe es Isabella sogar versprochen, das muss ich noch einlösen.«

Signor Lisetto denkt kurz nach. »Das ist nicht unbedingt einfacher, aber gut, du kannst es haben.«

Angelo ist begeistert. »Ich muss jetzt los, ich melde mich, wenn ich das Boot brauche. Danke! Und übrigens, wir sind gute Freunde. Das war und ist immer klar.«

Signor Lisetto dreht sich zum Blumenbeet um, er schaut auf die durchtränkte Erde. Ja, das stimmt schon, sie sind Freunde, sie haben halt wenig Zeit. Er zupft ein braunes Blatt von den Rosen weg.

Donatella und Signora Mistrella stehen noch immer vor dem Haus von Signora Continetti. Sie warten schon seit zwei Stunden auf Isabella. Donatella ist genervt, sie hätte nicht gedacht, dass Isabella das Haus so selten verlässt. Sie schaut auf die Uhr. Signora Mistrella stupst sie an und deutet auf die Tür. Isabella kommt heraus. Donatella und Signora Mistrella laufen hektisch hinter einen großen Baum und verstecken sich. Isabella geht in Richtung Post. Signora Mistrella will ihr sofort folgen, aber Donatella fährt sie an. »Was soll das? Wir müssen noch warten, sie sieht uns doch.«

Signora Mistrella widerspricht Donatella. »Ich sehe das nicht so. Wir dürfen sie nicht verlieren. Ich gehe jetzt.« Sie ist ganz stolz auf sich, dass sie jetzt den Ton angibt.

Das kann Donatella jetzt gar nicht gebrauchen, sie haben aber keine Zeit mehr für Diskussionen. Sie müssen Isabella folgen. »Na, dann los!«

Donatella und Signora Mistrella schleichen auf Zehenspitzen hinter Isabella her. Sie trauen sich kaum zu atmen. Donatella ist jetzt doch ganz froh, dass sie reparierte Stiefel trägt. Manchmal auf jemand anderen hören kann schon ganz sinnvoll sein. Sie halten hundert Meter Abstand von Isabella, die ein ordentliches Schritttempo vorlegt. Isabella spürt, dass sie Hunger hat, sie wird sich bei Angelo eine Banane holen. Sie hat auch schon länger nichts von ihm gehört. Irgendwie stört sie das, ja, sie haben gestritten und er macht vermutlich krumme Sachen mit Lucas, aber sie hätte sich daran gewöhnen können, dass sich jemand so um sie bemüht. Sie geht zum Obstladen und bleibt stehen. Donatella und Signora Mistrella werden ganz hektisch, sie müssen sich verstecken. Donatella springt hinter einen Baum und streift mit ihrem Fuß ein Gebüsch, dass sie so einen Lärm macht, dass Isabella sich umdreht. Signora Mistrella steht da und schaut in Isabellas Richtung. »Donatella soll ich was sagen? Die sieht mich ja!«

Donatella schaut hinter dem Baum hervor. »Ach was, du wirst doch noch am Hauptplatz herumstehen dürfen.«

Isabella schaut sie kurz an, sie denkt sich nichts dabei, weil sie zu sehr damit beschäftigt ist, warum es sie so stört, dass Angelo ihr nicht mehr mit seiner ausgesprochenen Beharrlichkeit nachläuft. Isabella geht zur Tür und will sie öffnen, aber dieser Obstverkäufer hat wieder einmal seinen Laden geschlossen. Sie schaut auf das „*Komme gleich*“-Schild. Sie wird nachdenklich, hoffentlich geht es ihm gut. Die letzte Begegnung ist nicht sonderlich glücklich verlaufen. Was ist eigentlich mit Lucas, der hat sich auch nicht mehr gemeldet. Taucht hier auf und bringt sie und alles durcheinander. Es war doch genau das, was sie wollte, dass er um sie kämpft, dass er ihr sein Herz zu Füßen legt, aber dann kommt er extra nach Fribello und tut nichts. Nichts. Gaaaar nichts! Er schafft es wieder einmal, dass sie sich schlecht fühlt und auf irgendetwas wartet. Wenn es auch nur eine Entschuldigung ist. Das ist typisch Lucas, er macht immer halbe Sachen, er fährt extra so viele Kilometer, und dann redet er nicht mit ihr. Sie wird wütend, sie wird sich jetzt nicht ablenken lassen, sie konzentriert sich jetzt lieber auf ihre Leihbücherei, sie muss zum Postamt.

Donatella kommt hinter dem Baum hervor und putzt sich ab, sie hat Dreck auf ihrem Kleid. Das hätte sie jetzt nicht ertragen, wenn sie tatenlos zusehen müsste, dass Angelo eine andere anhimmelt. Signora Mistrella deutet Richtung Isabella. »Worauf wartest du? Wir müssen los! Die läuft uns sonst davon!«

Lucas ist auf dem Weg zu Angelos Laden. Er muss mit ihm reden, so kann es nicht weitergehen. Er sitzt die ganze Zeit hier unnötig herum und kommt keinen Schritt weiter. Er will das mit den Zitronen und den kleinen Einladungen erledigen. Er würde ja alles selber machen, aber er braucht die Zitronen und zugegeben auch ein bisschen romantische Nachhilfe. Er kann nicht einfach so bei Isabella auftauchen, da hat Angelo schon Recht. Sie würde sich wieder einmal bestätigt fühlen, dass er so überhaupt keinen Sinn für Romantik hat. Das hat sie ihm auch immer vorgehalten. Was eigentlich unfair ist, denn es hat sich einfach nicht ergeben. Sie hat ja auch immer nur genörgelt. Alles war falsch an ihm. Er richtet sich auf und atmet tief ein. Vielleicht ist es sinnlos, hier in Fribello zu sein. Er merkt, wie sich sein Magen zusammenzieht. Dieses Gefühl hatte er in den letzten Monaten der Beziehung oft. Es nützt nichts, er liebt sie. Es gab ja auch durchaus viele schöne Momente, sie waren halt einfach in ihrem Beziehungsmuster festgefahren. Sie nörgelt. Er schweigt. Sie nörgelt noch mehr. Er schweigt nur mehr. Ein Gespräch hier in Fribello muss auf jeden

Fall noch sein, egal wie das ausgeht. Wenn das jetzt unbedingt total übertrieben inszeniert sein muss, bitte sehr. Dann muss es so sein. Er fügt sich. Er will die Tür zum Obstladen aufmachen, aber die ist geschlossen. Er schaut auf das „*Komme gleich*"-Schild. Na gut, dann wird er halt ein Nachmittagsschläfchen halten und später wiederkommen. Er ist von der Hitze eh total erledigt.

Angelo ist aufgeregt, er hat sich jetzt tatsächlich das Polizeiboot von Signor Lisetto ausborgen können. Genau das ist es, warum ist er darauf nicht früher gekommen? Ein Boot am Meer, hell beleuchtet, romantischer geht es doch gar nicht. Er schaut auf die Uhr, eigentlich muss er in den Laden zurück, aber diese Neuigkeit ist so aufregend, dass er vorher noch ganz kurz zu Lucas schauen muss. Er ruft hinauf. Lucas macht das Fenster auf und schaut hinunter. »Hi Angelo, endlich können wir das mit den Zitronen machen? Ich habe mich schon gefragt, wo du bist.«

Angelo unterbricht ihn. »Vergiss das, ich habe etwas viel Besseres.«

»Was, wieso jetzt? Was ist mit den Zitronen? Was ist besser, also: besser als was?«

»Frauen sind sowieso nicht sonderlich empfänglich für Zitronen.« Angelo kann Lucas jetzt nicht sagen, dass Isabella diese gelben Dinger vollkommen egal sind. Das Zitronenbäumchen im Garten unter ihrem Balkon hat sie nicht einmal bemerkt. »Ich habe ein Boot! Das werden wir mit Herzen und Lampen schmücken, und du wirst damit auf- und abfahren.«

Lucas schüttelt den Kopf. Angelo brüllt hinauf. »He, jetzt hör mal zu! Willst du die Frau zurück oder nicht? Entscheide dich jetzt mal schön langsam. Du nervst.« Angelo ist wirklich genervt, denn am liebsten hätte er diese wunderbare Idee mit dem Boot für seine eigenen Eroberungsversuche verwendet, er hat es Isabella ja sogar versprochen. Aber irgendwie hat er das Bedürfnis, endlich zu sehen, wie das ist, wenn sich Isabella und Lucas gegenüberstehen. Er muss ein Gefühl dafür bekommen, ob zwischen ihnen noch irgendein Funke ist. Natürlich hätte er die Nummer mit dem Zitronenpaket jetzt durchziehen können, aber diese absolute romantische Wahnsinnstraumnummer ist kaum mehr zu toppen. Wenn Isabella da nicht weich wird, dann kann er sicher sein, dass dieser Zug einfach mal abgefahren ist.

»Du verrückter Kerl, ich brauche dich aber für die Zitronen. Wann und wo?«

»Jetzt!«

Isabella drückt auf die silberne Glocke und wartet. Dieses Postamt könnte als Antiquariat durchgehen. Signora Cattolona stopft schnell ihre Tramezzini in den Mund. Da kommt einmal jemand, dann isst sie etwas. Sie schluckt hinunter und wischt sich den Mund mit einem Taschentuch ab. Sie dreht sich um und lächelt Isabella an. »Was kann ich tun?«

»Ich warte schon seit Ewigkeiten auf ein Paket, aber ich habe keine Benachrichtigung bekommen. Jetzt wollte ich einmal fragen, ob es vielleicht trotzdem da ist.«

»Normalerweise holt hier keiner ein Paket ab. Wir liefern jeden Mittwoch aus, aber meinetwegen, ich schaue mal nach. Was ist es denn?«

»Ein Paket voll mit Büchern.«

»Ah ja, das war schwer, und da steht auch ein Name drauf, den ich nicht kenne. Ich komme gleich.« Sie geht nach hinten in den Raum, in dem die Pakete liegen. Sie sieht es gleich am Paketwagen liegen. Sie geht wieder zum Schalter zurück. »Du musst mir helfen, das ist zu schwer.«

Isabella und Signora Cattolona heben gemeinsam das Paket hinunter. Isabella ächzt. »Das kann ich nicht heben, da bekomme ich sofort Probleme mit meinem Rücken. Ich werde ein paar Bücher rausnehmen und dann die nächsten holen. Ich bin gleich wieder da.«

Signora Cattolona ist froh, dass Isabella sie nicht gefragt hat, ob sie helfen kann, aber sie hätte ablehnen können, sie muss ja das Postamt hüten. Sie lehnt sich an den Schalter und schaut ihr nach. Das muss diese ominöse Touristin sein, aber warum braucht sie so viele Bücher?

Donatella und Signora Mistrella warten an der Ecke. Isabella hielt sich wirklich lange im Postamt auf. Donatella wäre fast schon eingeschlafen. Da entedeckt Signora Mistrella Isabella und zieht Donatella am Ärmel. »Da ist sie! Wir müssen hinterher!«

Donatella reißt sich los und faucht. »Hör endlich auf, mich dauernd anzufassen. Ich mag das nicht.«

Signora Mistrella zuckt zusammen.

Donatella zieht sie am Ärmel und grinst. »Ach, komm jetzt. Sie ist schon einige Meter vor uns.«

Vor ein paar Wochen noch hatte Isabella jeden Tag Bücher in der Hand, jetzt ist es irgendwie ein ungewohntes Gefühl, sich so abzuschleppen. Fünf Bücher sind ja jetzt eigentlich wirklich kein Gewicht, aber sie rutschen ihr immer wieder fast aus der Hand. Der Weg zu ihrem Zimmer kommt ihr ewig lang vor.

Donatella und Signora Mistrella bleiben vor dem Gartentor stehen. Donatella ist genervt. »Super, jetzt liest sie da drinnen den ganzen Tag lang, oder was?« Signora Mistrella lehnt sich an einen Baum. Donatella stellt sich dazu, dann warten sie halt wieder einmal, irgendwann wird sie schon das Haus verlassen.

Isabella kommt wenige Minuten später aus dem Haus. Donatella und Signora Mistrella springen hinter den Baum. Isabella geht an ihnen vorbei. Sie warten noch ein paar Meter und nehmen wieder die Spur auf. Sie folgen ihr bis zum Postamt. Isabella geht hinein. Donatella und Signora Mistrella lehnen sich an die Hausmauer.

Signora Cattolona putzt die silberne Glocke, sie sieht Isabella. Sie wundert sich, wie man nur so viele Bücher an einem Tag brauchen kann, aber sie hat sowieso keinen Bezug zu Büchern. Wie denn auch? Sie hat einen Job, vier Kinder, einen Ehemann, der nicht gerade selbständig ist, dann auch noch die Schwiegermutter, die Hilfe braucht. Sie ist den ganzen Tag auf den Beinen, manchmal fragt sie sich, wie sie das alles eigentlich schafft. Und wenn sie mal Zeit hat, dann liest sie nicht, sondern geht am Strand spazieren. Sie seufzt. Sie ist so in Gedanken versunken, dass sie gar nicht bemerkt, dass diese Touristin mit einem Stapel Bücher an ihr vorbeizieht.

Signora Mistrella will Isabella nachlaufen. Donatella bleibt stehen. »Lassen wir das, das ist doch sinnlos. Jetzt rennt die wieder mit ihren Büchern nach Hause. Dann liest sie vielleicht stundenlang.«

Signora Mistrella nickt. »Dann machen wir halt eine Pause.« Donatella schnauft, so viel ist sie in ihrem Leben noch nicht gegangen, von wegen, Isabella geht nie aus dem Haus.

Lucas und Angelo stehen im Schreibwarenladen. »Kannst du mir bitte verraten, was wir hier machen?« Lucas schaut Angelo fragend an.

Angelo kramt in der Kiste. »Na was schon, wir schmücken jetzt das Motorboot. Wir brauchen jede Menge. Es soll leuchten und glitzern!«

Lucas schnauft, er bückt sich zu Angelo und sucht mit ihm gemeinsam nach leuchtenden Herzen. »Dir ist aber auch gar nichts zu blöd.«

»Leider habe ich keine große Auswahl. So oft kommt es nicht vor, dass hier jemand leuchtende Herzen kauft. Und eigentlich ist das ja eher eine Angelegenheit für Damen.« Signora Vaccillano lehnt sich an die Verkaufstheke und grinst.

Angelo zieht ein Herz mit roten Federn aus der Schachtel und betrachtet es. Lucas winkt ab und lacht. »Das erinnert mich sofort an ein schnelles Abenteuer in einem bestimmten Lokal. Das lassen wir lieber.«

Angelo legt es trotzdem auf den Verkaufstisch, sie

werden es wohl nehmen müssen, da es nicht wirklich viel Auswahl gibt, und sie wollen ja ein Boot mit Herzen schmücken. Signora Vaccillano läuft in den Keller und wühlt sich durch die Kisten. Sie findet noch ein paar rote Federn. Sie legt sie um den Hals und läuft in den Verkaufsraum. Wie ein Model präsentiert sie dieses unfassbar hässliche Teil. Angelo ist sich jetzt auch nicht sicher, aber mit irgendwas müssen sie eben das Boot schmücken. Lucas schüttelt den Kopf. »Komm, lassen wir es. Das kann nur peinlich werden, schau dir das mal an. Damit willst du das Boot schmücken? Das ist geschmacklos.«

Angelo legt die Federn auf den Verkaufstisch. »Willst du mit einem Polizeiboot vor ihr stehen? Wir müssen es schmücken, zumindest müssen wir den Schriftzug *Polizei* verdecken. Komm, such lieber Herzen im Karton und rede nicht.«

Lucas schaut in die Kiste, da ist wirklich nichts mehr drinnen, er dreht sich zu den Regalen um und sucht dort nach Herzen. Seine Stauballergie macht sich bemerkbar, er muss niesen. Er schaut in das Regal und entdeckt eine Glasflasche mit einem Korken. Er nimmt sie in die Hand und betrachtet sie. Er könnte sie ins Meer werfen, mit einem Brief. Das ist die Idee! Flaschenpost. Genau sein Stil. So kann er alles hineinschreiben und keiner kann ihm dreinreden. Sollte Isabella bei einem Strandspaziergang die Flasche finden, dann hat das Schicksal sie zusammengeführt. So ist das doch mit der Liebe. Warum fällt ihm das erst jetzt ein? Das hätte er doch schon früher machen können. Warum kommt man nicht nach Hause, geht zum Sofa, schaltet den

Fernseher ab und sagt, Schatz, schau mal in die Badewanne. Dann sieht sie die Flaschenpost. Sie wäre sicher ausgerastet vor Begeisterung. Er nimmt die Flasche und legt sie auf die Verkaufstheke. Dort steht Angelo, er hat schon ein paar Sachen zusammengetragen. Federn, rote und weiße Glühbirnen und rote Luftballons. Signora Vaccillano rechnet alles zusammen. »Das macht zwanzig Euro.«

Angelo dreht sich zu Lucas um, das ist ja schließlich seine Aktion. Lucas legt die Flasche auf den Tresen. »Die kommt noch dazu. Was macht das dann insgesamt?«

»Diese Flasche habe ich ja noch nie gesehen, ist die sicher von mir? Na gut, fünf Euro. Dann sind das insgesamt fünfundzwanzig Euro.« Die legt sie auch noch in die Kiste

Lucas schluckt, also günstig ist das mit der Liebe nicht, da ist er mit seinem bisherigen Kurs billiger gefahren. Er legt das Geld auf die Theke und nimmt die Kiste in die Hand. Angelo und Lucas verabschieden sich.

Isabella ist vollkommen erledigt. So viel Bewegung hat sie schon lange nicht mehr gemacht. Sie trägt den letzten Stapel Bücher die Stufen hinauf. Das Holz knirscht. Signora Cottinetti macht die Küchentür auf. »Was schleppst du da die ganze Zeit herum?«

Sie keucht. »Meine Bücher, die habe ich mir schicken lassen. Ich habe ewig auf eine Benachrichtigung der Post gewartet, und weil ich keine bekommen habe, bin ich eben selber zur Post.«

Signora Cottinetti lacht. »Ach, Kindchen, die Postlerin bringt die Pakete jeden Mittwoch. Hier werden keine Zettel verteilt. Die kommt doch morgen.«

Isabella verzieht das Gesicht. Das hat ihr mal wieder keiner gesagt, aber wie denn auch, sie hat auch nicht gefragt. Sie ist hier so auf sich allein gestellt, dass sie gar nicht auf die Idee gekommen ist zu fragen. Sie geht in ihr Zimmer und zweifelt wieder einmal daran, ob es die beste Idee war, nach Fribello zu kommen. Sie vermisst Lucas und ihr Zuhause. Eine total schräge Aktion von ihm. Da fährt er extra nach Fribello und bemüht sich nicht um sie. Was treibt er eigentlich die ganze Zeit? Soll sie ihn aufsuchen und zur Rede stellen? Aber wo soll sie anfangen, sie weiß ja nicht einmal, wo er ist, und viel mehr drängt sich die Frage auf, warum er nicht mehr bei ihr auftaucht. Vielleicht hat ja Angelo erzählt, dass sie sich gut mit ihm versteht. Vielleicht ist Lucas deswegen schon wieder nach Hause gefahren? Nein, das wäre ihr gar nicht recht. Sie muss mit Angelo reden, er muss ihr das alles erklären, aber sie hat überhaupt keine Ahnung, wo er gerade steckt. Er wird sicher wieder irgendwann auftauchen. Bis dahin wird sie die Zeit nützen. Sie hat ja sowieso keine andere Wahl, denn wo soll sie einen der beiden Kerle finden. Sie geht zu Signora Cottinetti in die Küche. »Ich bräuchte ein Regal, das kann auch alt sein. Haben Sie vielleicht eines? Oder wo bekomme ich eines her?«

Signora Cottinetti wischt sich die Hände in der Schürze ab. »Im Keller habe ich ein Regal, das muss man aber streichen.«

Isabella freut sich so, dass sie ihrer Vermieterin ein Küsschen auf die Wange gibt. Signora Cottinetti erstarrt. Isabella lässt sie auch schon wieder los, sie möchte gleich das Regal holen. Die Vermieterin holt den Schlüssel für den Keller. Es riecht modrig, dort war offenbar schon sehr lange niemand mehr unten. Isabella ist erstaunt, sie hätte nicht erwartet, dass ihre Vermieterin so einen unordentlichen Keller hat. Überall sind Spinnweben, auch das Regal ist voll damit. Signora Cottinetti deutet darauf. »Das kannst du dir herrichten.«

Sie weiß nicht, wie sie das jetzt am besten angehen soll, eigentlich hat sie Angst vor Spinnen, und da sind unzählige Spinnweben. Sie schaut das Regal an, sie muss es abstauben und ein frischer Anstrich mit einer hellen Farbe würde ihm auch guttun. Sie klopft den Staub vom T-Shirt ab. Eine kleine Maus huscht an ihr vorbei, sie lächelt, bei Tieren hat sie immer sofort den Reflex, sie anfassen zu müssen. Dieses Regal wird heute noch am Strand stehen, sie zieht das jetzt durch. Sie putzt es und baut es auseinander. Das ist gar nicht so einfach, aber sie schafft es. Sie muss es auch noch anmalen, die Farbe Blau wäre schön. Sie wird in den Schreibwarenladen gehen.

Angelo und Lucas gehen zu Signor Lisetto. Lucas ärgert sich ein bisschen über Angelo, weil der so schnell geht, für ihn ist das echt anstrengend, er muss ja auch noch die Kiste tragen. Aber Angelo hat keine Zeit zu verlieren, sie müssen auf das Polizeirevier. Er klopft an die Tür. »Komm raus! Musst du ausgerechnet heute drinnen sein, du bist doch sonst immer draußen.«

Signor Lisetto kommt. »Ja, als Polizist muss man ja auch sichtbar sein. Nur manchmal ist es mir eben auch zu heiß, ich habe mir einen Kaffee gemacht. Aber meine Frage ist viel wichtiger: Was willst du mit dieser Kiste? Ist das etwa Diebesgut?« Er gibt Zucker in den Kaffee, drei Löffel.

Angelo öffnet die Kiste. »Sehr witzig, da schau her, wir haben Deko für das Polizeiboot geholt. Ist die nicht schön! Können wir das gleich heute Abend machen?«

Signor Lisetto schnauft. »Du willst das wirklich durchziehen? Ich habe zugesagt, dann bringen wir es hinter uns.«

Angelo greift in die Kiste und holt Herzen und Federn heraus.

Signor Lisetto traut seinen Augen nicht. »Seid ihr wahnsinnig? Das ist ein Polizeiboot.«

»Ab jetzt ein Liebes-Polizeiboot.« Er hält ein Herz mit Glitzer in der Hand und hängt es auf das Boot.

»Das Zeug geht nie wieder weg, das kannst du nicht da draufgeben.«

Angelo findet diese Bemerkung komisch. »Jetzt reg dich doch nicht so auf, und woher weißt du das mit dem Glitzer eigentlich?«

Signor Lisetto schaut ihn an und sagt nichts, was soll er auch sagen.

Angelo betrachtet ihn von der Seite, bei ihm klingelt es im Kopf. Seine Ex Donatella trägt immer sehr gerne Glitzer-Shirts. Haben die etwa eine Affäre? Sonst fällt ihm keine Frau im Dorf mit dieser Vorliebe ein. Es würde ihn stören, wenn es so wäre, aber was will er überhaupt, er ist hinter Isabella her, und das mit Donatella hat einfach nicht geklappt, also kann es ihm egal sein. Ist es ihm aber nicht, sagt das Herz, aber was soll er tun, am Besten ignorieren. Angelo nimmt die großen Herzen in die Hand, klebt sie auf das Boot und fordert Lucas auf, nicht nur herumzustehen, sondern auch einmal etwas zu tun. Lucas nimmt die Federn und klebt sie über das Wort *Polizei.* Das sieht jetzt keiner mehr.

Angelo springt ins Boot, nimmt das Lenkrad in die Hand und sucht den Schlüssel.

Signor Lisetto steht am Strand und hält den Schlüssel in die Höhe. »Bist du schon einmal mit einem Boot gefahren? Ich werde das Ding lieber lenken.«

Er ist erleichtert. Er ruft Lucas zu. »Fährst du jetzt mit, oder soll ich alles allein machen?«

Lucas überlegt. »Am Abend ist das alles doch viel romantischer! Wir sollten uns um acht Uhr treffen.«

Angelo und Signor Lisetto nicken, ja das stimmt. Angelo schaut Lucas an. »Du hast mal eine Idee, schön langsam bist du aufgewärmt. Bei Sonnenuntergang ist das sicher viel romantischer.«

»Da kann ich mir wenigstens noch überlegen, was ich sagen will.« Lucas dreht sich um und geht. Endlich mal Ruhe.

Angelo schüttelt den Kopf. »Dann denk mal schön nach. Bis später!«

Donatella und Signora Mistrella stehen wieder vor dem Haus von Isabella. Sie brauchen noch mehr Informationen, denn so wird das nichts, so können sie nichts über diese Touristin erzählen. Donatella stupst Signora Mistrella an. »Schau! Da kommt sie!« Beide richten sich auf. »Dieser blaue Rock mit den grünen Streifen, den sie da anhat, der ist wirklich hübsch. Also sie sieht wirklich gut aus, da kann man nichts sagen.« Signora Mistrella findet Gefallen an Isabella. Das passt Donatella gar nicht, sie war bis jetzt die Schönheit im Ort und die will sie auch bleiben. »Hör auf da herumzureden, wir müssen ihr folgen. Sie läuft eh so schnell.«

Isabella macht die Tür zum Spielzeugladen auf, sie möchte einen Pinsel und Farbe kaufen. Donatella und Signora Mistrella warten ein paar Meter weiter, damit es nicht gar so auffällig ist. Signora Mistrella bückt sich, Donatella schaut sie an. »Was machst du da eigentlich? Gebückt, wozu jetzt genau?«

Signora Mistrella murmelt leise in sich hinein. »Das war halt ein Reflex, damit man kleiner ist und nicht so schnell gesehen wird, ach, du weißt schon.«

Donatella schüttelt den Kopf.

Signora Vaccillano stellt Isabella die Farbe und den Pinsel hin, es fällt ihr sehr schwer, sie nicht zu fragen, was sie hier macht. Isabella bedankt sich und verlässt den Schreibwarenladen. Signora Vaccillano sieht Donatella und Signora Mistrella am Hauptplatz stehen, also unauffällig ist das nicht. Isabella bemerkt aber nicht, dass sie gleich zwei Schatten hat. Sie ist zu sehr mit ihren Plänen beschäftigt.

Sie holt die Einzelteile vom Regal und schleppt alles zum Strand, die Bretter und die Farbe. Sie legt alles in den Sand und beginnt das Regal wieder zusammenzubauen. Früher hätte sie Lucas gebeten und wochenlang darauf gewartet.

Signora Mistrella und Donatella schleichen zu einer Liege und verstecken sich dahinter. Endlich tut sich etwas.

Isabella hat das Gefühl, dass sich da gerade etwas bewegt hat, sie sucht den Strand mit den Augen ab, aber da ist nichts.

Donatella sieht, dass ihre Stiefel voll mit Sand sind, das ist gar nicht gut. Signora Mistrella spürt ihr Knie, weil sie in der Hocke ist.

Isabella schraubt die Bretter an die Regale. Möbel zusammenbauen kann sie, jetzt muss sie das Ding nur noch streichen. Eine Premiere, aber das klappt schon, sie ist gerade so siegessicher, dass sie das Gefühl hat, sie kann alles schaffen, diesen Wind in sich muss sie nutzen. Sie schraubt das letzte Brett an. Sie geht einen Schritt zurück. Da steht es jetzt, ihr Bücherregal. Sie nimmt die Dose mit der Farbe in die Hand, blau wie das Meer, das sieht jetzt schon vielversprechend aus.

Signor Lisetto steht auf dem Boot, der Sonnenuntergang ist perfekt, der Himmel ist rosa und spiegelt sich im Meer. Er ist jeden Tag fasziniert von diesem Schauspiel, davon kann man nie genug bekommen, das ist das schönste Geschenk, das die Natur zu bieten hat. Und fast könnte er Gefallen an so einer übertriebenen Aktion finden. Er sieht, wie Angelo angelaufen kommt, in einem blauen Hemd, er hat sich extra hübsch gemacht. Lucas kommt zwei Minuten später, er hat noch immer keinen Plan, wie er das denn angehen soll, aber er muss das jetzt eh alles spontan machen. Signor Lisetto startet, der Motor heult auf, er drückt aufs Gas. Lucas wird schlecht, das Boot hüpft ihm zu viel hin und her, Angelo genießt den Fahrtwind. Nach fünfhundert Metern bleibt das Boot stehen, sie sind vor Isabellas Haus. Signor Lisetto startet das Blaulicht.

Angelo bekommt die Krise. »Wer hat sich jetzt eigentlich darum gekümmert, ob Isabella in ihrem Haus ist?« Signor Lisetto und Lucas schauen sich an, schauen Angelo an. »Das gibt es doch nicht.«

Donatella und Signora Mistrella hocken mit offenem Mund hinter der Liege. Das ist so schön, da wird sogar Donatella schwach. Sie ist so fasziniert von diesem Anblick, dass sie gar nicht darüber nachdenkt, wer dahinter steckt.

Angelo steht An der Reling. Er erkennt Donatella, ihre langen schwarzen Haare bis zum Hintern und die hohen Stiefel, die zweite Person erkennt er nicht. Er ruft zu Donatella. »Was machst du da?«

Donatella dreht sich um und hält den Finger vor den Mund und deutet ihm, dass er nichts sagen soll.

Angelo kann sich natürlich nicht zurückhalten, warum sollte er ausgerechnet Donatella einen Gefallen tun. »Was machst du da hinter der Liege?«

Signor Lisetto entdeckt Donatella, er ruft ganz laut:

»Donatella, was machst du da?«

Donatella hält das nicht aus, jetzt hat sie diese beiden Kerle am Hals, keinen davon kann sie gebrauchen. Sie regt sich so auf, dass sie auf ihre geheime Mission vergisst und aufsteht. Signora Mistrella zieht an ihrem Shirt. »Knie dich jetzt wieder hin.«

Sie brüllt Signora Mistrella an. »Wozu denn? Wir sind aufgeflogen, kapierst du das nicht?«

Sie ruft den Jungs zu. »Das ist übrigens Signora Mistrella, solltet ihr das auch wissen wollen. Und wir sind alle wegen Isabella hier. Nicht wahr?« Sie stützt die Arme in die Hüfte.

Angelo bekommt einen Wutanfall. »Warum musst du immer provozieren? Immer!!!«

Donatella brüllt Angelo an. »Und warum kannst du nie das machen, was ich dir sage?«

»Ich muss wohl nicht mehr auf dich hören.« Angelo springt vom Boot und läuft an Isabella vorbei, die gerade das Regal anmalt. Sie schaut zu Lucas, der auf dem Bootsdeck steht, dann zu Donatella und Signora Mistrella. Sie versteht gar nichts mehr.

Donatella läuft auf Angelo zu und bewirft ihn mit Sand. Angelo kann es nicht glauben und ist total perplex. In letzter Sekunde hebt er die Arme schützend vors Gesicht. »Bist du wahnsinnig?«

»Einer von uns beiden muss das Dorf verlassen. Ich halte das nicht mehr aus!« Donatella schreit.

Signor Lisetto droht Donatella, sie zu verhaften, wenn sie sich nicht beruhigt.

Donatella regt sich noch mehr auf und lacht laut. »Du und mich verhaften? Du brauchst mich doch!

Oder willst du etwas anderes behaupten? Trau dich!«

Angelo versteht natürlich was los ist, und dreht sich zu Signor Lisetto um. »Was soll das? Ich dachte, wir sind Freunde. Kannst du nichts auslassen? Musst du dich an jede ranmachen?«

»Wir sind Freunde? Wann waren wir denn das letzte Mal auf ein Bier? Du bist doch dauernd damit beschäftigt, dieser Touristin nachzulaufen, du hast doch gar keine Zeit.«

»Zuerst machst du dich an meine Ex-Freundin ran und jetzt kündigst du mir die Freundschaft? Ein toller Freund bist du.«

»Ich habe dich unterstützt, damit diese Touristin sich endlich für dich interessiert. Du stehst auf meinem Boot! Das nennt man Freundschaftsdienst, aber davon hast du halt keine Ahnung.« Signor Lisetto ist außer sich vor Wut.

Lucas glaubt, er hört nicht richtig, er steht auf dem Boot und brüllt Angelo an. »Das meinst du jetzt aber nicht ernst. Das kann jetzt echt nicht sein, oder? Du läufst meiner Freundin hinterher?«

Isabella ruft vom Strand aus ein »Ex« zu. Sie winkt ihnen mit dem Pinsel in der Hand zu. Blaue Farbe spritzt ihr ins Gesicht.

Angelo schaut zwischen Lucas und Isabella hin und her, ach du Schande, auf die haben sie ja ganz vergessen. Isabella steht die ganze Zeit am Strand und keiner beachtet sie. Lucas schaut zu Angelo, Angelo zu Lucas. Alle schweigen. Das ist jetzt wirklich absurd.

Lucas ruft Isabella zu. »Ist da was gelaufen?«

Isabella zeigt ihm den Vogel. Das kränkt wiederum

Angelo. So eindeutig hätte sie es jetzt nicht formulieren müssen, auch er hat Gefühle.

Lucas fragt noch einmal forscher nach. »Ist da was gelaufen?«

Isabella brüllt schnippisch. »Informierst du dich nicht vorher, bevor du jemanden engagierst?«

Lucas ist baff, Isabella weiß von ihrem Plan, wie kann das sein? Lucas brüllt Angelo an. »Was hast du ihr erzählt?«

Jetzt zeigt Angelo Lucas den Vogel. »Glaubst du wirklich, ich habe etwas erzählt?«

Signor Mistrella muss husten, sie hat sich die ganze Zeit hinter der Liege versteckt. Dieses Durcheinander ist ihr zu viel Aufregung, so etwas hält sie nicht aus.

Isabella lacht laut auf. »Na toll, Angelo, du hast mich belogen. Sehr toll, Mister Liebe, Mister Sternenhimmel, Mister ... ach ...« Sie dreht sich zu Lucas. »Warum engagierst du diesen Irren? Warum rufst du nicht einfach an? Das ist wieder einmal typisch, du bekommst deinen Hintern einfach nicht hoch.«

Lucas glaubt das jetzt nicht. »Das meinst du jetzt nicht ernst. Nicht wirklich, oder? Hallo! Ich bin extra nach Fribello gekommen, und du wirfst mir jetzt vor, dass ich meinen Hintern nicht hochkriege. Sag mal, spinnst du?« Irgendwie läuft das gerade in die ganz falsche Richtung.

Isabella klopft das Herz bis zum Hals, sie kann sich über diesen Typen sogar ärgern, wenn er auf einem mit Herzen geschmückten Boot steht. Sie verlässt wutschnaubend den Strand. Das ist doch echt nicht zu fassen, der kommt mit einem Boot daher und jetzt sind sie noch zerstrittener als davor.

Lucas klettert vom Boot, geht durchs Dorf und zieht sich in sein Zimmer zurück. Das hat er jetzt echt vermasselt, da gibt es nichts zu beschönigen. Er muss mit Isabella reden, ohne Boot, ohne Herzen und vor allem ohne Angelo. Er muss einfach bei ihr klingeln und reden. So, wie er es eigentlich von Anfang an machen wollte.

Angelo umarmt Signor Lisetto. »Es tut mir so leid, ich habe unsere Freundschaft ganz vernachlässigt, ich war die ganze Zeit damit beschäftigt, Isabella einzufangen, und dann war auch noch Lucas da.«

Signor Lisetto tröstet ihn. »Du machst dich so fertig wegen einer Frau, das ist Wahnsinn. Das war schon immer so, dabei zahlt sich das doch überhaupt nicht aus.«

Donatella ist total gekränkt. »Ihr seid Idioten!« Sie wirft ihre Haare über die Schulter und geht. Signora Mistrella läuft ihr nach.

Angelo legt den Arm über die Schulter von Signor Lisetto. »Gehen wir auf ein Bier?«

»Ja, aber fahren wir lieber zu meiner Polizeistation. Da können wir uns noch den schönen Sonnenuntergang anschauen.« Angelo ist einverstanden, Signor Lisetto ist halt doch auch ein Romantiker.

Am Abend treffen sich alle Dorfbewohner im Ristorante. Ricardo hebt das Glas und klopft mit dem Messer dagegen. »Alle mal herhören! Donatella erzählt uns jetzt etwas.«

Alle Köpfe richten sich zu ihr. Signora Mistrella kränkt sich, das war ja klar, dass man sie jetzt wieder einmal vergisst. Donatella steht auf und zieht den Minirock ein Stück hinunter. »Also, wir haben Ergebnisse, aber nicht genug für ein Gedicht oder für Botschaften. Isabella geht gerne spazieren oder läuft zumindest gerne hin und her, und sie ist eine Handwerkerin.« Ein Raunen bei den Männern geht durch den Raum.

Donatella macht eine Pause. »Aber das war noch nicht alles. Angelo und dieser Tourist buhlen beide um Isabella. Nämlich gemeinsam.« Sie spricht das Wort ganz deutlich aus und schaut in die Runde.

Signora Trenetti ruft zu Donatella. »Wie meinst du das? Was soll das für einen Sinn haben?«

»Das weiß ich nicht, aber sie waren gemeinsam auf einem Boot und sind damit zu Isabella gefahren. Wenn das nicht genug Tatsachen sind, um beide für verrückt zu erklären?«

Viele schütteln den Kopf, es wird getuschelt.

Donatella packt die Wut, das ist doch pure Maßlosigkeit, diese Isabella hat gleich zwei Männer. Gut, einen davon hat sie selbst ins Dorf gebracht, aber was ist, wenn sie sich auch noch Signor Lisetto schnappt. Sie hat beinharte Konkurrenz hier im Dorf, diese Touristin muss verschwinden. Ihr kommt eine Idee. Sie schaut in die Runde. »Da es nun zwei Männer gibt, die um Isabella buhlen, sollten wir die Frage klären, ob alle für Angelo sind oder manche auch für den Touristen.«

Ratloses Gemurmel im Saal. Signor Cattasina ruft. »Warum sollten wir zu einem Touristen halten, den wir doch gar nicht kennen, aber Angelo schon? Und er hat das beste Obst.«

Donatella geht nicht auf die Frage ein, sie merkt, sie muss es indirekter angehen. Warum sollte auch jemand gegen Angelo sein. Sie überlegt, wer eine offene Rechnung mit ihm hat. Sein ewiges „*Komme gleich*"-Schild nervt viele, aber das reicht nicht. Nein, sie muss einfach offen aussprechen, dass sie ihn nicht unterstützen möchte. Donatella blickt in die Runde, alle schauen sie an. »Ich werde nicht zu Angelo halten, ich helfe dem Touristen.«

Köpfe drehen sich zueinander, viele sind unangenehm berührt, darüber hat keiner nachgedacht. Ihnen wird plötzlich sehr klar, dass Donatella leidet, sie will nicht, dass Angelo und Isabella zusammenkommen, sie liebt ihn also doch. Und Angelo und Donatella sollten wieder zusammenkommen, dieser Meinung sind fast alle hier. Signora Trenetti steht auf und zwinkert Donatella zu. »Ich halte zu Donatella, also zu dem Touristen. Wir brauchen einen Plan.« Ein paar andere im Raum zeigen auch auf, sie unterstützen Donatella.

Donatella ist erleichtert, sie weiß, dass die ganze Geschichte sehr komisch klingt. Pater Maestro steht auf. »Wir wollen hier im Sinne der Liebe kämpfen, nicht im bösen Sinne, sondern, weil die Liebe das zusammen führen soll, was zusammengehört. Welche Paar-Konstellation das am Ende auch sein mag. Und als Pater schlage ich vor, dass ich die Gruppe Pro Angelo und Contra Angelo einteilen werde, denn als Priester möchte ich für niemanden Partei ergreifen, ich bin für alle Liebenden da. Die linke Seite hält zu Angelo, die rechte

Seite zu dem Touristen. So ist es fair aufgeteilt. Donatella gehört natürlich zur Gruppe Contra Angelo.« Er streckt seinen Körper durch, so viel Aufmerksamkeit hätte er auch gerne am Sonntag in der Kirche.

Signor Fratello ruft in die Menge. »Pater, ich kann als Bürgermeister von Fribello nicht gegen einen Touristen arbeiten, wenn die in Rom das erfahren, dass ich gegen Touristen arbeite, dann habe ich ein Problem. Dann ist meine Karriere erledigt.«

Pater Maestro beruhigt ihn. »Dann machen wir hier eine Ausnahme, dann setz dich bitte auf die andere Seite.«

Signor Fratello wechselt sofort. Signora Mistrella würde gerne sagen, dass sie sich auch umsetzten möchte, sie will nicht in der Gruppe gegen Angelo sein, da muss sie wieder mit Donatella arbeiten.

»Die Gruppe Contra Angelo muss den Touristen unterstützen, nicht mich, vergesst das nicht.« Donatella will das lieber noch einmal deutlich machen.

Ricardo setzt fort: »Jede Gruppe überlegt sich eine eigene Idee und wir treffen uns dann alle wieder hier, wenn es soweit ist.«

Viele trinken aus und verlassen das Ristorante, auch Donatella geht nach Hause. Ihr Ziel ist bald erreicht, diese Touristin wird das Dorf verlassen.

Angelo steht in seinem Laden, das Gespräch mit Signor Lisetto war spannend, es tut gut, wenn man sich endlich einmal austauschen kann. Gut, man muss sagen, dass die Macho-Ansichten von Signor Lisetto schon irgendwie komisch sind, aber er hat ihm wenigstens zugehört. Er schaut sich in seinem Laden um, eigentlich ist er zu müde, um aufzuräumen, der Tag war anstrengend. Er sieht, dass Orangen neben den Tomaten liegen. Er hasst es, wenn seine Kunden alles durcheinanderbringen, aber er kann ja schlecht ein Schild *Bitte nicht anfassen* aufhängen. Während er die Orangen wieder in die Obstkiste einordnet, ordnet er seine Gedanken gleich mit. Er hat mit Donatella gestritten wie in alten Zeiten, warum regt sie ihn immer noch so auf, er dachte, das ist alles vorbei und verarbeitet. Donatella gefällt ihm immer noch, keine Frage, sie ist eine attraktive Frau, aber er weiß ja, dass es nicht klappt. Ausprobiert und gescheitert, das ist die Story. Außerdem weiß Donatella, dass er ja auf Isabella steht. Er hatte noch mit keiner einzigen Aktion Erfolg, also ist das alles sehr einseitig, das kann man nicht anders sagen. Aber gibt es überhaupt eine Frau, die seinen Sinn für Romantik teilt? Donatella hat sich ja auch nicht dafür begeistern können, sie hat es belächelt, trotzdem hat sie sich in ihn verliebt. Vielleicht existiert die Liebe ja nicht so, wie er sich das vorstellt. Er nimmt die Orangen. Nein, er wird sich nicht kleinkriegen lassen, nur weil alle anderen das Wesen der Liebe nicht verstehen. Jetzt erst recht, er wird es der Welt zeigen, vor allem Isabella.

Lucas steht vorm Gartentor von Signora Cottinetti, er läutet. Jetzt wird er endlich mit Isabella reden. Ganz einfach. Ohne Plan, aus dem Bauch heraus. Signora Cottinetti schaut aus dem Fenster, geht zum Gartentor und macht auf. »Lange nicht gesehen.«

Lucas reagiert nicht darauf. »Ist Isabella da?« Er rennt die Stiegen hinauf und klopft an die Tür. »Ich bin es, Lucas!« Er beginnt wild zu hämmern. Isabella öffnet langsam die Tür und fragt: »Was willst du?«

»Mit dir reden, ich will dich wieder nach Hause holen.« Ziemlich direkt, aber die Wahrheit.

Sie schauen sich an, Lucas bleibt stehen. Isabella fragt ungeduldig: »Was ist, kommst du jetzt rein?«

Lucas betritt den Raum und schaut sich um.

»Willst du dich setzen?«

Lucas hat jetzt keine Nerven für Förmlichkeiten, er will sofort sagen, was er sich denkt, bevor ihn der Mut verlässt. Er will ansetzen, aber Isabella kommt ihm zuvor.

»Weißt du, ich habe mir immer wieder gewünscht, dass du hier einfach auftauchst, aber ich habe dir das nie zugetraut. Und jetzt bist du hier, meldest dich nicht und machst mit diesem Angelo krumme Sachen. Warum bist du nicht einfach zu mir gekommen und hast mit mir geredet?«

Lucas versteht kein Wort. »Was willst du jetzt von mir? Ich bin doch da.«

Sie holt Luft. »Ja, jetzt. Aber du machst mit Angelo irgendwelche Dinge hinter meinem Rücken. Wie soll es mir da gehen? Das verunsichert mich.«

»Und wo stehe ich jetzt? Hier vor dir!«

»Super.« Sie verschränkt die Arme und dreht sich weg von ihm.

Lucas ist so verärgert, dass er kein Wort rausbringt außer »Boot.«

»Genau, mit Angelo. Nicht mit mir.«

Lucas erhebt die Stimme energisch, zu energisch vielleicht. »Du spinnst doch, mit dir kann man einfach nicht reden.« Das bereut er auch gleich wieder.

»Das hat einfach keinen Sinn, du bist ja sogar hier unfreundlich. Es ist besser, du gehst.« Sie dreht sich um und zeigt ihm den Rücken.

»Das kannst du jetzt nicht ernst meinen, ich bin extra zu dir gefahren, damit du mich jetzt rauswirfst?«

Sie unterbricht ihn. »Lassen wir es bitte.«

Lucas dreht sich um und geht. Das kann es jetzt echt nicht sein, er wird seine Sachen packen und nach Hause fahren. Es ist einfach nur sinnlos, das hätte er sich gleich denken können.

Isabella setzt sich auf das Bett, sie nimmt sich ein Taschentuch vom Nachtkästchen. Tränen steigen auf. Was für ein Mist! Sie kann schon manchmal bescheuert sein, sie hätte ihn wenigstens reden lassen sollen, aber sie ist halt auch total verunsichert was diese Aktion mit Angelo soll. Sie kann sich das überhaupt nicht erklären. Er hätte es können, aber sie wollte einfach nicht die Unterlegene sein. Sie legt sich ins Bett und putzt sich die Nase. Die Tränen rinnen, sie schluchzt. Sie spürt ihr Herz schlagen, es war schön, ihn zu sehen, es hat echt gutgetan, jemanden zu sehen, den man gut kennt. Sie hat ihn wirklich vermisst. Oh Mann, diesen Moment hat sie jetzt zerstört.

Lucas steht vor seinem Bett, er legt den Koffer darauf und fängt an, seine Socken einzupacken. Er legt sie sogar zusammen, so verwirrt ist er. Ihn packt die Wut, er wirft die Socken auf das Bett. Nein, das kann es echt nicht sein, er wird sich das jetzt von ihr nicht kaputt machen lassen. Er ist hier, um mit ihr zu reden, nämlich wirklich zu reden, er wird nicht aufgeben. Er reißt den Koffer wieder vom Bett.

Donatella wacht auf, sie hat nicht einmal die Beine aus dem Bett, da fällt ihr auf, dass die Gruppen keine Verantwortlichen haben, wer soll sich denn jetzt darum kümmern, dass etwas weitergeht. Sie muss sofort zu Pater Maestro. Sie hüpft schnell unter die Dusche, zieht sich an und läuft in die Kirche. Sie ist erleichtert, dass die Tür offen ist und sie nicht anklopfen muss. Pater Maestro steht vorm Altar und hat einen Messbecher in der Hand. »Was sehe ich denn da, ein verlorenes Schäfchen kehrt heim. Meine Liebe, was führt dich zu mir?«

Donatella ist das wahnsinnig unangenehm, sie war schon ewig nicht mehr hier. Sie geht nicht auf die Frage ein, er wird sie sicher nicht wiederholen. »Pater, wir haben etwas Wichtiges vergessen, wir brauchen Anführer für die Gruppen. Könntest du nicht beim nächsten Gottesdienst fragen, wer das machen möchte, da sind ja eh fast alle da.«

»Mein liebes Kind, ich kann nicht während meiner

Predigt einfach mal so fragen, wer ein Anführer sein möchte.«

»Schade, dann werde ich es wohl machen müssen. Dann werde ich bestimmen, wer die Gruppe Contra Angelo anführt. Nämlich ich! Das bestimme ich jetzt, aber trotzdem danke.« Sie hätte sich schon mehr Unterstützung von einem Pater erwartet.

»Wenn du das für fair hältst, dann mache es so.«

Donatella äfft ihn innerlich nach, fair, was ist schon fair, und wenn sie schon auf der schiefen Bahn ist, wird sie gleich mit der Arbeit beginnen. Sie winkt dem Pater zu und geht aus der Kirche.

Angelo steht im Obstladen, die Nacht war grauenvoll, er hat keine Sekunde geschlafen, sondern sich im Bett hin und her gewälzt. Ihn quält die Frage, ob Signor Lisetto tatsächlich etwas mit Donatella hatte. Er hat es nicht zugegeben, aber auch nicht abgestritten. Das ist doch wirklich blöd unter Freunden, da geht man miteinander auf ein Bier und kann nicht einmal die wirklich wichtigen Fragen stellen, die einen nicht einschlafen lassen. Bescheuert ist das. Aber zumindest hat ihn Signor Lisetto darin bestätigt, dass Lucas wirklich keinen Elan hat, das ist doch schon mal gut. Das verbessert seine Chancen deutlich, denn welche Frau will schon einen Langweiler. Das ist doch endlich eine gute Nachricht. Er nimmt einen Hauch Zitronenduft wahr. Tut das gut, da fühlt er sich gleich wieder lebendig.

Diese gelben Freunde sind sein Lebenselixier. Er atmet tief ein. Was für ein Geruch! Endlich ein Moment, der ihn glücklich macht. Seit Isabella da ist, ist er irgendwie ständig im Stress oder hat nur Ärger. Liebe ist auch nur schön, wenn sie erwidert wird, auch eine Erkenntnis, auf die man verzichten kann. Sein Blick fällt auf die Verkaufstheke. Er fährt mit dem Finger die Staubschicht entlang, das kann man nicht leugnen, er hat sich schon länger nicht mehr um den Laden gekümmert, um sich selbst schon gar nicht. Liebe macht nicht glücklich, wenn man kämpfen muss, aber man kann sich eben nicht aussuchen, wo die Liebe hinfällt, davon ist er fest überzeugt. Und vielleicht hat er ja einfach zu wenig um sie gekämpft, zu wenig eindeutig. Was zwar theoretisch nicht sein kann, aber praktisch ist alles möglich. Wie das Leben halt so ist. Ein kurzer Strohhalm, an den er sich da klammert. Angelo nimmt ein Staubtuch und wischt die Theke, damit wenigstens irgendetwas ordentlich in seinem Leben ist.

Isabella spaziert am Meer entlang. Sie ist total aufgewühlt, selbst das laute Rauschen des Meeres und der salzige Geruch in der Nase bringen sie nicht zur Ruhe. Dabei hat sie sich das in der Theorie genau so immer vorgestellt. Einmal Meer einatmen und man kennt sich aus im Leben. Das wäre wirklich einfach. Jetzt hat Lucas endlich das getan, was sie immer wollte. Dieser Kerl ist ihr nachgefahren, er kämpft um sie, er bewegt sich, und was macht sie? Sie gibt ihm keine Chance. Aber gut, er dreht ja offensichtlich ein krummes Ding mit Angelo. Was eigentlich gar nicht die Art von Lucas ist. Sie bleibt stehen und sieht den Vögeln hinterher, die über dem Himmel schweben. Sie wird mit Lucas reden, sie will wissen, was da jetzt los ist. Sie muss zu Angelo, er muss ihr sagen, wo Lucas wohnt. Der Weg zum Obstladen kommt ihr ewig lang vor. Bei der Tür ist Endstation. Er hat wieder einmal geschlossen. Das regt sie auf, das kann doch nicht sein, dass der nie da ist. Wie verdient der sein Geld? Aber gut, es ist nur eine Frage der Zeit, bis Angelo wieder bei ihr auftaucht. Aber hat sie die Zeit noch, vielleicht ist Lucas ja schon längst nach Hause gefahren. Was soll sie tun? Sie hat keine andere Wahl, sie muss warten, sie weiß ja nicht, wo sie ihn findet.

Donatella füllt die Kamillenblüten in ihre Gläser. Sie schaut dabei zu, wie sie langsam in das Glas fallen und stellt sich die Frage, warum sie sich da so einbringt, sie könnte es auch gut sein lassen. Sie muss zugeben, sie hängt wirklich noch an Angelo, dieses Gefühl, das sich immer wieder von hinten anschleicht, hat sie fest im Griff. Sollte sie mit ihm reden, anstatt das ganze Dorf da in ihre Angelegenheit zu ziehen? Naja, Angelo reagiert so wütend auf sie, für den ist ihre Beziehung sicher Geschichte. Außerdem ist er ja in diese Touristin verliebt. Sie muss mit jemandem darüber reden. Sie überlegt, Signora Trenetti würde das verstehen, und sie würde auch den Mund halten. Sie wird sie einweihen. Sie macht nicht einmal die Gläser zu, sie geht, sie muss das sofort regeln. Donatella stößt die Tür bei Signora Trenetti mit solcher Wucht auf, das sie an die Wand knallt. Donatella redet nicht lange herum, das ist einfach nicht ihre Art. »Ich muss dir was sagen, ich befürchte, ich habe noch Gefühle für Angelo, ich bin auch nicht sonderlich glücklich darüber, aber man kann sich das halt auch nicht wirklich aussuchen. Wir brauchen eine richtig romantische Idee für diesen Touristen, damit Isabella mit ihm wieder zusammenkommt.« Sie schaut Signora Trenetti erwartungsvoll an.

Signora Trenetti ist kurz ruhig, das überrascht sie jetzt wirklich nicht, warum hätte Donatella sonst diese Gruppe einberufen. »Naja, romantisch wäre ein herzförmiges Abendessen für Isabella. Wir könnten alles in Herzform kochen.«

Donatella ist beeindruckt, Signora Trenetti war definitiv die richtige Wahl für ein Gespräch, obwohl man zugegeben muss, dass sie überhaupt nicht darauf eingegangen ist, dass sie noch Gefühle für Angelo hat, aber immerhin hat sie eine äußerst gelungene romantische Idee. »Perfekt. Das ist grandios, das machen wir. Ich muss los, aber sehr gute Idee. Wir gehen das bald an.« Donatella reißt die Tür auf und knallt sie wieder mit voller Wucht gegen die Wand.

Signora Trenetti muss sich hinsetzen. Oh Mann, was ist ihr da bloß eingefallen? Jetzt hat sie doch tatsächlich auch Donatella ein Abendessen versprochen. Hoffentlich kommt sie aus dieser Nummer wieder heil raus.

Lucas sitzt auf seinem Bett, er wippt mit den Füßen hin und her, er ist nervös, er muss sich eingestehen, dass das doch nicht so einfach klappt, dass er zu Isabella hingeht und mit ihr redet. Sie braucht offensichtlich wirklich etwas mit einem Ah-Effekt. Er will sie auf jeden Fall wieder haben, es hat ihn innerlich zerrissen als er ihr gegenüber gestanden ist. Er muss um sie kämpfen. Zu Angelo geht er auf keinen Fall noch einmal, der ist ihm einfach zu überdreht, noch dazu buhlt der ja auch um Isabella, das ist ja überhaupt verrückt. Er war bis jetzt so beschäftigt damit, seine Liebe wieder zu gewinnen, dass er das doch glatt ignoriert hat. Aber es bereitet ihm auch keine Sorgen, denn so gut kennt er Isabella, dass er weiß, dass Angelo nicht ihr Typ ist. Viel zu laut, viel zu überdreht, viel zu unberechenbar. Sie braucht mehr einen Typ wie ihn, das weiß er ja.

Angelo reißt die Tür von Signora Trenettis Laden auf. Sie zuckt zusammen. Bitte bitte nicht, lass ihn ja nicht nach dem Abendessen fragen. Sie spürt ihr Herz klopfen. Seine Stimme ist laut. »Können wir das mit dem Abendessen angehen, ich brauche es, möglichst bald.«

Signora Trenetti stockt, sie wird kreidebleich. Angelo wird ungeduldig. »Ja oder nein? Steht das Angebot noch?«

Sie fängt sich und fängt an zu stottern. »Ja, sicher.«

Er ist zufrieden. »Morgen Abend?«

Sie versucht Zeit zu gewinnen, sie muss das Abendessen für Lucas unbedingt vorher machen, weil sonst kann sie Isabella nicht helfen und Angelo in Wahrheit auch nicht. »Samstag Abend? Ich muss mich ja um meinen Laden kümmern.«

»Das ist zwar spät, aber gut, wenn es nicht anders geht. Dann bitte am Samstag. Ich bedanke mich jetzt schon für die tolle Hilfe.«

Was hat sie da bloß angestellt, wie blöd kann man sein.

Isabella ist auf dem Weg zu Signor Lisetto, es lässt ihr keine Ruhe, sie muss wissen, was da jetzt wirklich los ist zwischen Lucas und Angelo. Signor Lisetto steht vor dem Polizeihäuschen in seinem Garten und gießt die Blumen, er bemerkt Isabella gar nicht, er ärgert sich. »Diese Blätter, warum sind die so braun? Ich gieße die doch regelmäßig. Das verstehe ich nicht.« Er nimmt den Gartenschlauch in die Hand.

Isabella verschränkt die Hände und beobachtet ihn, ein toller Polizist, der überhaupt nichts mitbekommt. Sie redet ihn von hinten mit »Hallo!« an. Er erschrickt und dreht sich um, dabei hält er den Gartenschlauch direkt auf Isabella. Sie ist von oben bis unten nass. Signor Lisetto zieht sein T-Shirt aus und reicht es ihr. »Du kannst dein Shirt ausziehen und meines anziehen. Tut mir leid.«

Ein peinlicher Moment der Stille entsteht. Signor Lisetto will die Situation retten. »Warum bekomme ich so hübschen Besuch?«

Sie ignoriert dieses Kompliment und fährt ihn voll an, ihre ganze Wut kommt raus. »Was machen Angelo und Lucas miteinander?«

Ah, daher weht der Wind. »Ich habe nicht die geringste Ahnung, sie wollten nur mein Boot ausleihen.«

Isabella kann das nicht glauben. »Echt jetzt?« Sie spürt wie das T-Shirt auf ihrer Haut klebt, das Wasser tropft auf ihre Schuhe, aber das ist ihr jetzt egal.

»Na gut, aber du darfst mich nicht verraten. Lucas ist der Schüler von Angelo.«

Sie unterbricht ihn. »Das kann jetzt echt nicht sein, oder? Woher kennen sich Angelo und Lucas?«

Signor Lisetto will sie besänftigen. »Nur mit der Ruhe, es nützt ja nichts, sich so aufzuregen. Das weiß ich ehrlich nicht. Sie waren nur bei mir wegen dem Boot, da habe ich das mitbekommen, was genau sie treiben weiß ich leider wirklich nicht. Ich weiß nur, Angelo steht auf dich und Lucas auch. So ist das mit der Liebe, da gibt es keine festen Spielregeln.«

Isabella fasst es nicht. »Das gibt es doch nicht. Das ist einfach unfair.«

»Sag einmal, kapierst du nicht, dass ich nichts damit zu tun habe. Warum brüllst du mich an?«

Sie will zu einer Entschuldigung ansetzen, da unterbricht er sie. »Komm, lass uns nicht streiten, mit uns hat das nichts zu tun. Weißt du was, ich muss jetzt sowieso mit dem Boot am Strand entlang fahren und nachsehen, ob alles in Ordnung ist. Komm doch mit.

So eine Bootsfahrt tut dir sicher gut nach dem Streit.«

Isabella ist begeistert, sie liebt es, mit dem Boot zu fahren. Sie nickt und lächelt.

Angelo steht in seinem Laden, er ist froh, dass er das Herz-Abendessen jetzt angeht, er wird der ganzen Sache eine persönliche Note aufdrücken. Er wird den Tisch, der hinten im Lager steht, einfach an den Strand stellen. Er wird ihn auch noch mit Zitronen dekorieren. Ein herzförmiges Essen, Zitronenduft und Sterne, also wenn sie da widerstehen kann, dann ist sie wirklich die Falsche für ihn. Er braucht noch eine Einladung. Er holt vier Zitronen und bindet sie mit einem Band zusammen, dann nimmt er einen Zettel und schreibt *Samstag, bei Sonnenuntergang, vor deinem Haus am Strand* drauf. Er schaut das Geschriebene an und fügt noch sicherheitshalber ein *Bitte komm, Angelo* dazu. Nicht, dass sie glaubt, Lucas hätte diese tolle Idee gehabt. Er bohrt mit dem Kugelschreiber ein Loch in den Zettel und fädelt ihn auf den Faden ein. Das sieht toll aus. Sie wird kommen, sie wird ganz sicher kommen. Er geht mit schnellen Schritten zu Signora Cottinetti. Sie läuft zum Gartentor und öffnet es. »Du, Angelo, weil das ja mit dem Unkraut nichts geworden ist, könntest du vielleicht mal das Gartentor streichen, dafür, dass ich dich immer hier reinlasse?«

»Wenn ich mal Zeit habe, dann mache ich dir das, ist ja kein Aufwand, aber ich habe eigentlich nie Zeit.«

Sie keift. »Ja, weil du immer dieser Isabella nachrennst.« Sie wirft mit voller Wucht das Gartentor zu, die Türklinke fällt auf den Boden.

Angelo geht einfach an Signora Cottinetti vorbei und läuft die Stufen hinauf. Als er bemerkt, dass sie ihm nachgeht, dreht er sich um. »Ja, bitte?«

Sie richtet schnell ein Bild an der Wand gerade. »Ach, nichts, ich wollte nur äh aufräumen. Ist ja schließlich mein Haus.«

Jetzt spioniert ihm diese Vermieterin auch noch nach. Er geht zur Tür und legt die Zitronen hin. Er schaut die gelben Früchte an, er ist sich sicher, sie wird zum Strand kommen. Er dreht sich um und läuft an Signora Cottinetti vorbei. »Ach, übrigens, das Bild oben hängt auch schief.«

Sie lächelt verlegen und winkt.

Lucas geht auf und ab, er denkt nach. Bevor er nicht eine tolle Idee hat, wird er dieses Zimmer nicht verlassen. Er geht eine Liste an Dingen im Kopf durch, die Isabella gerne mag. Aber irgendwie ist ihm alles zu gewöhnlich, Blumen, ein nettes Abendessen, ein Spaziergang. Er denkt an die Flaschenpost, genau das würde ihm gefallen. Er könnte ihr einen Brief schreiben und ihn hineinstecken, das ist doch romantisch, zumindest entspricht es seinem Sinn für Romantik. Einen Brief schreiben, kann er das überhaupt? Er holt tief Luft, er muss das jetzt können. Es hat ja keinen Sinn, wenn ein anderer für ihn Romantik vorspielt, wenn sie wieder daheim sind, dann hat er Angelo ja auch nicht immer an seiner Seite. Was für eine furchtbare Vorstellung übrigens. Alles, was hier passiert, ist in Wahrheit nicht relevant, denn im Alltag kann alles wieder anders sein. Genau so wird er den Brief beginnen. Lucas schreibt und schreibt, er schreibt sich alles von der Seele, was er nicht aussprechen kann, er hätte schon viel früher damit beginnen sollen. Er ist stolz auf sich, er ist in Fahrt. Er wird sie mit dieser Flaschenpost für Samstag Abend einladen. Er wird ihr ein romantisches Schauspiel bereiten. Er wird ihr ein großes Herz in den Sand malen, das mit Kerzenlicht umrandet ist, sich hineinstellen und sie von ihrer Liebe überzeugen. Das wird er machen!

Lucas geht an den Strand, er will sich die Stelle genau anschauen wo er für Samstag Abend das Herz hinmalt. Er schaut auf das Meer und sieht das Polizeiboot. Er muss genau hinsehen, das wird doch nicht Isabella sein, seine Isabella! Was macht die da mit diesem komischen Polizisten? Er wird wütend, so richtig wütend. Während er ihr nachläuft, trifft sie einen Typen nach dem anderen, wer weiß, was da noch läuft. Was soll er jetzt tun? Sie rufen, sie zu sich holen, sie zur Rede stellen? Er ist eifersüchtig, er war nie eifersüchtig. All die Jahre nicht, er hat sich nie auch nur eine Sekunde überlegt, ob sie ihn betrügt. Er hat ihr vertraut. Das ist doch der schönste Liebesbeweis überhaupt. Aber jetzt, er ist sich nicht mehr sicher, was sie da eigentlich so treibt. Dieser Ort hier hat sie verändert, er muss sie wieder nach Hause holen. Es nützt jetzt nichts, wenn er hier noch einmal mit ihr streitet, noch dazu wegen diesem Typen. Er muss ihr die Welt zu Füßen legen. Er schaut auf den Boden, genau hier wird er das Herz in den Sand malen.

Signora Mistrella steht in ihrem Laden und schneidet die Rosen, sie wird Gelbe in ihre Auslage stellen. Sie überlegt, dass sie einfach nicht mit Donatella in einer Gruppe sein möchte, sie will in die Pro Angelo Gruppe wechseln. Sie braucht jemanden zum Reden, sie wird zu Pater Maestro gehen. Sie legt die Schere auf die Seite und verlässt den Laden. Es ist schon dunkel, aber Pater Maestro hat immer ein offenes Ohr für seine Schäfchen, wenn sie Sorgen haben. Sie klopft an das Tor, mehrmals, aber Pater Maestro kommt nicht. Sie zieht ihren Schuh aus und klopft damit gegen das Tor, er könnte sich wirklich eine Glocke anschaffen. Sie hört eine Stimme. »Jaja, ich komme ja schon. Alle sind so ungeduldig. Ich höre doch schon schlecht.« Er macht die Tür auf und strahlt. »Mein treues Schäfchen, was führt dich zu mir?«

»Du weißt doch von dieser Geschichte mit den Pro und Contra Angelo Gruppen. Ich bin auf der Seite für die Contra Angelo Gruppe, aber ich will Angelo nicht schaden. Ich mag ihn. Ich will die Gruppe wechseln, aber das kann ich nur so machen, indem ich einfach behaupte, dass ich auf der anderen Seite im Raum gestanden bin. Ich brauche deine Erlaubnis, alles andere wäre nicht ehrlich.«

»Du meinst, es ist ehrlich, wenn ich dir dein Lügen absegne? Dann wird es zur Wahrheit?«

Sie wird nervös. »Naja, oder so ähnlich halt. Pater, bitte hilf mir.«

»Magst du Angelo wirklich so sehr?«

Jetzt bekommt sie erst recht ein schlechtes Gewissen. Sie kann den Pater ja nicht anlügen, es platzt raus aus ihr. »Ach, ich will nicht mit Donatella in einer Gruppe sein, sie ist so tonangebend, weiß alles besser. Ich will das nicht mehr. Ich will wechseln, bitte.«

Dem kann er nicht einmal widersprechen. »Schau, es geht doch darum, zwei Menschen zusammenzuführen, es geht hier nicht um Eitelkeiten, aber wenn es dich so unglücklich macht, dann finde einen Weg, wie du es schaffst in die andere Gruppe zu kommen.«

»Heißt das jetzt ja?«

»Wie ich sagte, finde einen Weg.« Er zwinkert ihr zu.

Signora Mistrella fällt ihm um den Hals, sie drückt sich ganz fest an ihn und bedankt sich. Pater Maestro wird ganz unbeweglich, er traut sich kaum Luft zu holen. Als sie endlich loslässt, kann er wieder reden. »Bitte.«

Signora Mistrella läuft aus der Kirche, wenn sie schon die Gruppe wechselt, dann kann sie gleich die Anführerin werden. Sie will einmal in ihrem Leben etwas tun, was nicht ganz korrekt ist, sie hat ja quasi die Erlaubnis vom Pater dazu. Mehr oder weniger. Eher weniger.

Donatella holt alle von der Contra Angelo Gruppe ins Ristorante alla Madonna, sie will die Spielregeln erklären oder besser gesagt, sie möchte mitteilen, dass sie die Spielregeln in dieser Gruppe macht. Sie schaut in die Runde, sie wird einfach so tun, als wäre das logisch, dann wird das schon klappen. Es will sich ja eh niemand die Arbeit antun. Sie setzt an. »Da wir das alles in Wahrheit nur wegen mir machen, möchte ich euch die Arbeit abnehmen und die Gruppe leiten, also die Hauptarbeit machen. Das ist nur fair von mir.« Sie schaut in die Runde, na bitte, sie ist doch die geborene Diplomatin. Geht doch, keiner widerspricht ihr. Sie beobachtet Signora Trenetti, die verhält sich irgendwie eigenartig, die krallt sich so richtig an ihrer Handtasche fest, die wird doch nicht etwa die Gruppe anführen wollen? Donatella beobachtet das ganz genau und verkündet laut. »Ich habe auch schon eine Idee für unsere Gruppe, meine Lieben.«

Signora Trenetti klammert sich noch mehr an ihre Handtasche, am liebsten möchte sie sich dahinter verstecken, sie hätte doch eine größere Version von dieser Tasche nehmen sollen. Donatella schaut ihr in die Augen. »Wir werden ein herzförmiges Abendessen für Isabella kochen.«

Signora Trenetti ist erleichtert, sie hat nicht erwähnt, dass das ihre Idee war, so wird das Angelo nie erfahren. Signora Vaccillano streckt aufgeregt ihre Hand in die Höhe. »Ich kann gut kochen, ich kann hervorragend kochen, ich koche für mein Leben gern. Ich mache das.«

Donatella schaut zu Signora Trenetti und bedankt sich bei Signora Vaccillano. »Samstag Abend werden wir Isabella das Essen servieren.«

Signora Trenetti atmet tief aus, sie ist aus der Nummer raus, sie muss dieses Ding nicht einmal kochen. Das ist die Lösung. Sie kann Angelo einfach sagen, dass Donatella zufällig auch diese Idee hatte. Sie lässt ihre Handtasche los und atmet aus. Aber diese Frau ist schon wirklich falsch, schnappt sich einfach ihre Idee.

Dottore Fracallo lehnt sich zurück, er muss nichts tun, er ist erleichtert, er kann ja schlecht kochen, er kann höchstens Liebestropfen ins Abendessen geben. Er zuckt zusammen, als Donatella ihn anspricht. Meint sie wirklich ihn, er schaut links und rechts, Mist, sie meint ihn.

»Du kümmerst dich um die Deko. Als Präsident des Verschönerungsvereins kann das ja kein Problem sein.« Sie lacht.

Er schaut zu Signor Cattasina, der direkt neben ihm sitzt. »Pflanzen sind wohl kein Problem für uns.« Das letzte Wort betont er extra.

Der Zitronenverkäufer stottert vor sich hin. »Meine Zitronenbäume sind sicher dafür geeignet.« Das wird ein teurer Spaß, er geht im Kopf durch, ob er noch Zitronenbäume hat, die er sowieso nicht mehr verkaufen kann.

Donatella ist zufrieden, es ist besser gelaufen als gedacht. »Ich werde Isabella eine Nachricht hinterlassen. Samstag, 20 Uhr am Strand.«

Alle nicken. Donatella schaut in die Runde. »An die Arbeit! Die Versammlung ist beendet.« Alle von der Contra Angelo Gruppe verlassen das Ristorante.

Signora Mistrella ist ihm Ristorante und schaut in die Runde, alle von der Pro Angelo Gruppe sind gekommen. Sie spürt dieses Ziehen im Magen, wenn sie aufgeregt ist. Sie fürchtet sich davor, dass jemand widersprechen wird, oder mehr noch, dass sich jemand daran erinnern wird, dass sie auf der anderen Seite des Raumes gestanden hat und gar nicht zur Gruppe gehört. Sie schaut ängstlich in die Runde, irgendwie hat sie bei ihrer tollen Entscheidung vergessen, dass sie nicht die Mutigste ist. Naja, da muss sie jetzt durch. »Schön, dass ihr alle da seid. Ich möchte mit euch über die Pro Angelo Gruppe reden. Ich habe mir überlegt, dass es vielleicht für alle in Ordnung wäre, wenn ich die Gruppenleitung übernehme. Was meint ihr?«

Murmeln im Raum, Schulter zucken, Bejahendes Kopfnicken. Signora Mistrella atmet erleichtert aus. »Danke! Ich werde mich auch so richtig bemühen.«

Signora Mistrella entdeckt Mister Bride. Er sitzt in einer Ecke und liest Zeitung. Sie freut sich sehr über die unverhoffte Entdeckung, sie findet ihn – wie soll sie sagen – sehr ansehnlich, manierlich und weil sie gerade einen richtigen Auftrieb hat, winkt sie ihm zu.

Das bringt ihn in eine wirklich blöde Lage. Er würde nur zu gern diesem zauberhaften Blumenmädchen zurückwinken, aber er will auf keinen Fall mit den anderen in Kontakt treten. Er breitet seine Zeitung aus und versucht seinen Kopf dahinter zu verstecken, er muss sich dabei so bücken, dass ihm das Kreuz weh tut. Sie nimmt die Hand hinunter, das hätte sie nicht erwartet.

Signor Fratello steht auf und brüllt hinüber. »Mister Bride, so alleine? Kommen Sie doch zu uns! Hier in Fribello ist jeder willkommen.« Als Bürgermeister lebt er diese Einstellung tatsächlich, und ein Tourist in einer Gruppe mit den Einheimischen macht sich doch gut, das Dorf zeigt, dass es bereit ist für mehr Touristen. Signor Fratello winkt ganz hektisch. Mister Bride macht die Zeitung zu und knallt sie auf den Tisch, ein bisschen zu heftig. Er steht auf und geht zu Signor Fratello. »Was kann ich tun?«

Signor Fratello merkt, dass er nicht gerade begeistert ist, er beschwichtigt sofort. »Ach, nichts, wir wollen Ihnen nur Gesellschaft leisten. Sie haben so allein gewirkt.«

»Ich hatte eine Zeitung in der Hand und die liest man für gewöhnlich allein.«

Signor Fratello will ihn beruhigen. »Aber jetzt müssen Sie nicht mehr Zeitung lesen. Setzen Sie sich zu uns.« Er klopft ganz wild auf den Platz neben sich.

Mister Bride murmelt in sich hinein, dass er Zeitung lesen wollte, nicht musste, aber er ist viel zu höflich, als dass er das laut aussprechen würde. Er zwängt sich zwischen Signora Cattollona und den Bürgermeister. Er kommt sich eingeklemmt vor und denkt sehnsüchtig an seine Zeitung.

Signora Mistrella steht da und schweigt. Sie kann jetzt nichts mehr sagen, sie ist eingeschüchtert, sie läuft rot an, Mister Bride sieht wirklich gut aus. Er hat sie nur leider nicht beachtet.

Signor Fratello wird ungeduldig. »Wollen wir nicht noch etwas besprechen? Was ist der Plan?«

Signora Mistrella lächelt verunsichert in die Runde. »Wer hat eine Idee?«

Mister Bride beobachtet sie, sie gefällt ihm. Seine Frau war immer laut und bestimmend, aber diese leise Art kennt er nicht, die will er kennenlernen. Er schaut auf ihre Hände, die sie ineinandergesteckt hat, zierlich sind sie. Sie ist überhaupt sehr dünn, gut gekleidet ist sie, ihr verspielter Rock mit den blauen Blumen und der roten Weste dazu. Das gefällt ihm. Seine Frau war immer einfarbig angezogen, immer edel, aber eben farblos. Er wird aus seinen Gedanken gerissen, weil ihm eine schrille Stimme ins Ohr brüllt. Signora Cattolona, die Postlerin ist ganz aufgeregt. »Ich habe eine Idee! Wir schreiben einen Brief, wir können auch dichten.«

Signor Fratello gähnt. »Das nennst du wirklich eine Idee?«

Sie setzt sich hin und schnauft, ja, er hat Recht, das ist wirklich nicht sehr kreativ.

Signor Fratello schaut in die Runde. »Ich habe eine Idee. Wir stellen Kerzen am Strand auf, das leuchtet sicher wunderbar!«

Signora Cattolona ist entzückt und ruft dazwischen. »Da könnten wir blaue Plastikdelfine im Meer vorbeischwimmen lassen.«

Begeisterung im Raum bricht aus. Signora Mistrella applaudiert. »Das klingt großartig! Die Delfine könnten leuchten und im Meer auf und ab springen. Das wird wunderschön!«

Signor Fratello unterbricht sie. »Ich will dich da jetzt nicht von deiner Wolke holen, aber wie sollen die hüpfen und leuchten? Man müsste überhaupt mal zu Signora Vaccillano in den Laden gehen und schauen, ob sie überhaupt blaue Delfine hat. Aber keiner von uns kann das machen, dann weiß sie ja sofort, was wir vorhaben. Mister Bride, könnten Sie das für uns machen? Gehen Sie bitte in den Laden zu Signora Vaccillano und schauen Sie, ob sie überhaupt solche Plastiktierchen hat. Würde das gehen?«

Mister Bride zeigt mit dem Finger auf sich. »Ich weiß nicht, ob ich das kann. Ich gehöre doch gar nicht zu dieser Gruppe.«

»Was soll man da bitte nicht können? Einkaufen kann wohl jeder. Und sitzen Sie hier oder sitzen Sie nicht hier? Natürlich gehören Sie dazu. Und wenn wir schon dabei sind, dann sind wir doch per du.«

Mister Bride wird ganz unwohl, so viele neue Freunde kann er gar nicht gebrauchen. Er braucht Ruhe, er will einen Roman schreiben. Verdammt nochmal. Aber was soll er tun, alle Gesichter schauen ihn erwartungsvoll an, manche lächeln dabei sogar, er muss es tun. »Na schön, dann mache ich es halt, wenn es wirklich keine andere Möglichkeit gibt.« Alle im Raum stehen auf und applaudieren.

Signora Mistrella ist zufrieden, Kerzenschein und schwimmende Delfine. Sie ist eine gute Anführerin, das hätte sie schon viel früher machen sollen. Sie wird auch noch den Pater bitten, sich an den Strand zu stellen, sollten die Zwei gleich Ja sagen wollen. Signora Cottolona hat noch eine Idee. »Als Vizepräsidentin des Verschönerungsvereins könnte ich doch am Eingang des Strandes in die Wiese ein großes I und ein großes A ins Gras mähen. Wir könnten diese zwei Buchstaben ja mit Blumen schmücken. Das I in Rot, das A in Weiß.«

Signora Mistrella ist begeistert, es läuft alles viel besser als gedacht. »Das ist eine wirklich großartige Idee, wunderbar. Samstag, 20 Uhr?«

Angelo stürzt in den Laden von Signora Trenetti, er muss das jetzt mit dem Abendessen klären. Er hat sich nämlich das perfekte Rahmenprogramm überlegt. Perfekter geht es nicht. Er wird ein großes I in den Sand malen und dann seine besten Zitronen darauf legen. Das klingt nach einem Programm. Er schaut Signora Trenetti an. »Das mit dem Abendessen klappt doch, oder?«

Sie nickt ganz heftig, aber sie bringt kein Wort heraus. Hätte sie doch bloß nie dieses Versprechen mit dem Abendessen gegeben.

Angelo ist sich nicht sicher. »Hast du schon konkrete Pläne? Was kochst du? Samstag Abend ist das Abendessen fertig?«

»Du bekommst dein Abendessen! Keine Sorge!«

Angelo ist zufrieden, das war jetzt überzeugend. Er verabschiedet sich.

Donatella steht bei Signora Vaccillano im Schreibwarengeschäft. »Hast du jetzt schon eine Idee für das Abendessen?«

Signora Vaccillano räumt gerade die Kugelschreiber ins Regal. »Ja, habe ich, na klar, aber, du, ich bin nicht deine Bedienstete, damit wir uns da nicht falsch verstehen. Und du kochst es ja nicht, warum möchtest du das also wissen?«

Donatella stockt, so einen rauen Wind ist sie nicht gewöhnt. »Naja, ich möchte halt einen Überblick haben.«

Signora Vaccillano möchte antworten, aber da macht Mister Bride die Tür auf. Er redet so undeutlich, dass sie kein Wort versteht, er nuschelt richtig in sich hinein. Ihm ist dieser Einkauf wirklich peinlich und noch dazu ist diese schöne Apothekerin da. Signora Vaccillano versteht irgendetwas von Plastikdelfinen, aber das kann er ja nicht ernst meinen, sie fragt laut nach. »Sie wollen Plastikdelfine?«

Mister Bride nuschelt ein »Ja« in sich hinein.

Sie ist begeistert. »Ja, ich habe welche, solche Aufblasbaren, auf denen kann man reiten, die sind fürs Wasser. Na, endlich werde ich die los, die habe ich für Touristen gekauft, wenn sie einen Badeurlaub machen. Fünf Stück habe ich, reicht das?«

So ausführlich möchte Mister Bride gar nicht darüber reden, er will einfach nur raus. Er nickt.

Signora Vaccillano legt ihm die Plastikdelfine auf den Tresen, dazu auch noch ein rosa Pony und einen grünen Drachen. »Vielleicht brauchen Sie die ja auch noch, ich dachte mir, sollte ein kleines Mädchen nach Fribello kommen, dann habe ich ein Pony.«

»Ja, okay.« Er will einfach, dass sie nicht mehr weiterredet. Er spürt Donatellas Blick im Rücken.

»Brauchen Sie eine Tüte?«

»Nein, ich reite sowieso auf den Delfinen nach Hause.«

Sie schaut ihn verwundert an. Dieser Brite hat nicht alle Tassen im Schrank.

»Natürlich brauche ich eine Tüte oder soll ich so durchs Dorf laufen?« Sein Ton wird schärfer. Das findet Donatella unglaublich attraktiv. Naja, die Sache mit den Plastikdelfinen weniger.

Mister Bride nimmt die Tüte und schaut auf den Boden, während er an Donatella vorbeigeht, er könnte ihren Blick jetzt nicht ertragen.

Donatella schaut ihm nach und da kommt ihr ein Gedanke, das ist doch komisch, dieser Tourist und Delfine, der steht doch jetzt nicht auch noch auf Isabella? Diese Frau muss endlich das Dorf verlassen. Sie steht im Laden und kaut an ihren Fingernägeln, sie denkt nach. Kann sie sich noch an irgendeine Idee von Angelo erinnern als sie zusammen waren? Ja, sie schreit auf, ja klar, die Pferdenummer. Er hat sich ein weißes Pferd ausgeborgt und ist tatsächlich am Strand entlang auf einem weißen Pferd auf sie zugeritten, um ihr die totale Liebe zu schwören. Blöd war nur, dass er nicht wusste, wie man es zum Stehen bringt und so ist er in Donatella hineingeritten. Sie lag zum Glück unverletzt am Boden und er steckte kopfüber im Sand. Das Pferd war weg.

Prinzipiell ist die Idee mit dem Pferd ja gar nicht so schlecht, man müsste es nur besser machen. Sie könnte Pater Maestro fragen, der hat zwei Pferde, ein weißes und ein braunes. Sie geht aus dem Laden, ohne sich zu verabschieden, sie ist in Gedanken versunken.

Signora Vaccillano atmet tief durch, diese geballte dominante Energie hält sie nicht aus.

Lucas ist in seinem Zimmer, er holt die kleine Flasche und steckt den Brief hinein, er kann es kaum erwarten, er ist stolz auf sich, das ist nämlich eine wirklich gute Idee. Er wird diese kleine Flaschenpost in ihre Badewanne legen. Das ist gut, das ist richtig gut. Das ist sogar so gut, dass er sofort zu Signora Cottinetti muss. Er nimmt die Flasche und läuft zum Haus. Signora Cottinetti putzt gerade die Fenster. Lucas läutet an und hört auch schon eine unhöfliche Ansage. »Dich habe ich ja schon lange nicht gesehen. Was kann ich diesmal für dich tun? Mein Haus ist dein Haus.«

Lucas hört gar nicht hin. »Können Sie mir bitte sagen, ob Isabella da ist. Ich muss ihr etwas ins Zimmer legen.«

»Was willst du denn in ihrem Zimmer? Da lasse ich dich sicher nicht rein.«

»Bitte! Es ist wirklich wichtig! Dann legen Sie bitte diese Flaschenpost in die Badewanne. Könnten Sie das tun? Sie waren doch sicher auch einmal verliebt.« Na bumm, das war vielleicht nicht so klug, denkt sich Lucas.

Sie lacht. »Ich bin verliebt in meinen Garten. Wenn du mir den Rasen mähst, dann nehme ich diese blöde Flasche und leg sie rein.«

Lucas ist erleichtert, die grantige Vermieterin hat er schon einmal überredet. »Jaja, mache ich. Danke. Hier ist die Flasche.« Er reicht sie über das Gartentor.

»Ich soll sie einfach so in die Badewanne legen?«

»Ja! Danke! Ich komme bald den Rasen mähen.« Lucas dreht sich um und geht.

Signora Cottinetti geht zum Zimmer von Isabella. Sie öffnet die Tür und schaut sich um. Diese Touristin könnte auch wieder einmal aufräumen. Diese jungen Leute, also wirklich. Totales Chaos. Sie legt die Flasche in die Badewanne und gibt den Vorhang auf die Seite, damit Isabella ihre Überraschung sofort sieht. Dieses Mädchen!

Signora Trenetti steht in ihrem Laden und überlegt, wie sie das herzförmige Abendessen gestalten könnte, sie weiß jetzt schon, dass sie eine größere Portion kochen wird, sie möchte ihren Mann gleich mit verwöhnen. Romantik im eigenen Haus können sie gut vertragen. Sie geht durch ihren Feinkostladen. Sie sucht nach Inspiration für das perfekte Gericht. Sie schaut in die Schinkentheke und geht zum Regal mit den Nudeln, die unterschiedlichsten Formen hat sie, aber hier ist kein Herz zu finden. Ihr fällt auf, dass sie ihr Angebot eigentlich einmal erneuern könnte. Seit

Jahren bietet sie diese Produkte an, aber gut, es hat sich ja auch bis jetzt niemand beschwert. Also wozu sollte sie da etwas ändern, der Mensch ist ja ein Gewohnheitstier. Sie öffnet das Kühlregal, vielleicht findet sich ja hier etwas Brauchbares für ihr Abendessen. Sie genießt die kühle Brise, die ihr entgegenkommt. Das Wetter hier in Fribello ist sowieso immer zu heiß für sie. Sie entdeckt den Blätterteig. Das ist doch eine Idee, sie könnte Knusperherzen machen. Die streut sie dann in die Tomatensuppe. Rot ist ja die Farbe der Liebe. Achja, ein Rote-Rüben-Risotto, das ist auch rot. Gut, es ist nicht in Herzform, aber sie kann mit dem Balsamico ein Herz darauf malen. Ein dunkles triefendes Herz. Oh, das klingt nicht gut. Na egal, Herz ist Herz, ob triefend oder leuchtend. Zum Dessert macht sie ein Tiramisu mit Erdbeeren. Das muss sie gleich aufschreiben, das ist ja alles einfach nur genial. Sie holt einen Zettel und einen Stift, sie schreibt gleich alles auf. Damit sie es ja nicht vergisst.

Donatella geht am Hauptplatz entlang, sie möchte Pater Maestro überreden, dass er ihr ein Pferd borgt. Diese Romantik-Nummer von Angelo damals geht ihr nicht mehr aus dem Kopf. Die könnte sie jetzt wirklich verwenden. Nur diesmal richtig. Sie entdeckt Dottore Fracallo, sie schaut auf seine schwarze Arzttasche, sie sollte sich auch wieder einmal durchchecken lassen, man weiß ja nie, aber sie hat jetzt keine Zeit für solche

Dinge. Sie ruft zu ihm rüber. »Hallo Dottore!«

Er zuckt zusammen, noch eine Patientin kann er heute gar nicht brauchen. »Ist es dringend? Ich habe heute eigentlich schon geschlossen.«

»Geschlossen, geschlossen? Seit wann hat der einzige Arzt im Dorf Dienstzeiten? Ich will mit dir über die Blumen reden.«

»Welche Blumen?« Da wäre ihm eine Untersuchung doch glatt lieber gewesen.

»Welche Blumen, welche Blumen. Na, die für unsere Aktion! Wir wollen doch diese Touristin mit diesem Touristen zusammenbringen.«

»Ach ja, stimmt. Du brauchst eine Idee. Wie heißen diese Touristen, weißt du das?« Ihm fällt tatsächlich etwas ein, er spürt die Idee kommen.

»Isabella und Lucas. Was hast du vor?«

»Wir könnten in die Wiese vorm Strand ein I und ein L mähen. Was meinst du?«

»Ich bin begeistert, gute Arbeit.« Das hätte sie ihm gar nicht zugetraut.

»Bis wann brauchst du es?«

»Bis Samstag Abend.«

»Das sind noch zwei Tage, das bekomme ich hin.« Er rechnet im Kopf weiter, da muss er sich etwas einfallen lassen, das wird nämlich eng. Zum Glück ist ihm die Idee von Signora Cattolona eingefallen, die wollte ja das Wort Fribello in den Rasen mähen. Dafür war aber zu wenig Platz, da hätte man Blumen wegnehmen müssen. Das wollte niemand, die Aufregung war groß.

Donatella verabschiedet sich vom Dottore, sie muss zum Pater, sie braucht ja noch ein Pferd.

Isabella hat alle Bücher zu dem Regal getragen. Das sieht wirklich gut aus, dieses blitzblau mit den vielen bunten Büchern und das alles auch noch am Strand. Ein Traum! Eine Bücherei mit Meerblick, mehr braucht sie nicht. Das ganze Dorf soll ihre Bücher lesen! Ja, genau das macht sie glücklich, sie will ihren eigenen Laden aufmachen, ein Geschäft eröffnen. Sie schaut noch einmal ihre kleine feine Leihbücherei am Strand an und geht in ihr Zimmer. Sie spürt ihre Füße, sie ist jetzt mehrmals hin und hergelaufen, um alles einzuräumen. Sie zieht an ihrem linken Schuh, der lässt sich schwer abziehen, kein Wunder, ihre Beine sind leicht angeschwollen. Sie zieht noch einmal kräftig an. Endlich kann sie ihre Zehen ausstrecken. Sie setzt sich hin, ihre Gedanken kreisen, die Leihbücherei am Strand ist nett, aber das ist erst der Anfang, sie möchte wirklich einen eigenen Buchladen. Dieser Plan ist gut! Was heißt gut, sensationell. Sie braucht eine kalte Dusche, sie ist komplett verschwitzt. Sie geht in das Badezimmer und dreht den Wasserhahn der Badewanne auf. Da schwimmt ein Gegenstand. Was bitte ist das jetzt wieder? Ganz vorsichtig beugt sie sich hinunter. Das sieht aus wie eine Flasche. Da ist ein Zettel drinnen. Schon wieder dieser Angelo. Jetzt kommt er auch schon in ihr Zimmer! Wahnsinn. Der hat echt keine Ahnung von Distanz. Sie nimmt die Flasche ganz vorsichtig aus dem Wasser und trocknet sie mit dem Badetuch ab. Sie spürt ein Kribbeln in ihrem Bauch, ja gut, sie kennt den

Absender, aber trotzdem ist das sehr romantisch. Das kennt sie nur aus Filmen. Diese Flaschenpost-Nummer. Sie macht die Flasche auf und nimmt den Zettel raus, vorsichtig rollt sie ihn auseinander.

Liebe Isabella, meine liebe Isabella, ich bin nach Fribello gekommen, um dir zu sagen, dass ich dich wieder nach Hause holen möchte. In unser Zuhause. Es ist so unheimlich leer ohne dich. Ich weiß, ich habe dir oft das Gefühl gegeben, dass ich mich nie richtig um dich bemüht habe, um uns bemüht habe. Aber das ist nicht so, ich kann es halt nicht zeigen und bin kein Mann der großen Worte. Aber ich liebe dich, mehr als alles andere auf dieser Welt. Wir gehören zusammen. Manches muss man nicht immer mit großen Gesten und Worten erklären, manches ist einfach so, das passt wie ein Deckel auf den Topf. Willst du mein Deckel sein? Sehen wir uns am Strand? Am Samstag, um 20 Uhr. Dein Lucas.

Die Tränen laufen ihr über die Wangen, in rauen Mengen, sie schluchzt. Lucas, ach, Lucas, wäre dir das doch nur daheim eingefallen.

Signora Vaccillano macht die Lade in ihrer Küche auf, wusste sie es doch, da liegt eine Backofenform, die wie ein Herz aussieht. Wo hat sie die bloß her, sie kann sich wirklich nicht mehr daran erinnern. Aber egal, sie ist jetzt da und das trifft sich hervorragend. Ein herzförmiges Abendessen mit einer Herzbackform, da kann ja nicht viel schiefgehen. Nur fällt ihr jetzt nichts ein, nichts. Komisch, normalerweise kocht sie doch sehr gern, gut auch noch, aber da ist irgendwie keine Idee da. Total blank. Ihr fehlen wohl die anregenden Gespräche mit Signora Trenetti, mit ihr tauscht sie immer Rezepte aus. Die hat sicher eine Idee, wie so ein herzförmiges Abendessen aussehen könnte, sie wird sie fragen. Irgendwie ist es komisch, dass sie nicht bei der Frage von Donatella aufgezeigt hat. Sie wird viel um die Ohren haben, sonst lässt sie sich doch kein herzförmiges Abendessen entgehen. Als selbsternannte Köchin des Dorfes, eingebildet ist diese Trenetti schon. Manchmal halt. Signora Vaccillano braucht ein Rezept von ihr.

Signora Mistrella schließt gerade den Blumenladen ab, da kommt Mister Bride angelaufen, er ist ganz außer Atem. »Ich habe alles besorgt. Und ich habe auch noch nachgedacht, ich könnte ein Gedicht schreiben.«

»Briefe und Gedichte, bitte nicht, das ist irgendwie zu persönlich, wir wissen doch viel zu wenig über diese Touristin. Wenn dann ein falsches Wort steht, dann zerstört das vielleicht den Abend.« Sie ärgert sich, ausgerechnet bei Mister Bride muss sie eine Idee ablehnen. Sie sieht schon, es ist gar nicht so einfach, die Anführerin einer Gruppe zu sein. Aber das Thema Brief hatten sie wirklich schon, das ist einfach nicht sinnvoll.

»Aber es kommt doch auf die Worte an, die in so einem Gedicht stehen. Das kann alles bewirken, einen Neuanfang, aber auch ein schnelles Ende.«

»Das mag schon stimmen, aber lassen wir es bitte. Ist das in Ordnung so?«

Mister Bride nickt, da kann man nichts machen, diese Frau kann sich halt nicht für Gedichte begeistern. Schade, denn er kann sich sehr für sie begeistern. Diese Signora Mistrella ist wirklich reizend, und was sie heute trägt! Einen dunkelgrünen Glockenrock und eine schwarze hochgeschlossene Bluse. Er verabschiedet sich und verlässt ihren Blumenladen.

Signora Vaccillano und Signora Trenetti stehen im Obstladen. Signora Vaccillano will die Zeit nützen, solange Angelo das Obst in eine Tüte gibt. Sie spürt die Anspannung, während sie Signora Trenetti die Frage stellt. »Du kochst doch so gerne. Ich muss ein Abendessen vorbereiten, darf ich dich mal was fragen?«

»Ja, klar, worum geht es denn?«

»Ich möchte ja dieses Herz-Abendessen kochen. Was fällt dir dazu ein?«

Angelo wird aufmerksam, was reden die da? Hilft sie etwa beim Abendessen, das ist zwar sehr nett, er will aber eigentlich nicht, dass das schon wieder das ganze Dorf weiß.

Signora Trenetti muss etwas sagen, das ist ihr klar, sonst fällt natürlich auf, dass sie auch so ein Abendessen kochen soll. »Tomaten bieten sich an. Die sind rot.«

Signora Vaccillano ist gelangweilt, das wäre ihr auch eingefallen, sie hätte mehr von ihr erwartet. »Die sind aber nicht herzförmig. Ach, lass mal, mir wird schon etwas einfallen. Danke. Angelo, ich komme ein anderes Mal, ich muss noch überlegen, was ich brauche. Tomaten sind mir zu wenig kreativ.« Sie schaut zu Signora Trenetti und wirft die Tür vom Laden zu.

Signora Trenetti atmet tief aus, das hätte jetzt echt schiefgehen können. Sie hört Angelo. »Wollt ihr jetzt gemeinsam das Abendessen kochen?«

»Was, nein, wieso? Ich habe ihr nur davon erzählt. Man braucht ja Anregungen und so. Das will sie jetzt sicher für ihren Mann kochen.« Zum Glück hat Angelo die Frage nicht vor Signora Vaccillano gestellt. Das ist ja noch einmal gut ausgegangen.

»Ahso. Was kann ich dir einpacken?«

»Fünf Tomaten bitte.«

Lucas wacht auf, er wälzt sich hin und her, so heftig, dass ein Polster vom Bett fällt. Er ist sehr aufgeregt. So sehr hofft er, dass sie seine Einladung zum Abendessen annimmt. Hoffentlich hat er auch genau ihren Stil erwischt und nicht schon wieder in ihren Augen etwas falsch gemacht. Wo ist bloß sein ruhiges Leben geblieben? Es war doch so gemütlich mit Isabella, und jetzt ist nur Chaos. Aber er ist auch stolz auf sich, diese Idee mit der Badewanne und der Flaschenpost war wirklich genial. Er steht auf und putzt die Zähne. Lucas gefällt die Idee mit der Flaschenpost so gut, dass er sich gleich mehrere für Samstag Abend holen möchte. Er steht vor dem Laden von Signora Vaccillano. Sie kommt angelaufen und sperrt auf. »Also dieser Angelo hat seinen Laden zu spät geöffnet, und deswegen mache ich jetzt meinen Laden zu spät auf. Es tut mir leid. Was kann ich tun?«

»Ich brauche noch Flaschen, drei davon wären super.« Für jedes Wort eine Flasche, ich liebe dich, das ist einfach die Wahrheit, mehr muss man nicht sagen.

Sie schaut ihn an, sie mustert ihn, also irgendwie ist der ja wie Angelo. Jetzt haben sie zwei Kerle dieser Art im Dorf. Naja, gut für ihr Geschäft. Sie holt die Flaschen und legt sie auf die Theke. Gut, dass sie im Keller eine ganze Kiste gefunden hat, die stand schon ewig da unten.

Er nimmt die Sachen und geht.

Signora Vaccillano überlegt, ob sie die Tür abschließen soll, sie kann heute keine Kunden mehr gebrauchen, sie muss sich ja auf das Abendessen konzentrieren. Sie geht zur Tür und nimmt den Schlüssel in die Hand, heute ist sie halt auch einmal unvernünftig.

Donatella steht vor der Kirche, zum Glück ist die Tür offen, sie muss also nicht klopfen. Pater Maestro sieht sie schon und ruft ihr erfreut ein »Hallo!« zu.

Donatella lächelt ihn an. »Du hast doch Pferde,

schöne Pferde. Kann ich eines ausborgen? Und hast du auch eine Kutsche?«

Er lacht lauf auf. »Eine Kutsche? Um Himmels Willen, wozu? So etwas habe ich nicht! Was willst du mit einem Pferd?«

Sie geht nicht auf diese Frage ein. »Du hast doch ein weißes Pferd. So eine Nummer mit dem Prinzen auf dem weißen Pferd wäre kaum mehr zu toppen. Verstehst du?«

»Ich verstehe, aber kannst du überhaupt mit Pferden umgehen?«

Donatella klopft ihm auf die Schulter. »Ich muss damit ja nicht umgehen können, du kannst es ja. Ich brauche das Pferd am Samstag, bitte geschmückt. Für die Liebe.«

»Wie kann ich da nein sagen.«

Donatella bedankt sich und geht.

Pater Maestro macht das Tor zu, jetzt dämmert es ihm. Er hilft Donatella! Dabei ist er doch extra in keine Gruppe gegangen, weil sich das als Pater einfach nicht gehört. Ach du Schreck, das darf niemand erfahren. Und Samstag, ausgerechnet am Samstag? Was soll er jetzt tun? Es verschweigen? Aber alle im Dorf wissen doch, dass das sein Pferd ist. Soll er das Pferd so schmücken, dass man es nicht erkennt, geht das überhaupt? Er muss behaupten, dass Donatella das Pferd aus seinem Stall gestohlen hat. Aber eigentlich geht das auch nicht. Mensch, in was hat er sich da jetzt hineingeritten. Nein, er wird nicht lügen, er wird einfach die Wahrheit sagen, dass er nicht wusste, wofür sie das Pferd braucht, sie hat es ja auch nicht erwähnt, er vermutet es ja nur. Ja, das ist gut! So jetzt ist ihm leichter.

Isabella steht vor ihrem Schrank, ein richtig hübsches Kleid hat sie nicht mitgenommen, sie konnte ja auch nicht ahnen, dass sie hier ein Date mit ihrem Ex haben würde. Sie überlegt, nein, dass alles hier im Schrank ist zwar nett, aber nicht so richtig wow. Aber hier in Fribello gibt es kein Bekleidungsgeschäft, zumindest hat sie keines gesehen. Sie muss Signora Cottinetti fragen, wo es den nächsten Laden gibt. Sie läuft zur Küche und macht die Tür auf. Ihre Vermieterin näht gerade eine Schürze. »Ich hätte so gerne ein schönes weißes Sommerkleid, wo gibt es hier in der Nähe einen Bekleidungsladen?«

Signora Cottinetti seufzt. »In der Nähe gibt es hier erstmal gar nichts, seit mein Mann und ich unseren Bekleidungsladen aufgegeben haben. In Camicello könntest du etwas finden, das ist die nächste größere Stadt hier, etwa dreißig Kilometer entfernt. Aber weißt du was, ich könnte dir auch ein Kleid nähen. Wann brauchst du es denn?«

Sie ist erstaunt. »Wirklich? Das wäre ja sehr nett. Bis Samstag Abend, also bis morgen.«

»Das krieg ich hin. Lass dich mal abmessen.«

Isabella ist verwundert, warum sie plötzlich so nett behandelt wird, das will sie lieber nicht hinterfragen.

»Ich habe sogar noch weißen Stoff im Keller, das müsste für deine dürre Gestalt reichen.«

Also doch nicht so nett, denkt sich Isabella.

»Kind, du musst mehr essen. Ich freue mich, dass ich endlich wieder einmal etwas nähen kann. Ich merke jetzt erst, dass mir das richtig gefehlt hat.« Sie schreibt die Maße auf einen Zettel.

Pater Maestro reißt die Tür zu Signora Mistrellas Laden auf. »Ich halte es nicht mehr aus, ich muss es jemandem erzählen. Donatella braucht das weiße Pferd, ich habe ihr zugesagt, dass sie es haben kann. Für Samstag Abend! Hörst du! Für Samstag Abend! Weißt du, was das bedeutet? Ich habe zugesagt, weil ich nicht wusste, wofür sie es braucht, aber natürlich ist klar, wofür sie es braucht.« Er setzt sich auf den Sessel, er hat das jetzt einfach nicht für sich behalten können.

Signora Mistrella tätschelt ihm die Hand. »Ach, das ist doch nicht so schlimm, so etwas kann doch passieren.«

»Naja, ich bin noch nicht fertig. Ich schmücke das Pferd auch. Das ist einfach so passiert. Sie hat mich gefragt, und du weißt doch wie Donatella ist, so fordernd, da traut man sich ja nicht nein sagen.«

»Ach, das ist sogar gut, dann kannst du auf beide Pferde ein I und ein A hängen.«

Pater Maestro steht auf. »Das geht doch nicht. Sie ist doch in der Gruppe A und L. Äh, I und L.«

»Genau deswegen, du schmückt ja auch ihr Pferd.«

»Aber das war ja nicht vorsätzlich, das ist mir einfach so passiert.«

Signora Mistrella nickt, ja, da hat er Recht, und einen Pfarrer kann man wohl nicht bitten, etwas Verbotenes zu tun. »Dann lass das mit den Buchstaben weg, aber dann schmücke unser Pferd halt bitte schöner. Jetzt gehört uns ja das zweite Pferd. Oder?«

»Jaja, ich habe verstanden, ein bisschen Strafe für meine Blödheit muss sein. Dann bis Samstag.«

Pater Maestro bleibt stehen »Die Pferde-Party von Donatella ist am Samstag. Ist uns das egal? Da haben wir ja auch unsere Aktion.«

»Ach, das ist nicht so tragisch, so haben wir wenigstens den direkten Vergleich, und du wirst sehen, wir sind besser!«

»Dann ist es ja gut!« Er winkt zum Abschied, irgendwie ist ihm das alles zu aufwendig.

Signora Mistrella bekommt das Gefühl, dass sie sich vielleicht doch noch etwas einfallen lassen muss. Sie könnte Blumengestecke machen, warum ist sie da nicht gleich draufgekommen, das wird eine traumhafte Kulisse. Sie schaut auf die Uhr, sie muss sofort damit beginnen, wenn sie nicht die ganze Nacht in ihrem Laden sitzen will. Sie nimmt die roten Rosen aus der Vase.

Signora Vaccillano steht vor der Tür von Signora Trenetti und klopft sehr ungeduldig. Als die Tür aufgeht kommt sie gleich ohne Begrüßung mit ihrem Anliegen. »Ich schaffe das nicht allein, du musst mir helfen. Dieses blöde Abendessen! Ich habe einfach keine Idee, was ich machen könnte. Alles in Herzform, so etwas Bescheuertes.«

Signora Trenetti ist für einen Moment ratlos, sie weiß nicht, ob sie ihr helfen soll, aber eigentlich überwiegt das Nein in ihr. »Es tut mir leid, ich habe leider keine Zeit. Du schaffst das schon.« Sie macht ganz schnell die Tür zu und lehnt sich dagegen. Oh mein Gott, wie konnte sie nur in so eine Situation geraten. Sie geht in die Küche. Sie setzt sich an den Tisch. Das ist so gar nicht ihre Art, jemand anderen hängen zu lassen. Sie hört das Telefon läuten, das ist sicher Signora Vaccillano, die sie zur Rede stellen will, sie hört sie förmlich durch die Leitung kriechen. Sie lehnt sich an den Stuhl. Sie kann das nicht, sie muss ihr helfen, das schlechte Gewissen würde sie sonst umbringen. Sie wird ihr ein Rezept vor die Tür legen. Das ist alles nur fürs Gewissen. Sie holt einen Zettel und einen Kugelschreiber aus der Lade. Was könnte sie ihr raten? Puh, gar nicht so leicht, sie denkt nach. Mozzarella mit Tomaten, da könnte sie mit dem Olivenöl ein Herz dazu malen, eine Erdbeerpizza in Herzform und zum Dessert ein Panna Cotta mit kleinen Zuckerherzen. Das könnte klappen, das könnte auch schmecken, das kriegt sie sicher hin. Sie überlegt, ob sie noch dazu schreiben soll, dass sie sie jederzeit anrufen kann. Nein, das hätte ja gar keinen Sinn. Das genügt, um das schlechte Gewissen zu bereinigen. Sie steht auf, holt ihren Mantel und geht zu Signora Vaccillano. Sie geht auf Zehenspitzen, sie will auf keinen Fall, dass sie mitbekommt, dass sie vor der Tür ist. Sie legt ganz langsam den Zettel auf die Matte, die übrigens auch mal geputzt gehört. Sie läutet an und läuft schnell davon. Sie bleibt an der nächsten Hausecke stehen, sie möchte sehen, ob der Wind den

Zettel nicht wegbläst. Sie sieht, wie Signora Vaccillano die Tür öffnet.

Signora Vaccillano schaut ins Leere, sie schaut nach recht und links. Niemand da. Signora Trenetti merkt, dass sie niesen muss, sie holt tief Luft, sie zerplatzt gleich. Signora Vaccillano schaut auf den Boden und sieht den Zettel liegen. Jetzt hört sie ein lautes Niesen. »Hallo, wer ist da?« Signora Trenetti läuft schnell davon, zum Glück hat sie Schuhe ohne Stöckel an. Signora Vaccillano schaut sich um, komisch, aber gut, sie muss sich jetzt auf das Essen konzentrieren. Da passt es ja wunderbar, dass auf diesem Zettel solche Ideen stehen. Sie liest sich das gespannt durch, perfekt, sie hat eine Herzbackform. Das war sicher Signora Trenetti, so kann sie sich vorm Kochen drücken. Sie macht die Tür zu und geht ins Haus. Die verhält sich echt komisch. Egal, sie hat jetzt hoffentlich ein leckeres Herzgericht.

Angelo steht in seiner Kücher, er hat eine Zitrone und eine Kerze in der Hand. Er überlegt, ob er für das Herz-Abendessen auch Kerzen nehmen soll. Zitronen und Kerzen auf dem Tisch, das wirkt irgendwie lebendiger. Ja, und Lebendigkeit würde Isabella ja auch gut tun, denn irgendwie wirkt sie sehr zurückhaltend. Immer noch. Vielleicht hat sie sich ja schon mit Lucas versöhnt. Stimmt, er hat von Lucas in den letzten Tagen gar nichts gehört. Von Isabella auch nicht, vielleicht haben sie Fribello schon längst verlassen. Oh nein, das kann nicht sein. Oder doch? Er bekommt Panik, er muss sofort zu Lucas gehen. Sein Blick fällt auf die Wanduhr, es ist Mitternacht. Egal, notfalls muss er Lucas aufwecken, sonst kann er nämlich die ganze Nacht nicht schlafen, wenn er Angst haben muss, dass sein ganzer Plan umsonst ist. Er springt auf und holt seine Schuhe. Er geht zu Lucas und läutet Sturm. Lucas ist noch wach, er beschriftet die Flaschenpost, er denkt sofort an Isabella, will sie also doch endlich mit ihm reden. Er geht zum Fenster und schaut hinunter. Angelo brüllt: »Mir ist vorhin aufgefallen, dass wir schon lange nicht mehr miteinander geredet haben. Habe ich dich auch nicht geweckt?«

»Das fällt dir um Mitternacht ein? Das ist nicht der wahre Grund, oder?«

Angelo will jetzt nicht auf der Straße antworten, damit das jeder hören kann. Der Vermieter von Lucas, der Schuhhändler Signor Costadella, öffnet schon das Fenster.

Er wird hektisch. »Kann ich raufkommen?«

Das kann Lucas jetzt gar nicht gebrauchen, aber das wird er wohl kaum verhindern können. »Ich mache dir die Tür auf.« Lucas fällt ein, dass er die Flaschen und Kerzen wegräumen muss, er schiebt alles hektisch unter das Bett. Angelo klopft an die Zimmertür. »Also, was gibt es zu besprechen?«

»Gar nichts, ich wollte nur wissen, wie es dir geht.«

»Ach, komm schon, kein normaler Mensch läutet um Mitternacht bei jemandem, nur um zu wissen, wie es dem anderen geht. Was willst du wissen?« Lucas ist gereizt.

»Ok, lass uns offen reden. Wir kämpfen um Isabella, du und ich. Ich werde nicht aufgeben, nur weil du die älteren Rechte hast.«

Lucas lacht laut auf. »Du kannst ja dein Glück versuchen, wenn du meinst, dass das unbedingt sein muss.«

Angelo ist erstaunt. »Wie jetzt? Du hast kein Problem damit?«

»Ganz ehrlich, nein, warum sollte ich. Isabella wird selber wissen, wen sie will. Bist es nicht du, kämpft ein anderer um sie. Ich werde auf jeden Fall um sie kämpfen.« Den letzten Satz sagt er mehr zu sich selbst als zu Angelo. Er bemerkt, wie groß seine Entschlossenheit ist.

Angelo bemerkt das auch, er ist verunsichert.

»Um mal ehrlich zu sein, irgendwie ist das ja auch alles lächerlich, oder? Ich war jahrelang mit dieser Frau zusammen. Was weißt du schon über sie?«

Nicht viel, das stimmt, aber muss man viel wissen, um jemanden zu lieben? Diesen Gedanken spricht Angelo lieber nicht laut aus, er hat eh schon schlechte Karten bei Lucas. Es entfährt ihm ein »Hm«.

Lucas ist genervt. »Also irgendwie checke ich das hier nicht in Fribello. Der eine hilft mir und will mir gleichzeitig die Frau ausspannen, der andere hilft mir und fährt meine Frau mit dem Boot herum. Was ist mit euch allen? Gibt es so wenige Frauen hier?«

»Wer fährt Boot mit Isabella?«

»Na, dieser Polizist!«

Angelo gerät völlig in Rage. »Das darf doch nicht wahr sein! Dieser Lisetto. Donatella, Isabella, was ist mit dem los? Wir gehen jetzt sofort zu ihm!«

Lucas ist das sehr recht, dass sich jemand anderer deswegen mit dem Polizisten streitet. Er holt seine Schuhe. Die Uhrzeit mag zwar nicht passend sein, aber das Verhalten von Lisetto auch nicht. Also egal. Total egal.

Isabella sitzt in der Küche, sie kämpft mit dem Schlaf. Sie kann ihre Vermieterin jetzt nicht allein lassen, immerhin näht sie ihr Kleid, und das schon seit Stunden. Isabella ist von ihrer Beharrlichkeit beeindruckt. Signora Cottinetti vernäht sich immer wieder, weil sie schon schlecht sieht. Der Stoff ist auch nicht wirklich geeignet, er ist viel zu dick.

Isabella wird ungeduldig, sie schaut auf die Uhr, irgendwie muss sie doch die Zeit sinnvoll nutzen. »Darf ich Sie was fragen? Sie haben mitbekommen, dass Angelo und Lucas ein gewisses Interesse an mir zeigen. Und irgendwie bringt mich das total durcheinander. Ich war jahrelang mit Lucas zusammen, aber wir haben uns einfach auseinandergelebt, und Angelo bemüht sich sehr, aber irgendwie springt mein Herz nicht an, obwohl er ja sehr gut aussieht und eben sehr romantisch ist, zugegeben oft zu romantisch. Dann ist da auch noch diese komische Sache, dass sie irgendwas gemeinsam aushecken. Das ist doch schon schräg.« Sie fragt eigentlich mehr sich selbst.

Signora Cottinetti legt die Nadel zur Seite. »Du junges Ding, was die Liebe angeht, das ist kompliziert. Man soll sich immer für den entscheiden, bei dem man das Gefühl hat, dass man es ein Leben lang mit ihm aushält. Die Liebe kommt und geht, man soll sich immer ein bisschen mögen, aber die Verpflichtungen fressen Gefühle einfach auf. So ist das eben. Also gemeinsame Vorstellungen vom Leben sind wichtig, aber natürlich muss man ihn auch ein bisschen gern haben.«

Das ist eine ernüchternde Ansage, die Isabella eigentlich nicht hören will, sie will Romantik und Herzklopfen, aber auch Sicherheit. Genau das ist das Problem, das ist offensichtlich ein Widerspruch. Angelo und Lucas haben ihr das deutlich gezeigt.

»Probiere lieber das Kleid an. Dann kann ich die letzten Stiche machen, und fertig ist das Ding. Du wirst schon noch herausfinden, für wen du dich so herausputzt.« Sie zwinkert ihr zu.

Isabella steht vor dem Spiegel und ist begeistert. Das Kleid ist richtig gut geworden, es zeigt etwas von ihrer Figur, liegt aber nicht so eng an, so dass sich alles abzeichnet. Isabella umarmt Signora Cottinetti.

Es ist endlich Samstag, der große Tag. Signora Vaccillano hat sich extra den Wecker auf fünf Uhr gestellt. Sie muss rechtzeitig mit dem Herz-Abendessen beginnen. Sie hat kaum geschlafen, die ganze Nacht hat sie immer wieder alle Zutaten wiederholt, ob sie auch nichts vergessen hat. Sie streckt sich und zieht ihre Hausschuhe an, dabei hört sie das Schnarchen ihres Mannes. Ehrlich, wie soll da Romantik aufkommen? Sie geht in die

Küche und nimmt den Zettel von Signora Trenetti in die Hand, das war sehr nett von ihr, dass sie ihr mit dem Rezept hilft, lieber wäre es ihr aber gewesen, wenn sie gleich das Essen für sie gekocht hätte. Sie holt die Zutaten aus dem Kühlschrank.

Pater Maestro steht im Stall, es ist noch dunkel, er bürstet die Pferde und bindet ihnen Zöpfchen. Bis spät in die Nacht hat er noch ein paar Schleifen aus Geschenkbändern gebunden. Obwohl er weiß, dass das alles verrückt ist, gibt er zu, dass ihm das sogar richtig Spaß gemacht hat. Das Pferd schüttelt sich. Pater Maestro hat seine Schwierigkeiten, die Schleife ins Haar zu flechten. Gar nicht so einfach. Er tut sich das alles an, weil er hofft, dass es bald eine Hochzeit gibt. Er liebt es, wenn er das Paar vor sich stehen hat, mit glitzernden Augen, mit einer leichten Unsicherheit, aber einer großen Freude. Er bemerkt oft eine Mischung aus „Ja, ich will" oder „Kann ich vielleicht doch noch mal überlegen?". Er liebt Hochzeiten, die Kirche ist voll, alle Menschen sind schön angezogen, und es liegt ein Hauch von Romantik in der Luft. Das Pferd stupst ihn an, er hat zu sehr an der Mähne gezogen. Er murmelt eine Entschuldigung in sich hinein und schmunzelt. Diese Jugend, veranstaltet doch glatt einen Abend für mehrere Liebende! Hoffentlich geht das alles gut aus.

Signora Trenetti wälzt sich im Bett hin und her, sie hat von einem fliegenden Sellerie geträumt, den sie nicht einfangen kann. Die Nummer ist ihr zu groß, das ist eindeutig, da braucht sie keinen, wie nennt man die, Traumdeuter. Was hat sie sich bloß dabei gedacht? Nichts, das ist es ja. Es wird auffliegen, weil Angelo ausgerechnet heute Abend sein Herz-Abendessen am Strand machen muss. Und sie ist auch noch in der Gruppe mit Signora Vaccillano. Was heißt also auffliegen, es ist klar, dass das rauskommt. Sie steht auf, sie kann sowieso nicht schlafen, sie beginnt lieber zu kochen. Ihr herzförmiges Essen muss besonders schön sein und natürlich auch gut schmecken, was heißt gut, es muss besser schmecken als das von Signora Vaccillano. Wenn sie schon untergeht, dann bitte mit viel Lob für ihr Essen. Ach, sie könnte heulen.

Mister Bride sitzt an seinem Schreibtisch, um ihn herum liegen lauter zusammengeknüllte weiße Zetteln. Er ist, ja, so kann man es formulieren, verzweifelt, weil er es nicht schafft, ein brauchbares Gedicht auf diesen Zettel zu schreiben. Immer wieder steht er auf und geht durchs Zimmer. Er geht auf und ab und versucht die Wörter einzufangen, die in der Luft hängen, wie ein Wort, das einem auf der Zunge liegt, aber doch nicht einfallen mag. Er beißt sich in die Faust. Er hat eine Mordswut auf sich. Warum maßt er sich das jetzt an, dass er das Gedicht trotzdem schreibt, obwohl Signora Mistrella es gar nicht will. Aber er ist doch Schriftsteller, er muss da schon etwas beitragen, mehr als Delphine kaufen. Wie soll er da seinen großen Roman schreiben, wenn er zu blöd ist, Gefühle in Worte zu fassen. Vielleicht hat er einfach keine Emotionen mehr in sich, seit seiner Scheidung ist er innerlich wie ausgebrannt, wie soll man sich da inspirieren? Es nützt nichts, er hat keine Zeit für Monologe und Fragestellungen dieser Art, dieses Gedicht muss fertig werden, komme, was wolle. Er setzt sich wieder hin und starrt das Blatt an. Er wird das schaffen. Er muss das schaffen.

Angelo und Lucas sitzen noch immer bei Signor Lisetto im Wohnzimmer. Es ist der fünfte Grappa und die zweite Flasche Rotwein. Signor Lisetto hat sie überzeugen können, dass das mit der Bootsfahrt mehr eine Gefälligkeit als ein Umwerben war. Er konnte es gerade so formulieren, dass es nicht als Beleidigung für Isabella aufzufassen ist. Er weiß auch, dass es eine glatte Lüge ist. Diese Touristin gefällt ihm nämlich richtig gut. Aber soll er sich so viel Mühe machen, etwa streiten und einen guten Freund für eine Touristin verlieren? Der Aufwand lohnt sich einfach nicht. Diese Erkenntnis versucht er auch Angelo und Lucas näherzubringen. Betrunken referiert er über die Sinnlosigkeit der Liebe. Lucas und Angelo, nicht minder betrunken, finden, dass so manche typische Lisetto-Theorie plausibel klingt. Zwei Grappa später sind sich die beiden Herren sogar einig, dass sie das Umwerben von Isabella lieber beenden sollten.

Lucas umarmt Angelo. »Mit dir kann ich normal reden, da muss ich nicht diskutieren. Mit Frauen ist es immer so kompliziert. Lassen wir das, wir haben uns.«

Angelo nickt. »Ich bin auch schon ziemlich erledigt, und nie weiß man woran man ist. Lassen wir es besser. Auf uns Männer! Lisetto gib uns noch einen Grappa. Du hast das mit der Liebe durchschaut. Total unnötig, das Ganze.«

Angelo und Lucas nicken sich zu. Signor Lisetto schenkt ihnen nach.

Seine schönsten Zitronenbäume hat Signor Costadella geholt. Der Duft von seiner Allee liegt ihm noch immer in der Nase. Diese Bäumchen sind ganz schön schwer, und wenn er nur daran denkt, dass er jedes einzelne zum Strand tragen muss, ist er jetzt schon erledigt. Aber gut, er hat es versprochen, und es stimmt ja auch, es wird wunderschön aussehen. Viel romantischer geht es gar nicht mehr. Die Sterne, die Zitronen, das Meer, der salzige Geruch vermischt mit Zitronenduft, es ist das schönste Umfeld, das man jemandem schaffen kann. Er hebt einen Baum auf, dabei spürt er sein Kreuz, eine Zitrone hängt ihm direkt vor der Nase, die Blätter verdecken sein Gesicht. Er wird das schon schaffen, zwölf Bäume zum Strand zu tragen.

Signora Mistrella hat den ganzen Laden voll mit Blumengestecken, das war ordentlich viel Arbeit, sie hat fast die ganze Nacht daran gearbeitet. Sie hat Gestecke in allen Farben arrangiert. Sie nimmt eines in die Hand, schön ist es geworden. Sie ist zufrieden mit sich und eigentlich ziemlich erledigt, aber neben ihr liegt noch ein Haufen Blumen. Das artet richtig in Arbeit aus, sie wird es wohl nicht mehr schaffen, sich eine Stunde hinzulegen. Schließlich muss sie die ganzen Gestecke ja auch noch zum Strand tragen. Sie nimmt eine gelbe Rose und ein weißes Band und beginnt zu flechten. Hoffentlich findet Mister Bride auch Gefallen an ihren Gestecken, es tut ihr wirklich leid, dass sie die Idee mit dem Gedicht ausgeschlagen hat. Zu gern hätte sie es gehört.

Dottore Fracallo startet den Rasenmäher, den hat er schon wirklich lange nicht mehr verwendet. Er fährt aus der Scheune und streift dabei das Holztor, er hat zu fest aufs Gaspedal gedrückt. Er wird sich das später ansehen, er muss zum Strand. Er greift in seine Jackentasche und kontrolliert, ob er den Plan dabei hat. In

Gedanken geht er noch einmal die Buchstaben durch, I und L muss er in den Rasen mähen, das wird sich schon irgendwie machen lassen. Platz genug ist ja auf der Wiese vor dem Strand. Das wird eine ziemliche Arbeit. Er fährt mit dem Traktor durch den Ort. Er stellt den Rasenmäher ab und breitet den Plan aus, er hat sogar die Rosensträucher darin eingezeichnet, um sich ausrechnen zu können, wie groß die Buchstaben sein können. Und jetzt, wo er davorsteht, wird ihm klar, dass das eigentlich ziemlich unsinnig war, weil er eine Hecke vergessen hat. Die war vorher nicht da, die war ganz sicher nicht da. Wer hat die dahin gepflanzt? Er als Präsident des Verschönerungsvereins muss wissen, dass es eine neue Hecke gibt. Er muss den linken Rosenstrauch wegreißen, sonst passt das nie im Leben mit dem I. Wenn das mal nicht Signora Cattolona erfährt, die ist ja Rosenbeauftrage im Verschönerungsverein, aber die wird es schnell erfahren, wenn er den Rosenstrauch nicht wieder einsetzt und zwar so, dass er ziemlich genau an dieser Stelle ist. Die hat nämlich sicher einen Plan davon. Wie blöd kann man sein, um auf so eine Idee zu kommen, die Buchstaben in den Rasen zu mähen. Es nützt nichts, er muss da jetzt durch, als Präsident des Verschönerungsvereins hat er immerhin einen Ruf zu verlieren. Er zieht seine Handschuhe an, er zieht sie soweit wie möglich nach oben, die Rosen werden ihn sicher stechen, so schön die Blume der Liebe auch ist, sie sticht immer. Er nimmt die Schaufel und fängt an zu graben. Erde kann ganz schön schwer sein, und dreckig ist sie auch. Er wirft die Schaufel auf die Wiese, das ist wirklich nichts für ihn, das dauert ihm zu lang. Er reißt am Rosenstrauch an, er zieht und zieht, er stemmt sich mit einem Bein dagegen, aber es bewegt sich nichts. Ihm steht der Schweiß auf der Stirn und ein Stachel bohrt sich durch seinen Handschuh. Er tritt und zieht gegen den Rosenstrauch, sind ja alle irre, die sich freiwillig mit diesen Blumen beschäftigen. Er hört eine Stimme von hinten und dreht sich um, das wird doch nicht …? Doch, das ist sie. Ausgerechnet Signora Cattolona steht mit verschränkten Armen da. »Bist du endlich bereit fürs Irrenhaus? Was machst du da mit meinen Rosen?«

Er lässt den Strauch los. »Was heißt deine Rosen? Die gehören dem Ort, die wurden gespendet. Und ich bin der Präsident, ich kann machen damit, was ich will. Basta.«

»Man bekommt in Fribello wirklich viel geboten, das muss man schon sagen.« Signora Cattolona geht zum Rosenstrauch. Dottore Fracallo zieht unterbewusst seinen Bauch ein, um nur nicht von dieser hysterischen Kuh gestreift zu werden. Sie ignoriert ihn sowieso, sie geht um den Strauch herum. »Hast du einen kompletten Vogel? Schau dir das an!« Sie nimmt einen Rosenkopf in die Hand, fast alle Blätter liegen auf dem Boden.

Er zeigt mit dem Finger auf sie. »Die hast du jetzt abgerissen!«

Sie brüllt: »Da braucht man nichts mehr abreißen, das fällt von alleine ab! Tickst du noch richtig?«

»Du wiederholst dich.« Er hebt die Schaufel auf, am liebsten würde er ihr damit eine überziehen. So kennt er sich gar nicht.

»Kannst du mir das erklären? Wenn es überhaupt eine Erklärung dafür gibt.«

Natürlich kann er es nicht erklären. Verlegen versucht er, den Strauch wieder geradezubiegen, er drückt in eine Richtung, und in seiner Panik streichelt er ihn sogar ein bisschen, denn wer will denn schon als Rosenmörder gelten. »Naja, ich muss doch das I in die Wiese mähen und das L auch noch, das soll ja diese Isabella und diesen Touristen zusammenbringen. Ich kaufe einen neuen Rosenstrauch, einen größeren und schöneren.« Er streckt sich dabei.

Signora Cattolona antwortet ihm nicht und geht zu seinem Rasenmäher.

Er brüllt hinüber. »Was hast du jetzt vor? Willst du mich über den Haufen fahren? Es sind doch nur Rosen!«

»Das wäre zu viel Arbeit. Bei dieser Körpermasse!«

»Was für eine Frechheit! Du bist auch nicht gerade dünn!«

Signora Cattolona fährt ganz ruhig mit dem Rasenhäher einen geraden Strich durch die Wiese. »Bitte sehr, dein I. Das ist überhaupt keine Herausforderung.«

Er glaubt es nicht, die fährt da jetzt ein I in die Wiese. »Kannst du das bitte lassen? Du zerstörst den Rasen.«

Sie fährt in die Kurve und beginnt mit dem A. »Ist schon passiert! Oder was willst du machen, noch mehr ruinieren.« Sie fährt zum zerstörten Rosenstrauch und zieht eine Linie hinunter, dann eine zweite Linie und dann macht sie noch einen Strich in der Mitte. Dottore Fracallo liest den Buchstaben, das ist ein A! Da steht ein A! »Du weißt doch überhaupt nicht, wozu das gut ist, was treibst du da?«

Sie lacht. »Du hast es mir doch gerade erzählt!«

Er ist außer sich. »Aber das sind die falschen Buchstaben! Da gehört ein L hin.« Diesen Buchstaben betont er und spricht in ganz langsam aus.

»Du checkst aber auch gar nichts! Ich bin von der anderen Gruppe! Ich hatte diese Idee auch, aber sicher schon vor dir! Hier kannst du den Rasenmäher wieder haben. Vielleicht findest du jetzt noch einen Platz für deine Buchstaben.«

Er geht zu seinem Rasenmäher und schaut in die Wiese. Zum Glück ist noch genug Platz, so gemein ist sie also doch nicht. Er beginnt mit dem I, er fährt einen Strich ins Gras. Am Ende merkt er, dass es ganz schief ist. Was für ein Mist.

»Vielleicht gibt es im Krippenbauverein noch einen Platz für dich!« Sie lacht.

Dottore Fracallo bekommt keine Luft mehr, er ist sich nicht sicher, ob er einen Herzanfall hat. Er greift sich auf die Brust und holt tief Luft. Was tut er sich da an, er braucht dringend eine Pause. Wie soll er das mit dem L bloß schaffen, das muss er jetzt auch so zackig machen, dann kann man es wenigstens als Kunst verkaufen, als Blumenkunst.

Isabella streckt sich, sie hat richtig tief geschlafen. Das wundert sie, sie hat damit gerechnet, dass sie die ganze Nacht wach sein würde. Heute ist schließlich der große Samstagabend. Sie weiß nicht, was sie erwartet, aber sie wird Lucas eine Chance geben, eher noch als Angelo. Angelo? Ach du meine Güte! Da war doch was! Ein Abendessen, nur wann ist das? Das hat sie komplett vergessen, nachdem sie die Einladung von Lucas bekommen hat. Sie geht zum Papierkorb und wühlt darin, sie hat den Müll nicht rausgetragen, die Einladung von Angelo muss also noch da drinnen sein. Isabella zieht einen Zettel heraus, sie muss zweimal hinsehen, da steht doch tatsächlich Samstagabend, wenn die Sonne untergeht. Solche Zeitangaben können auch nur Angelo einfallen. Machen die schon wieder gemeinsame Sache, so wie bei dieser bescheuerten Motorboot-Aktion? Sie muss schmunzeln, es war ja irgendwie auch wieder richtig komisch. So etwa passiert einem wohl nur einmal im Leben. Na, das kann heute Abend ja was werden, sie steht also beiden Kerlen gegenüber. Sie macht die Schranktür auf und nimmt das weiße Kleid heraus, es ist wirklich schön geworden, es sitzt wie angegossen.

Mister Bride sitzt in einem Meer aus Zetteln, seine Haare sind total zerrauft, das Kreuz ist ganz steif vom Sitzen, aber er hat es geschafft, er hat ein Gedicht geschrieben. Das ist sogar richtig schön geworden. Es ist nicht sonderlich lang, aber es bringt die Sache mit der Liebe so ziemlich auf den Punkt. Er hält den Zettel in der Hand, er muss ihn schon ein bisschen weiter weghalten, um ihn lesen zu können. Er liest das Gedicht langsam und laut vor. Ja, das klingt ganz nach ihm. Er wird dieses Schmuckstück heute Abend auf jeden Fall einbauen. Dramaturgie hin oder her.

Pater Maestro füllt die Tränken seiner Pferde auf, sie schnauben und schütteln die Köpfe. Er genießt die Zeit im Stall sehr. Er liebt die Anmut und Eleganz dieser Tiere, sogar mit Geschenkbändern im Haar. Wirklich gut gelungen ist ihm das ja nicht, aber was soll er tun, für mehr reicht sein Talent eben nicht. Er hat jetzt für beide Gruppen gearbeitet, eine Aktion, die ihm tatsächlich passiert ist. Das hat er wirklich nicht gewollt, wenigstens hilft er jetzt allen, das ist ja auch wieder wunderbar. Eigentlich ist das sogar grandios. Trotzdem muss irgendwer die Pferde nehmen, niemand darf wissen, dass er für beide Gruppen arbeitet.

Signora Trenetti steht in der Küche, sie ist gut im Zeitplan. Kochen für andere hat sie schon immer glücklich gemacht. Und es gefällt ihr, dass ihr Mann immer wieder den Kopf in die Küche steckt, weil es so gut riecht. Er ist neugierig, und diese Aufmerksamkeit gefällt ihr. Sie freut sich, dass sie für ihn eine Überraschung hat, sie wird ihm dieses Essen heute Abend servieren, sie kocht einfach mehr. Sie wird es auf den Esstisch stellen, ihn rufen und gehen, sie muss ja am Abend am Strand sein.

Schade, dass sie es nicht gemeinsam essen können. Sie haben schon lange nichts mehr gemeinsam gemacht, sie würde gerne ihre Gefühle aufleben lassen, aber zu diesem Wunsch mischt sich auch die Angst, dass er das so gar nicht mehr will. Sie lehnt sich an den Herd und wischt ihre Hände in die Schürze, eine scheußliche Schürze, rosa Herzen mit grünen Blättern, ein Geschenk von ihrem Mann zu Weihnachten. Ob die Herzen wohl bewusst ein Zeichen der Liebe waren oder ob das die einzige Schürze war, die man bei Signora Vaccillano kaufen konnte? Was die wohl gerade treibt, die schafft das sicher nicht allein mit dem Herz-Abendessen. Sie riecht etwas Angebranntes, sie dreht sich um und reißt den Kochtopf von der Herdplatte. Na klar, dieses Risotto, das lässt einem keine Zeit für Gedanken. Sie muss sich jetzt konzentrieren, beim Kochen geht es um ihren Ruf im Dorf, aber der ist vermutlich eh schon dahin, wenn die wahre Geschichte am Tisch liegt.

Signor Costadella holt seinen Holzwagen aus der Scheune, auf diese Idee hätte er schon früher kommen können, aber er schleppt zuerst Zitronenbäume durch das Dorf, bevor er nachdenkt. Er hebt ein Bäumchen hoch und stellt es auf den Holzwagen, er liebt dieses Gelb, das er vor der Nase hat, das immer Sorglosigkeit ausstrahlt. Nur heute ist ihm die ganze Sache mit den Zitronen eindeutig zu schwer und zu hektisch.

Donatella sitzt in ihrer Kräuterküche in der Apotheke, die Sonne strahlt herein, sie mischt einen Tee mit Liebeskräutern zusammen. Für Angelo, damit der endlich kapiert, was er an ihr hat. Ja, sie liebt ihn. Ja, sie hat es ihm nicht gezeigt, sie ist einfach nicht der Typ dafür. Sie schaufelt noch ein paar Kräuter in das Glas. Am besten trinkt sie den Tee gleich mit, dann handelt sie vielleicht auch ein bisschen liebevoller. Sie weiß, dass das nicht gerade ihre Stärke ist, sie spielt eben immer die Starke. Wenn diese Touristin endlich weg ist und Angelo sie vergessen hat, dann werden sie sich wieder zusammenraufen. Davon ist sie überzeugt.

Signora Vaccillano steht in der Küche und flucht. Einen Pizzateig in Herzform zu bringen, ist keine leichte Aufgabe. Ihr Pizzaherz sieht so aus, als hätte es schon ganz viel mitgemacht, so unförmig ist es. Sie knetet den Teig wieder zu einem Knödel und rollt ihn aus, sie zieht noch einmal die Teigenden weg und formt ein Herz, aber es will nicht gelingen. Sie wirft den Teig auf das Brett und ruft ihren Ehemann, der ist Tischler, der wird das schaffen, ist ja ein kreatives Handwerk. Er kommt in die Küche, er bemerkt die schlechte Stimmung, er fragt lieber nicht nach. »Was brauchst du?«

»Kannst du mir bitte ein Herz formen?«

Er schaut den Teig an und fährt die Züge des Herzens im Kopf nach. »Du meinst bestimmt das Herz für die Liebe und nicht das.« Er greift auf seine Brust.

Sie unterbricht ihn. »Geh bitte.«

Er nimmt den Teig und knetet ihn. Sie beobachtet seine großen kräftigen Hände, wie sie mit viel Druck durch den Teig fahren. Er rollt ihn aus und holt ein Messer, damit er das Herz ausschneiden kann. Er geht zum Messerblock und sieht eine Herzform aus Blech auf der Ablage liegen. »Warum nimmst du nicht die?«

»Ich dachte, ich kann sie verwenden, aber die ist irgendwie zu klein, finde ich.«

»Aber dann mach doch ein Doppelherz draus. Sind ja meistens zwei Herzen daran beteiligt, wenn es für die Liebe ist. Wofür brauchst du das überhaupt?«

»Das erzähle ich dir später.«

Er geht zu ihr hin und drückt ihr einen Kuss auf die Stirn. »Mit der Backform schaffst du das jetzt aber auch allein.«

Sie holt sie und legt den Teig hinein. Dann sind es halt zwei Pizza-Herzen.

Signor Fratello geht in seinem kleinen Büro auf und ab, er kann es nicht lassen, es gefällt ihm nicht, dass sich zwei Gruppen bilden. Das fällt sicher auf ihn zurück, als Bürgermeister sollte er doch Ordnung in seinem Dorf haben. Er hätte das verhindern sollen, aber was macht er? Er ist sogar noch in der Gruppe Pro Angelo.

Naja zumindest kann er dann argumentieren, dass er unbedingt wollte, dass diese Touristin in Fribello bleibt. Das klingt eigentlich ganz plausibel für jeden Außenstehenden, der dieses Dorf und seine Bewohner nicht kennt. Aber was planen die eigentlich? Bis jetzt hat sich niemand bei ihm gemeldet, und das soll ja heute Abend über die Bühne gehen. Haben die ihn etwa vergessen? Nein, sicher nicht, er ist der Bürgermeister, den übergeht man doch nicht. Er muss sich informieren, aber wie findet er das raus, er will ja nicht, dass jemand weiß, dass man ihn vergessen hat. Das wäre ihm wahnsinnig peinlich. Wohin kann er gehen? Zu Pater Maestro, der hat eine Schweigepflicht, oder etwa nicht. Na sicher doch, wenn er es ihm im Beichtstuhl erzählt, dann darf er auf keinen Fall was weitersagen. Er nimmt seinen Hut und läuft zur Kirche. Pater Maestro ist nicht da, na bravo. Er setzt sich auf die Kirchenbank, er wird auf ihn warten.

Pater Maestro steht bei Signora Mistrella im Blumenladen, er ist sehr angetan von den Blumengestecken. Man bemerkt sofort ihren Sinn für Poesie. Trotzdem kauft er selten Blumen bei ihr, obwohl seine Kirche geschmückt sehr schön aussieht. Er hat ein schlechtes Gewissen, dass er Signora Mistrella nicht unterstützt, obwohl sie regelmäßig zu ihm in den Gottesdienst kommt. Auf der anderen Seite, würde er von allen etwas kaufen, die zu ihm in die Kirche kommen, müsste er einen Kleinkredit aufnehmen und vermutlich auch einen Lagerraum anschaffen. Signora Mistrella zieht an einer Schleife am Blumengesteck. Sie schaut es an, sie ist zufrieden. Zuerst war sie nicht sicher, ob das Rosa nicht zu sehr dominiert, aber sie hat eine Schwäche dafür. Sie bemerkt erst jetzt, dass Pater Maestro im Laden steht, wie peinlich. Er spürt ihre Unsicherheit und schlüpft sofort in die väterliche Rolle. »Signora Mistrella, ist alles in Ordnung?« Er ist ganz froh, dass er den eigentlichen Grund für sein Kommen hinauszögern kann.

»Ach, Pater. Nichts ist los! Das ist es gerade. Keiner kauft hier ein und jetzt bin ich das schon so gewöhnt, dass ich gar nicht mehr reagiere, wenn jemand den Laden betritt. Ich liefere ja nur mehr Blumen für den Verschönerungsverein aus.«

Jetzt hat er erst recht ein schlechtes Gewissen. »Weißt du was! Ich kaufe dir welche ab! Gib mir fünf Gestecke. Die kann ich für die Kirche gut gebrauchen.«

»Ach was, ich will keine Almosen, obwohl ich ja ehrlich sagen muss, dass Blumen die Kirche sehr schmücken würden.«

»Dann bist du ab jetzt die Blumenbeauftragte in der Kirche, eigentlich schon längst überfällig.« Er weiß zwar nicht, was ihn dieser Spaß jetzt kosten wird, aber vielleicht verzeiht sie ihm so, dass er einen Blödsinn gemacht hat. Unabsichtlich natürlich, aber es ist ein Blödsinn. Daran kann man nicht rütteln.

»Ich freue mich so sehr! Danke, dass du mich ausgewählt hast! Jetzt bin ich die offizielle Blumenbeauftragte der Ortskirche, ach, wie das schon klingt. Ich werde mir sofort ein Schild gestalten und es mit dieser Aufschrift in die Auslage stellen. Hast du Vorlieben?

Welche Blumen, welche Farbe?«

So genau will er sich eigentlich nicht damit beschäftigen, abgesehen davon will er ja etwas ganz anderes loswerden. »Du bist die Expertin! Es wäre vermessen, mich da einzumischen.«

»Du wirst die schönsten Blumen bekommen, verlass dich drauf! Warum bist du eigentlich hier? Deswegen?«

Er ist nervös, er dreht seine Kappe in der Hand. »Ja, deswegen. Nein eigentlich nicht. Ich schaffe das nicht mit den zwei Pferden. Das ist doch Betrug. Wenn das rauskommt, dann kommen die Leute nie wieder zu mir. Da geht es um mehr als ein liebeskrankes Nicht-Paar. Irgendwer muss die Pferde an den Strand bringen.«

Signora Mistrella geht zu ihm und nimmt ihm sanft die Kappe aus der Hand, die er mit beiden Händen ganz fest zusammenrollt. Das schöne Stück soll ja nicht kaputt gehen. »Bring einfach beide Pferde mit. Wir finden schon eine Lösung.«

Er bekommt Schnappatmung. »Was für eine Lösung soll das bitte sein? Nein, das geht nicht.« Signora Mistrella nimmt seine Hände, die bereits sehr auffällig zittern.

Da stolpert Mister Bride in den Laden, er hat die Schwelle nicht gesehen. Er sieht Signora Mistrella und Pater Maestro Händchen halten. Das kann er jetzt echt nicht glauben, am liebsten würde er sofort umdrehen, aber Signora Mistrella ruft: »Ich weiß es! Mister Bride nimmt die Pferde!«

Mister Bride winkt sofort ab. »Ich und Pferde, das muss ein Irrtum sein. Ich bin ein ausgewiesener Nicht-Pferdekenner.«

Pater Maestro bremst ebenfalls. »Was ist, wenn er das Pferd verliert? Er sagt ja selbst, dass er keine Ahnung von Pferden hat.«

»Was für ein Pferd? Es ging doch um Plastikdelfine.«

Signora Mistrella lässt sich nicht bremsen. »Also, Mister Bride nimmt die Pferde, und wenn jemand fragt, dann werden wir einfach sagen, Mister Bride hatte die Idee und hat sich die Pferde von Pater Maestro geliehen. Da er keine Ahnung von diesen Tieren hat, hilfst du ihm jetzt dabei. Das ist die Lösung!«

»Das ist auch Betrug!«, hält Pater Maestro noch einmal fest.

»Ja, aber es ist mein Betrug!«

»Ich möchte noch einmal darauf hinweisen, dass ich weder pferdetauglich, noch betrugstauglich bin. Ich zahle immer meine Steuern und auch die Parkscheine.«

Sie will Mister Bride beruhigen. »Es ist doch mein Betrug. Es ist nur für einen Abend. Bitte tun Sie mir den Gefallen.« Sie bemerkt, dass sie ein wenig zu bestimmt im Tonfall ist.

Das genau gefällt Mister Bride aber, das ist ihm vorher gar nicht aufgefallen. Bis jetzt wirkte sie eigentlich immer sehr zurückhaltend, fast schüchtern, einfach nett. »Zuerst Delfine, jetzt Pferde. Ich nehme, was kommt. Aber irgendwie ist das schon alles ein bisschen verrückt hier.«

Signora Mistrella beginnt zu weinen, ihr rinnen die Tränen die Wangen hinunter. Sie ist erschöpft, sie hält diesen Druck nicht aus. Sie will ja selbst nichts Hinterhältiges tun, und jetzt hat sie zwei Männer dazu überredet, aber es gibt kein Zurück mehr. Sie schluchzt, die Nase rinnt, sie muss sich auf den Sessel setzen. Pater Maestro räumt die Blumen weg, denn Rosen im Hintern sind nicht gut. Er ist total überfordert mit der Situation, soll er ihr jetzt den Rücken streicheln, oder soll er sie gar in den Arm nehmen. Er steht neben ihr und schaut sie mitleidig an. »Bitte nicht weinen. Möchtest du zu mir in den Beichtstuhl?«

Sie schüttelt weinend den Kopf. Mister Bride steht auch neben ihr und ist ziemlich ratlos. Das ist jetzt echt nicht sein Fachgebiet. Er schaut hilfesuchend zu Pater Maestro, der müsste das mit dem Trösten doch können. Signora Mistrella schluchzt immer lauter. Mister Bride nimmt sein Stofftaschentuch aus dem Sakko und gibt es ihr. Immerhin dafür reicht es bei ihm mit dem Einfühlungsvermögen. Sie rotzt mit einem lauten Ton hinein. Er zuckt zusammen, das war gerade eben noch fein säuberlich gebügelt und vor allem sauber. Ein Erbstück seines Großvaters.

Sie hält es jetzt nicht aus, zwei Männer da herumstehen zu haben, die mit der Situation einfach nur überfordert sind. »Bitte geht jetzt! Ihr wisst ja, was ihr zu tun habt.«

Mister Bride zögert. Er hat sie in diese Lage gebracht, und eigentlich will er ja auch sein Stofftaschentuch zurück. »Das wollte ich wirklich nicht. Ich wollte Sie nicht beleidigen.«

Sie holt tief Luft und schluchzt ganz laut. »Nein, das stimmt schon, ich bin ja abscheulich.«

Mister Bride versucht sie zu beruhigen. »Soweit würde ich jetzt nicht gehen.«

Pater Maestro dreht sich zu ihm und flüstert ihm ins Ohr, dass sie jetzt besser gehen sollten.

Mister Bride und Pater Maestro gehen zur Tür. Pater Maestro dreht sich noch einmal um. »Du kannst jederzeit zu mir in die Kirche kommen. Und wegen der Pferde haben wir ja jetzt eine Lösung.«

Mister Bride würde die Sache mit seinem Stofftaschentuch gerne klären, aber er will sie jetzt nicht noch mehr aufregen. Sie wird es ihm schon wieder zurückgeben, hoffentlich gewaschen.

Signora Mistrella ist froh, allein zu sein. Diese Situation kann ja kein Mensch ertragen. Das sind mal zwei Männer da, wenn sie einen Nervenzusammenbruch hat, und sind unfähig, sie zu trösten. Sie putzt sich die Nase und nimmt ein Gesteck in die Hand. Es nützt ja nichts, sie muss das jetzt fertig machen.

Angelo reißt die Tür auf. »Ich brauche rote Rosen. Alle, die du da herumstehen hast. Jede einzelne.« Er bemerkt gar nicht, dass sie total verweinte Augen und eine knallrote Nase hat.

»Ich habe keine roten Rosen mehr, ich habe alle für die Gestecke verwendet. Gelbe Rosen habe ich noch. Aber wenn ich so nachdenke, das ist die Farbe der Zitronen. Das passt doch eh gut zu dir.«

»Es soll ja zu ihr passen. Nicht zu mir. Ich brauche rote Rosen. Es geht hier um Liebe. Wie kann das bitte passieren, dass ein Blumenladen so einen Klassiker nicht vorrätig hat.«

Sie beginnt wieder zu weinen, jetzt ist es ganz aus mit ihr. Sie setzt sich auf den Sessel, zitternd nimmt sie das zerknüllte Stofftaschentuch und schneuzt sich noch einmal. Angelo ist total verunsichert, das ist jetzt eine wirklich heftige Reaktion von ihr. Kritik wird man doch wohl aushalten können. Wie soll er sie jetzt trösten? Er kniet sich zu ihr hin und nimmt ihre Hände. »So schlimm ist das jetzt auch wieder nicht.«

»Du hast ja keine Ahnung, wie schlimm.«

Er streicht ihr über den Kopf. Er will jetzt keine Lebensgeschichte hören, er will bloß Rosen. Er tätschelt ihr den Kopf, während er beobachtet, dass Donatella an der Auslage vorbeigeht. Hoffentlich sieht sie das jetzt nicht. Natürlich schaut sie genau jetzt in ihre Richtung. Das kann er so gar nicht gebrauchen. Er streichelt nervös auf dem Kopf von Signora Mistrella hin und her. Die hört auf zu weinen, weil diese Situation einfach zu schräg ist. Eigentlich findet sie es sehr lieb von ihm, sehr lieb sogar, aber irgendwie auch komisch. Sie grinst. Na bitte, Auftrag erledigt, denkt sich Angelo. Er nützt die Gelegenheit, um davonzukommen. »Gibst du mir die gelben Rosen?«

Sie springt auf. »Ja, natürlich!« Sie läuft durch den Laden und nimmt die Blumen aus den Vasen. Sie wickelt ihm fünfundzwanzig Rosen in ein Papier und drückt sie ihm in die Hand. »Das ist für deinen Trost.«

Angelo freut sich. »Danke. Die nächsten Zitronen gehen auf mich.«

Signora Mistrella ist froh, endlich allein zu sein. Sie ist erschöpft, aber sie wird noch das Blumengesteck fertig binden. Sie braucht das jetzt.

Pater Maestro geht in der Kirche auf und ab, er kann nicht aufhören an Signora Mistrella zu denken, vielleicht hätte er doch bei ihr bleiben sollen. Aber er hatte einfach das Gefühl, dass sie wirklich allein sein möchte. Na gut, wenigstens haben sie bei den Pferden eine Lösung gefunden. Er hört ein komisches Geräusch. Er schaut sich um und konzentriert sich auf seine Ohren. Langsam geht er die Bänke entlang und folgt dem Ton. Da entdeckt er den Bürgermeister. Signor Fratello liegt auf einer Bank und schnarcht. Er stupst ihn an, aber nichts passiert. Er rüttelt an ihm. Endlich schreckt Signor Fratello auf und schaut Pater Maestro verwirrt an? Er greift sich an die Brust, nein, da klopft noch was, er atmet tief aus. Pater Maestro beugt sich über ihn. »Möchtest du ein Glas Wasser haben?«

»Nein, danke.« Er schaut sich um. »Warum bin ich bei dir?«

»Das wüsste ich gern von dir.«

»Lass mich überlegen. Ach! Weißt du etwas über diese Gruppen? Was treiben die bloß?«

Pater Maestro bekommt vor Schreck weiche Knie. »Keine Ahnung.«

Signor Fratello beißt sich auf die Lippen, genau das hat er befürchtet. »Weißt du wenigstens, wer die Gruppen leitet?«

»Donatella und Signora Mistrella.«

»Danke, dann gehe ich gleich zu Signora Mistrella, obwohl mich das ja schon ein bisschen wundert. Die kleine Blumendame als Anführerin, kriegt sie das denn hin?«

»Anführerin würde ich sie nicht nennen, sie organisiert ein bisschen. Sie hat jetzt sicher keine Zeit für

Gespräche.« Wenn der Bürgmeister jetzt auch noch zu ihr geht, dann ist es ganz aus mit ihr.

»Für den Bürgermeister wird sie zwei Minuten Zeit haben. Danke und bis bald.« Er verlässt die Kirche.

Pater Maestro ruft ihm nach. »Hast du Taschentücher mit?« Das hört Signor Fratello aber nicht mehr. Der Pater setzt sich erschöpft auf die Kirchenbank. Wie soll das bloß enden?

Donatella mischt ihre Kräuter zusammen, sie denkt nach, irgendwer muss darauf achten, dass Isabella nichts von dem Aufbau am Strand mitbekommt. Sie stampft ganz fest in die Kräuter und zermalmt sie, dabei kommt ihr ein Gedanke. Sie wird Signor Lisetto einfach bitten, dass er Isabella verhaftet, für ein paar Stunden zumindest. Sie steht auf, sie muss sofort zum Polizisten. Als sie beim Haus ankommt, strahlt sie ihn an. Auch das kann sie. »Würdest du etwas für mich tun?«

Er zwinkert ihr zu. »Ich würde alles für dich tun.«

Genau diese Antwort hat sie von diesem Macho erwartet.

»Könntest du Isabella heute Abend verhaften?«

»Was? Du spinnst.«

Sie fleht ihn an. »Nur für eine Stunde.«

»Bei aller Liebe, das kann ich nicht machen. Außerdem habe ich heute Abend schon etwas vor.«

Donatella rückt ein Stück zu ihm. »Wenn du das für mich tust, dann hast du morgen Abend auch schon etwas vor.«

Seine Stimme wird ganz weich. »Und was für einen Grund soll ich bitte angeben?«

Sie streicht ihm mit dem Finger über die Brust. »Du schaffst das schon. Lass dir was einfallen. Nicht die Zeit übersehen, um 20 Uhr muss sie am Strand sein. Ich muss los. Danke!«

Das hat sie wirklich klug gemacht, jetzt muss er sich darum kümmern. Verhaften wird er sie natürlich nicht, er weiß ja nicht einmal genau, wo seine Handschellen sind. Er wird einfach zu ihr gehen und mit ihr plaudern, um mehr über sie herauszufinden, das wollte er doch schon die längste Zeit.

Signor Fratello macht die Tür im Blumenladen auf. Signora Mistrella macht gerade ihr letztes Blumengesteck fertig, sie ist wieder ganz ruhig. Sie wird diese Sache mit den Pferden durchziehen und dann wieder ihr beschauliches Leben führen, sie liebt es langweilig, sie braucht es langweilig. Wer braucht schon Macht, wenn er nicht geliebt wird. Sie sieht Signor Fratello, na, der kommt aufs Stichwort. Sie will überhaupt nicht wissen, was jetzt wieder los ist. Sie muss ihn gar nicht erst fragen, es platzt aus ihm heraus. »Als Bürgermeister dieses Dorfes muss ich wissen, was hier los ist.«

Das klingt nach Ärger. Sie legt die Blumenschere zur Seite.

»Ich bin doch wohl als Anführer geeigneter. Warum hast du das einfach so bestimmt?« So, jetzt ist es heraus. Es ärgert ihn, dass es nicht von Anfang an klar war, dass er den Ton angibt.

Signora Mistrella bückt sich unter ihren Verkaufstisch und taucht mit den Plastikdelfinen auf. »Bitte sehr, die kannst du gerne haben und die Gruppe noch dazu.«

Er starrt die Delfine an. »Was soll ich damit?«

»Lass dir halt was einfallen.« Sie nimmt die Schere und schneidet ein rotes Band ab.

»Was wolltest du damit, und was ist noch zu tun?«

»Es ist alles erledigt. Du musst nur mehr die Delfine aufblasen und sie ins Meer werfen.«

Gut, die will offensichtlich nicht mit ihm reden. Sie schneidet seelenruhig entlang der roten Bandlinie und sagt kein Wort mehr. Er dreht sich um und geht.

Lucas schaut seine Flaschenpost an, es ist alles für heute Abend vorbereitet, er ist zufrieden, was heißt zufrieden, er ist glücklich, das ist sein Stil und nicht dieses übertriebene romantische Getue von Angelo. Er liebt es eben leise. Basteln macht ihm Spaß, wer hätte das gedacht. Er stopft noch eine rosa Rose in die Flasche. Isabellas Lieblingsblumen. Er dreht die Flaschenpost im Kreis, das erinnert ihn an seine Jugend, an lange Nächte und peinliche Momente. Heute wird es hoffentlich sehr romantisch werden, in wenigen Stunden werden sie wieder vereint sein. Ganz sicher.

Signora Cottolona ist zufrieden mit den Blumenbuchstaben in der Wiese, sie hat sich selbst übertroffen. Diese Farbkombination macht ihr so schnell keiner nach, das I geht von Dunkelrot über Hellrot ins Weiß über. Sie hat ihre schönsten Rosen geholt, sollen alle im Dorf sehen, dass sie die bessere Präsidentin des Verschönerungsvereins wäre. Sie kramt in ihrer Jackentasche nach einem Taschentuch, um sich die Hände abzuwischen. Sie spürt Papier, aber kein Taschentuch, sondern ein Kuvert. Oh Mann, den hat sie tatsächlich vergessen. Sie hat diesen Brief unter dem Tisch im Postamt gefunden, der muss irgendwie runtergefallen sein, normalerweise passiert ihr so etwas nicht. Sie wollte ihn Isabella geben, aber sie hat es vergessen. Sie darf jetzt keine Zeit mehr verlieren, sie geht zum Haus und hebt den Deckel vom Briefkasten in die Höhe, da sieht sie Signora Cottinetti und Isabella. Beide sind sehr herausgeputzt. Isabella trägt das weiße Kleid und Signora Cottinetti trägt einen Rock und ein Sakko in dunkelblau, das hat sie vor Jahren selbst genäht und schon seit Ewigkeiten nicht mehr getragen. Isabella hat sie überredet, dass sie sich für einen Spaziergang fein machen, wenn sie schon so schöne Kleidung näht, dann soll sie sie auch ausführen. Zuerst hat Signora Cottinetti das für einen Unfug gehalten, aber Isabella konnte sie überzeugen, zumindest einen kurzen Spaziergang zu machen. Signora Cottolona starrt die beiden an, haben die heute Abend etwas anderes vor, das kann doch nicht sein! Sie muss sie aufhalten. Aber wie? Und dann hat sie auch noch den Brief in der Hand. Sie geht auf Isabella zu. »Post für dich. Ich dachte, es sei dringend, deswegen habe ich ihn dir sofort gebracht. Ich bin so froh, dass ich dich heute Abend noch erwischt habe, bevor du ausgehst. Du gehst doch weg, oder bleibst du daheim?«

Isabella weiß nicht, was sie darauf sagen soll. »Wir müssen los, wir kommen zu spät. Danke für den Brief.«

In ihrer Verzweiflung ruft sie ihnen nach. »Wann seid ihr wieder daheim?« Sie bekommt keine Antwort und bleibt ratlos vor dem Postkasten stehen. Soll sie den anderen sagen, dass Isabella heute vielleicht gar nicht daheim ist? Nein, sie will jetzt keine Panik und Diskussionen, sie behält dieses Geheimnis für sich. Damit muss sie jetzt leben, aber zumindest hat sie so ihre Ruhe.

Angelo steht in seinem Laden, er kontrolliert noch einmal seine Kiste, ob er alles für seinen Einsatz am Abend hat. So organisiert ist er selten, dabei ist er sich gar nicht sicher, dass sie kommen wird. Sie ignoriert ihn mehr, als ihm lieb ist. Einmal wird er sich jetzt noch die ganz große Nummer geben, und wenn sie dann nicht anspringt, dann muss er einsehen, dass das überhaupt keinen Sinn hat. Vielleicht hat sie Angst vor ihren eigenen Gefühlen oder ist noch zu sehr im Trennungsschmerz wegen Lucas. Ist es klug von ihm, sich sehenden Auges in ein Messer zu stürzen, das ihn ziemlich sicher verletzen wird? Er setzt sich auf den Sessel. Irgendwie hat er alles falsch gemacht. Mit Isabella, mit Donatella und überhaupt. Er möchte doch nur ein ruhiges Liebesleben führen, vielleicht bald eine Familie, aber das gelingt ihm nicht. Immer muss er eine Frau umwerben und von sich überzeugen. Er ist müde, er hat ja auch wirklich viel getrunken. Klasse Zeitpunkt. Aber egal, einmal gibt er sich das noch, und dann hört er auf mit dem Thema Liebe. Soll sich doch die Nächste mal an ihn ranmachen und um ihn werben. Wenn das heute Abend nichts wird, dann rührt er keinen Finger mehr in Sachen Amore.

Die Tür geht auf, Donatella stapft in den Laden, sie tritt richtig fest mit ihren Stiefeln auf. Angelo ist sich sicher, dass das nichts Gutes bedeutet, er zuckt gleich zusammen. »Was machst du hier?«

Donatella faucht ihn an. »Muss ich jetzt schon begründen, warum ich hier bin? Oder hast du Angst, dass dein Blumenpüppchen uns sieht?«

Ah, daher weht der Wind. »Was, ich habe nichts getan, nichts, was dich so aufregen könnte.« Er fällt schon wieder in sein altes Schema, in sein Donatella-Schema. Das ärgert ihn, dass sie aus ihm so einen streitbaren Menschen macht. Er knallt mit der Faust auf den Tisch. »Hör endlich auf damit, du kannst nicht einfach in mein Geschäft platzen und mich anbrüllen. Wir sind kein Paar mehr. Kapier das endlich.« So, jetzt ist es ausgesprochen.

Donatella stemmt die Arme in die Hüfte. »Wie redest du mit mir? Ist dir der Blumenduft zu Kopf gestiegen? Wer bist du eigentlich? Hältst immer Reden über die Liebe, hast sogar einen Schüler, was übrigens absolut lächerlich ist. Schau dich mal an, du rennst einer Touristin nach und du flirtest mit einem Blumenpüppchen. Ist das die wahre Liebe, die du suchst? Ist das deine Art von Liebe, die du dauernd beschwörst?«

Angelo will vom Thema ablenken. »Was meinst du mit Blumenpüppchen?«

Donatella ist fassungslos, sie brüllt. »Vom Thema ablenken kannst du!«

Er unterbricht sie. »Ich bin beim Thema verdammt nochmal. Was meinst du mit Blumenpüppchen?«

»Ich wusste gar nicht, dass du so brüllen kannst, Amore mio.«

»Ich brülle, weil du brüllst, ich würde nicht brüllen, wenn du nicht brüllen würdest. So einfach ist das.«

»Du verstehst einfach gar nichts!« Ihre Stimme klingt jetzt sogar weinerlich, sie nimmt drei Zitronen und wirft sie auf Angelo.

Er hält seine Hände vors Gesicht.

Signor Costadella geht an der Auslage vorbei, er ist fassungslos, was sieht er da? Was macht denn diese Donatella da? Er reißt die Tür auf. »Sag einmal spinnst du, was machst du mit meinen Zitronen?«

»Alle brüllen mich an! Mir reicht es.« Sie läuft aus dem Laden und unterdrückt gerade noch die aufsteigenden Tränen.

Signor Costadella bückt sich und sammelt die Zitronen ein, er wischt jede ab, bevor er sie in den Korb legt. »Man könnte meinen, ihr seid noch in einer Beziehung, wenn sie sich so über dich aufregt. Was hast du denn angestellt?«

»Keine Ahnung. Weißt du, ich verstehe das alles nicht mehr. Die eine ignoriert mich, und die andere schreit mich an. Ich will doch nur verliebt sein.«

Signor Costadella krabbelt auf allen Vieren durch den Laden, er schaut unter den Kisten, ob noch Zitronen herumliegen. »Verliebt bist du ja. Nur halt sie nicht in dich.«

»Ich möchte die einzig wahre Liebe erleben. Ich bin dafür geschaffen.«

Er richtet sich auf und wischt sich die Hosenbeine ab. »Jeder ist dafür geschaffen, aber kaum einer erlebt sie. Und genau darin liegt doch auch die Faszination der wahren Liebe. Man hat nur eine Vorstellung davon, weil sie eben nicht so leicht zu finden ist. Angelo, du könntest die Obstkisten wieder einmal streichen, da blättert schon die Farbe ab. So kommt das Gelb der Zitronen nicht zur Geltung.« Er wischt noch einmal mit seinem Stofftaschentuch drüber, sie haben dieses Donnerwetter gut überstanden.

»Du hast ja Recht, aber irgendwie habe ich schon lange keine Zeit mehr für Details in meinem Laden.«

»Darum geht es doch! Wer nicht gut zu sich und seinem eigenen Umfeld ist, kann es auch nicht von anderen erwarten? Wer sich selbst liebt, zieht die Liebe an. Die Rahmenbedingungen müssen so sein, dass die Liebe bleiben kann. Donatella liebt dich, sonst würde sie nicht so in die Luft gehen.«

»Du willst mir jetzt aber nicht sagen, dass mein Liebesglück von den Obstkisten abhängt? Und bitte lass mich mit Donatella in Ruhe.«

»Was ist so schlimm an ihr?«

»Warum willst du jetzt unbedingt über Donatella reden?«

»Weil die Rahmenbedingungen passen. Ihr habt euch mal anziehend gefunden, sie lebt hier in Fribello, nicht so wie diese Touristin. Ich habe mein ganzes Leben immer darauf gewartet, dass noch eine Bessere kommt. Was habe ich davon? Ich bin ein alter Kauz mit Zitronen. Ich muss jetzt weitermachen, ich habe viel zu tun.« Er klopft Angelo auf die Schulter und geht. Signor Costadella wird heute Abend keine Zitronenbaumallee, sondern einen Zitronenbaumstern aufstellen.

Angelo holt noch ein paar Zitronen aus der Kiste, Donatella war wirklich leidenschaftlich, sehr leidenschaftlich sogar, ja, sie und er waren streckenweise schon ein gutes Team, hübsch ist sie auch. Aber Schluss damit, das ist vorbei. Er muss sich jetzt wirklich darauf konzentrieren, Isabella zu überraschen und von sich zu überzeugen. Von ihr weiß er zumindest nicht, wie es in der Beziehung laufen würde. Neue Chance, neues Glück.

Mister Bride steht neben dem Pferd, das ihm riesig erscheint. Er nimmt all seinen Mut zusammen und streicht zaghaft über das braune Fell. Er hat jetzt tatsächlich dieses Tier vor sich. Eigentlich ein gutes Gefühl, auch wenn seine Hände zittern, denn ein Pferd ist ein Pferd. Es hat ein ordentliches Gewicht, mit dem möchte man als Unerfahrener keine Diskussionen führen. Pater Maestro steht neben ihm und lässt die Zügel vom Pferd nicht los, denn ganz geheuer ist ihm das nicht. Er fragt sich, warum sich Mister Bride das überhaupt antut.

Signor Costadella sieht schon aus der Ferne, dass zwei Damen vor seinem Gartentor stehen. Er kann nicht erkennen wer es ist, seine Sehschwäche erlaubt ihm so weite Exkursionen nicht, es ist ja auch egal, Kundinnen sind immer gut. Er wischt noch einmal über die Hose, damit auch ja kein Staub vom Obstladen drauf ist. Angelo könnte wirklich wieder einmal staubsaugen. Jetzt kann er Signora Cottinetti erkennen, sie winkt schon ganz aufgeregt. Besuche sind ihm ja willkommen, aber so ein Besuch! Er verbeugt sich vor den Damen und reicht ihnen einen Handkuss. Signora Cottinetti ist sehr angetan von dieser Art von Höflichkeit, das kann sie auch nicht verbergen. Sie begrüßt ihn mit schriller Stimme. »Was für eine Freude! Ich war schon so lange nicht mehr hier. Ein Fehler, ein schwerer Fehler! Darf ich vorstellen, das ist Isabella.«

Signor Costadella öffnet das schwere Eisentor. Isabella fühlt sich erschlagen von der Pracht dieser Zitronen, so ein leuchtendes Gelb auf einem Platz hat sie noch nie gesehen. Sie weiß gar nicht, wo sie zuerst hinschauen soll, und dieser unglaubliche Duft in der Nase! Jetzt versteht sie Angelo und seine Faszination für diese kleinen gelben Dinger. Das Leben kann so schön sein, wenn man es zulässt, denkt sich Isabella. Mit langsamen Schritten geht sie die Zitronenallee entlang, jeder Baum hier ist wunderschön. Signor Costadella bemerkt die Begeisterung und ist sehr geschmeichelt, dass eine junge Dame sein Handwerk faszinierend findet. Obwohl es ihm egal ist, ob eine Dame oder ein Herr danach fragen, er ist schon glücklich, wenn er einfach wieder über sein Handwerk, sein Leben, seine Inspiration reden kann. »Hier stehen hundertfünfzig Zitronenbäume. Ich schneide jeden einzelnen Baum mit meiner Schere, ich gieße sie mit der Hand, weil ich davon überzeugt bin, dass sie Zuspruch brauchen. Diese neumodischen Sprengelanlagen sind nichts für mich, ich möchte einen Bezug zu meinen Bäumen haben, ein Gefühl dafür entwickeln, wie es ihnen geht.«

Signora Cottinetti gefällt das, das Handwerk als Schneiderin hat auch ihr Leben bestimmt.

Signor Costadella verschwindet in die Küche und holt Zitronenwasser und einen Zitronenkuchen für die Damen.

Isabella beißt hinein, und ihr entfährt ein langes »Hmmm, ist das gut. Backen können Sie auch noch.«

Eine wahrlich gute Partie, denkt sich Signora Cottinetti, aber sie ermahnt sich innerlich sofort. Solche Gedanken in ihrem Alter! Der Kuchen ist ihr sowieso näher als die Liebe, und das ist in Ordnung, sie braucht keine Abenteuer mehr.

Signor Costadella schaut auf die Uhr, er wird unruhig, denn er muss zum Strand und den Zitronenstern aufbauen. Irgendwie ist das schon sehr seltsam, dass ausgerechnet heute Isabella bei ihm auftaucht, das muss doch einen tieferen Sinn haben, aber er kann das jetzt nicht erfragen, er muss die Damen rasch loswerden. »Um diese Uhrzeit ist das Licht für die Zitronen nicht mehr so gut, da haben sie nicht ihre maximale Strahlkraft. Kommt doch morgen wieder, etwas früher. Morgen soll es auch windig sein, und da zieht der Duft dann so richtig in die Nase. Das ist ein noch viel schöneres Erlebnis als heute.«

Isabella und Signora Cottinetti tauschen Blicke aus, der hat wohl zu viel Zitronenduft geschnuppert. Signora Cottinetti schaut auf die Uhr. »Wir sollten wirklich gehen, lass uns morgen wieder herkommen.«

Isabella schaut hinter einem Zitronenbaum hervor und summt leise ein Lied. »Ich kann mir kaum vorstellen, dass es noch schöner sein kann, aber gut, dann gehen wir. Ich muss dann eh noch an den Strand.«

Signor Costadella öffnet ihnen das Eisentor und verabschiedet sich. »Na dann, bis später. Äh, ich meine, bis morgen. Schönes Kleid übrigens.«

Isabella wundert sich. Naja, der gute Mann ist auch schon komplett durcheinander. Trotzdem ist sie froh, dass Signora Cottinetti den Besuch hier vorgeschlagen hat. Es ist wunderschön, ach was, es ist atemberaubend schön.

Signora Cottinetti ist sehr glücklich, sie hat den Ausflug so richtig genossen, jetzt ist es aber auch wieder gut, sie muss noch den Haushalt erledigen.

Signora Trenetti steht zufrieden in ihrer Küche. Das Herz-Abendessen ist zwar zu früh fertig, aber es ist optisch schon mal eine glatte Eins. Wenn man es dann auch noch essen kann, hat sie sich selbst übertroffen. Das schmeckt dann auch sicher lauwarm gut. Sie will es lieber nicht kosten, wenn das nicht essbar ist, hat sie nämlich ein gewaltiges Problem. Sie stellt ihrem Mann noch schnell einen Teller hin und ruft ins Wohnzimmer, dass sein Abendessen in der Küche steht. Sie holt eine Aufbewahrungsbox aus dem Abstellraum und stellt das Essen hinein. Hoffentlich verrutscht das nicht auf dem Weg zum Strand, das wäre schade.

Signora Vaccillano ist verzweifelt, sie muss sich eingestehen, dass ihr Herz-Abendessen nicht in voller Pracht hier steht. Es ihr einfach nicht gelungen, dieses Essen optisch perfekt zu gestalten. Sie ist auch noch zu früh fertig, vermutlich ist es dann kalt, aber das ist bei diesem Anblick auch schon egal. Sie hat keine andere Wahl. Sie kramt in ihren Laden, irgendwo ist ein Aufbewahrungsbehälter. Sie legt das Essen hinein, viel kann der Transport nicht zerstören.

Donatella kostet das Liebesgetränk für den heutigen Abend. Lavendel, Rosmarin und Brennnessel, diese

Kombination ist ein Meisterstück von ihr. Der Lavendel dominiert den Geschmack, sie mischt noch einmal nach, bis sie zufrieden mit sich ist. Sie könnte einen Liter davon trinken, aber das sollte sie lieber nicht tun, sie will ihre Gefühle ja noch beherrschen. Obwohl, das gelingt ihr ja schon ohne Drink nicht, sie stellt den Becher ab und denkt nach, sie ist vorhin bei Angelo wirklich ausgerastet. Aber er regt sie einfach immer noch so auf. Sie muss es mit Angelo noch einmal versuchen, sie will ihn zurück. Wenn diese Isabella dann endlich weg ist, dann wird Angelo wieder klar denken können und nur sie wollen. Dieser ganze Aufwand muss sich ja irgendwie lohnen. Sie packt ein paar Becher und den Krug mit dem Liebestee in einen Korb und geht zum Strand. Sie spürt ein Kribbeln im Bauch, sie ist aufgeregt.

Isabella sitzt auf ihrem Bett, das weiße Kleid hat sie gewaschen und aufgehängt, ganz vorsichtig, denn sie wird es heute Abend tragen. Heute ist etwas anders, irgendwie spürt sie das. Ihr Blick fällt auf den zerknitterten Brief, sie öffnet ihn. Frau Trude, ihre ehemalige Chefin, hat ihr geschrieben, sie hat beschlossen, ihren Buchladen aufzugeben, und sie möchte Isabella das Angebot zuerst machen, den Buchladen zu übernehmen. Sie starrt den Brief an, ein eigener Buchladen, das hat sie sich immer gewünscht. Sie liest die Zeilen weiter, sie soll Frau Trude in den nächsten zwei Wochen eine Antwort geben, sonst verkauft sie den Laden. Isabella schaut auf den Stempel, sie muss unbedingt Frau Trude anrufen, sofort, sie hat nur noch einen Tag. Sie will diesen Laden, da muss sie nicht nachdenken. Die Tränen laufen ihr die Wangen hinunter, endlich weiß sie, was zu tun ist. Sie hört ein Klopfen an der Tür, sie geht hin und erst während sie öffnet, fällt ihr ein, dass sie nur Unterwäsche trägt. Signor Lisetto schaut sofort zum Boden. »Eigentlich soll ich dich jetzt verhaften, aber ganz ehrlich, mir fällt kein Grund ein, und die Handschellen habe ich auch nicht gefunden. Können wir nicht einfach hier bei dir sitzen und einen Kaffee trinken bis zwanzig Uhr? Also für eine Stunde. Dann halte ich dich quasi hier in Gewahrsam.«

»Warum das denn jetzt? Wenn Angelo und Lucas etwas damit zu tun haben, dann gibt es Ärger.«

»Ich schwöre, dass sie nichts damit zu tun haben! Wirklich nicht.«

»Könntest du dich mal umdrehen, ich ziehe mich kurz an.«

Signor Lisetto rutscht leise ein »Schade« raus.

Isabella holt das Kleid vom Schrank und zieht es an.

Signor Lisetto starrt sie an. »Das ist wunderschön! Also, du bist wunderschön.«

»Was auch immer du tun musst, tu es. Du kannst dich hier im Zimmer aufhalten, aber bitte nerv mich nicht.« Dieser Lisetto hat eine ziemlich eigenwillige Art, auf sich aufmerksam zu machen. Nicht einmal Angelo fällt so etwas ein. Soll er halt hier sein, es ist ihr egal.

Signor Lisetto ist das alles sehr peinlich, er kann jetzt nicht als Polizist versagen. Es ist seine erste Amtshandlung seit Jahren, nicht auszudenken, wenn sich das im Dorf herumspricht. »Können wir nicht einfach hier bei dir im Zimmer sitzen, ich bin auch ganz leise, ich verspreche es.« Er geht ins Zimmer, zieht den Schlüssel ab und macht die Vorhänge zu.

»Jaja, passt schon. Dann bleib halt hier, wenn du das unbedingt möchtest.« Das ist so ein verrücktes Dorf, aber irgendwie hat sie sie alle lieb gewonnen. Trotzdem wird sie nicht in Fribello bleiben, sie wird in ihrer Heimat eine eigene Buchhandlung eröffnen. Das wird sie! Nicht der Ort ist wichtig, sondern eine Aufgabe. Das hat sie hier für sich gelernt. Vom Meer umgeben zu sein, ist wunderschön, aber es nützt alles nichts, wenn man allein ist und keine Aufgabe hat, an der man sich erfreut. Das kann eine Umgebung einfach nicht aufholen. Das zu erkennen, ist sehr wichtig für sie. Jetzt ist sie diese ewige Suche, diese Rastlosigkeit los. Sie freut sich so auf ihren eigenen Laden, sie kann es nicht erwarten. Diese Leihbücherei am Strand war nett, aber sie hat nie beobachtet, dass irgendwer ein Buch nimmt. Das macht sie schon traurig. Sie hört ein Geräusch, ach der ist ja auch noch da.

Signor Lisetto rutscht nervös im Stuhl hin und her, diese Donatella hat ihm da ganz schön was eingebrockt. »Wollen wir etwas spielen? Karten oder so?«

»Du spinnst. Mein Zimmer kannst du aufräumen. Ich rede kein Wort mit dir.«

Er weiß jetzt schon, dass er das nicht lange aushalten wird, er erträgt das nicht, wenn jemand nicht mit ihm redet. Er versucht ihren Blicken auszuweichen, das erschöpft ihn so, dass er einschläft, ganz tief und fest.

Isabella überlegt, ob sie sich den Schlüssel aus der Hosentasche holen soll, aber eigentlich ist es egal, dass der Typ da schläft, sie muss eh planen. Sie nimmt den Brief in die Hand und schaut ihn an. Das ist eine wirklich gute Nachricht. Dafür ist sie so weit gefahren, dass sie ihr Glück auf alten Wegen findet.

Signor Costadella stellt das letzte Bäumchen hin und geht ein paar Meter zurück, um sich den Zitronenstern aus der Entfernung anzusehen. Ein Meisterwerk, er ist richtig gut gelungen. Eigentlich die perfekte Werbung für sein Zitronengeschäft, wenn ihn nicht sowieso jeder kennen würde.

Er geht in den Stern hinein, der den halben Strandabschnitt einnimmt und rückt das eine oder andere Bäumchen noch zurecht, damit auch alle richtig stehen.

Angelo hat einen Tisch in der Hand, er schaut verzweifelt nach links und nach rechts, er überlegt, wo er ihn hinstellen soll. Hier sind überall Zitronenbäume und es schaut nicht so aus, als wären die zufällig hier. Er sieht Signor Costadella mitten in seinen Zitronenbäumen. Angelo lässt seinen Tisch fallen, er muss ihn fragen, da geht doch etwas nicht mit rechten Dingen zu. »Was machst du da? Übst du schon für die Weltmeisterschaft der Zitronenbaumaufsteller?«

»Ja, das mache ich wirklich.« Was soll er auch sonst antworten, etwa die Wahrheit? Da kommt ihm dieser bescheuerte Witz gerade recht.

Angelo lacht und schüttelt den Kopf. »Wo soll ich jetzt meinen Tisch aufstellen?«

»Wozu brauchst du diesen Tisch am Strand?« Er befürchtet, dass das heute noch ein kleines Problem werden könnte, er hilft ihm trotzdem. »Stell ihn doch direkt in einen Zacken von dem Stern.«

»Das ist keine schlechte Idee. Das mache ich. Danke!« Irgendwie glaubt er ihm das nicht mit der Weltmeisterschaft, er hat noch nie etwas davon gehört. Hilft der jetzt vielleicht Lucas, und das ausgerechnet heute Abend? Er nimmt den Tisch und stellt ihn in den Zitronenstern. Die Idee, dass Lucas heute Abend auch am Strand um sie werben könnte, gefällt ihm sogar. Da hat Isabella den direkten Vergleich, da läuft sie ihm erst recht in die Arme. Das klingt doch nach einer schönen unvernünftigen Theorie. Er freut sich. Der Tisch in diesem Stern. Das sieht wirklich toll aus, ein wunderschöner Rahmen für das Herz-Abendessen. Er stellt die Kerzen zwischen die Bäume, das ist Romantik pur. Kerzenschein, Zitronenduft und schöne Musik. Das ist nicht mehr zu toppen. Er sieht zu Signor Costadella, der ihn beobachtet. »Was ist los?«

»Ach nichts. Ich bin nur gerade sehr gerührt. Das sieht wirklich wunderschön aus. Meine Zitronen in Kombination mit den Kerzen sind einfach unglaublich.« Er bedauert aufrichtig, dass er eigentlich nicht zu Angelo hält. Naja, was heißt, er wünscht ihm ja alles Glück der Welt. Er ist halt nur in der falschen Gruppe gelandet. Irgendwie ohne groß nachzudenken. So wird es den meisten gehen, alle mögen Angelo ja, alle wollen sein Glück. Alle wollen Donatella und

Angelo. Keiner hält doch wirklich zu diesen Touristen. Was hat er da bloß angestellt, er muss ihm alles erzählen. Sofort.

Signora Vaccillano taucht am Strand auf, sie ist vollkommen verschwitzt, das Essen ist schwer, sie wackelt damit auch ganz schön hin und her. Sie ist erleichtert, dass sie sofort den Tisch findet, sie knallt das Tablett richtig darauf. Der Tisch ist zu klein, das sieht man auf den ersten Blick, aber gut, dann stellt sie halt die Nachspeise auf den Boden. Sie wischt den Sand von den Händen und hört Angelo. »Sehr fein, das Essen ist schon da. Sehr schön, dass du Signora Trenetti hilfst, das hat sie mir gar nicht erzählt. Danke schön!« Er umarmt sie.

Sie schaut Angelo skeptisch an, was will der jetzt von ihr, wieso Essen kochen für ihn, warum ist der überhaupt da? Das war doch nicht geplant! Naja, vielleicht hat sie einfach nur den Überblick verloren.

Er hebt den Wärmedeckel. »Das sieht großartig aus, und wie das duftet!«

»Naja, eigentlich ist das überhaupt nicht gelungen, aber danke.«

Angelo schaut sich um »Wo ist denn Signora Trenetti? Sie kommt doch noch?«

»Warum sollte sie da sein?« Also doch, irgendetwas stimmt hier nicht.

»Wie jetzt? Sie hat doch dieses Abendessen gekocht, warum sollte sie also nicht da sein?« Irgendetwas stimmt hier nicht, das ist Angelo jetzt klar.

»Nein! Hat sie nicht! Das war ich.« Traut er ihr das etwa nicht zu?

»Für wen kochst du bitte so ein Essen und stellst es an den Strand?«

Sie beißt sich auf die Lippen, na gut, sie wird es ihm sagen müssen, er hat schließlich das schönste Obst. »Für diesen Touristen, der Name fällt mir jetzt nicht ein.«

»Was soll das? Du kaufst massenhaft Obst bei mir ein und kochst für einen Touristen?« Er reißt den Wärmedeckel vom Teller. »Das hier ist mein Gemüse!« Angelo wird abgelenkt, er hört Pferdegetrappel. Er dreht sich um und lässt den Deckel fallen. Sie hebt ihn auf, wischt den Sand ab und deckt das Essen wieder zu. Das Streitobjekt soll ja nicht kalt werden. Pater Maestro und dieser britische Tourist führen zwei Pferde an der Hand.

Ah, diesen Touristen meinte sie, nicht Lucas, dann ist ja alles gut, dann muss er sich bei Signora Vaccillano entschuldigen. Er schaut zu ihr. »Es tut mir leid, ich war wohl zu heftig. Es ist dein gutes Recht, auch für andere zu kochen.«

Sie nickt, was soll sie auch sagen, sie findet das jetzt schon schräg, dass Angelo plötzlich kein Problem mehr damit hat, dass sie für diesen Touristen gekocht hat.

Angelo hätte das diesem Briten gar nicht zugetraut, dass er so romantisch veranlagt ist, bei ihren wenigen Gesprächen war er immer sehr wortkarg. Die Idee mit dem Pferd ist keine schlechte Nummer, und es ist auch beachtlich, wie er es geschmückt hat. Aber was macht Donatella da, warum baut die sich so richtig vor dem Pater auf? »Du hast zwei Pferde genommen, ok, gut, aber was macht dieser Tourist da? Der ist doch nicht in der Gruppe.«

»Ich habe ihn eingeladen, damit er nicht so ausgeschlossen ist, und da er Pferde gerne hat, habe ich ihm das zweite Pferd gegeben.« Wäre ihm das schon früher eingefallen, er hätte sich viele Sorgen erspart.

Angelo hört konzentriert zu und geht zu Donatella. »Was für eine Gruppe? Was wird hier gespielt?«

Signora Trenetti trägt ihr schweres Tablett, sie ist ganz außer Atem, es ist echt schon viel los hier am Strand. Zum Glück hat sie sich nicht noch mehr Zeit gelassen. Sie sieht Angelo und schleppt sich zu ihm. Er hätte ihr auch entgegenkommen und ihr das Tablett abnehmen können. Sie schaut sich um. »Wo kann ich das hinstellen?«

Signora Vaccillano fährt sie laut an. »Nirgends! Das ist mein Tisch, mein Essen. Basta. Was hast du da in der Hand? Das ist doch kein Essen?«

»Doch! Was soll das sonst sein?« Sie hält ihr Tablett ganz fest, sie will es gar nicht mehr abstellen, sie will es beschützen.

»Du hast mir noch beim Rezept geholfen! Hast du ein kleines Problem mit deinem Gedächtnis?«

Angelo mischt sich ein. »Das ist doch nett, wenn sie dir hilft. Mir hat sie ja auch geholfen, für mich hat sie gekocht. Es ist doch in Ordnung, wenn sie uns allen hilft. Dir, dem Touristen und mir.«

Jetzt schauen ihn beide komisch an.

Signor Fratello kämpft mit den Delfinen, aufgeblasen sind die ganz schön groß, und sie sind so rutschig. Er muss immer wieder nachfassen, damit sie ihm nicht aus der Hand gleiten. »Wo soll ich die hinlegen? Weiß das jemand?«

Pater Maestro winkt und ruft. »Hierher! Zu uns!« Das ist ihm jetzt einfach so rausgerutscht.

Ein Haufen Blumengestecke rast auf Pater Maestro zu, dahinter schaut die zierliche Signora Mistrella hervor. Er ist erleichtert, endlich jemand, der sich in dieser verzwickten Situation auskennt. Signor Fratello ruft laut zu den Locken hinter den Blumengestecken. »Ist das meine Assistentin?«

Donatella kneift die Augen zusammen, die steckt also dahinter, sie rennt zu Signora Mistrella und will ihr die Blumengestecke aus der Hand schlagen. Mister Bride lässt reflexartig das Pferd los und wirft sich schützend vor Signora Mistrella, er rutscht dabei aus und landet im Sand. Das Pferd läuft davon. Donatella brüllt in die Runde. »Ihr seid alle Versager! Und ihr wollt Isabella überzeugen?«

Signor Fratello unterbricht sie. »Wo ist Isabella eigentlich?«

Pater Maestro brüllt im Hintergrund. »Bleib endlich stehen, sei ein braves Pferd!«

»Halt!«, ruft Signor Costadella. »Mein Zitronenbaum! Den darf das Pferd ja nicht anknabbern!«

Keuchend ruft ihm Pater Maestro zu: »Pferde essen keine Zitronen. Und fang es doch lieber ein! Nimm die Zügel in die Hand!«

Signor Costadella steht nur da und traut sich nicht, dieses Tier ist ihm eindeutig zu groß. »Was genau sind die Zügel nochmal?«

Pater Maestro kommt auf ihn zugelaufen. »Halt einfach irgendwie das blöde Pferd fest! Cassandra, bleib stehen!«

Alle drehen sich zu ihm, solche Worte aus seinem Mund hat man in Fribello noch nie gehört. Pater Maestro läuft auf das Pferd zu und greift nach den Zügeln, endlich kann er die Stute fassen.

Signor Fratello will wieder zurück zum eigentlichen Thema. »Wo ist jetzt Isabella? Sind ja alle da.«

Angelo wirft ein: »Sie müsste gleich da sein, ich habe ihr eine Einladung geschickt. Sie hat allerdings nicht zugesagt.«

Donatella klopft ihm auf den Rücken. »Na bitte! Mein Angelo! Wer gehört jetzt zur Gruppe Angelo?«

»Was für eine Gruppe bitte?«, fragt Angelo wieder.

»Also für mich ist das klar, ich bin auf keinen Fall in der Gruppe, in der auch die da ist. Nie wieder rede ich ein Wort mit ihr.« Signora Vaccillano verschränkt die Arme und schaut demonstrativ von Signora Trenetti weg.

»Willst du reden? Wir sind doch Freundinnen.« Signora Trenetti geht auf sie zu.

»Das ausgerechnet du das sagen musst! Diese Freundschaft ist beendet!«

Pater Maestro bemerkt, dass er da jetzt vermitteln muss. Er geht mit den Pferden zu den Damen. Signora Trenetti schreit auf. »Geh weg mit diesen Tieren!«

»Na gut, dann halte ich einen Sicherheitsabstand. Reden ist wichtig, gib ihr eine Chance, das alles zu erklären. Danach kannst du immer noch beurteilen, ob diese harte Strafe des Schweigens notwendig ist.«

»Wenn du das meinst, dann reden wir, aber erst nach dem Essen, das wird langsam kalt. Wo ist jetzt diese Isabella?« Signora Vaccillano zeigt sich versöhnlich.

Donatella schaut auf die Uhr, Signor Lisetto könnte sie jetzt wirklich vorbeibringen, es ist schon acht Uhr.

Isabella sitzt in ihrem Zimmer und schreibt eine Bücherliste, all ihre Lieblingsbücher will sie in die Auslage stellen. Der Buchladen soll ihre Handschrift haben. Sie schaut auf die Uhr und erschrickt: es ist schon acht Uhr! Sie muss an den Strand, sie ist wahnsinnig neugierig, was sich Angelo und Lucas schon wieder ausgedacht hat. Sie geht zum Sessel und rüttelt an Signor Lisetto. »Aufwachen! Die Show ist beendet. Ich muss los.« Sie rüttelt intensiver, er macht ein Auge auf, er schaut Isabella ins Gesicht und reißt das zweite Auge auf. »Wo bin ich?«

»Gib mir die Schlüssel, ich muss los!«

»Welche Schlüssel?«

Das hat keinen Sinn, sie greift in seine Hosentasche und holt den Schlüssel heraus. Sie sperrt die Tür auf und läuft zum Strand.

Lucas hat seinen Sack vollgestopft, er hat Angst, dass er durchreißt, er konzentriert sich total darauf und bemerkt gar nicht, dass er nicht allein am Strand ist. Er stellt den Sack ab und ist erleichtert, dass die Flaschen nicht rausgefallen sind. Moment, was ist da los? Da stehen ja ganz viele Menschen herum, er schaut in die Runde. Pater Maestro rutscht ungefragt eine Erklärung heraus. »Heute ist Romantiktag in Fribello! Das hat Tradition bei uns.«

Auch gut, dann sind alle gut drauf, er schaut sich um und überlegt, wo er seine Sachen aufstellen kann. Lucas geht weg von diesem riesengroßen Zitronenstern, damit seine Aktion nicht untergeht, und stellt seine Flaschen, die Rosen und die Kerzen im Kreis auf. Ein Herz ist ihm doch zu kitschig. Er überlegt, ob er die Rosen vielleicht nicht doch lieber in der Hand halten soll, als sie zwischen die Flaschen zu legen. Er hält sie lieber in der Hand. Plötzlich hört er Applaus und Lachen, er entdeckt Isabella am Strand. Romantiktag, das kann man wohl sagen!

Signora Vaccillano will keine Zeit mehr verlieren, ihr Essen wird kalt, sie schnappt Isabella am Arm. »Du musst dich sofort hier an diesen Tisch setzen.«

Dottore Fracallo fragt: »Sollten wir nicht bei den Blumen-Buchstaben beginnen? Die zieren immerhin den Eingang?«

Pater Maestro mischt sich ein. »Die Pferde warten jetzt auch schon sehr lange geduldig. Die könnte man auch mal erlösen.«

Signora Trenetti unterbricht ihn. »Das geht jetzt nun wirklich nicht. Unsere Abendessen werden kalt. Das war wirklich viel Arbeit für uns.«

Isabella steht am Strand und schaut sich um. Was wollen die alle von ihr? Sie schaut verwirrt in die

Runde, da entdeckt sie Angelo und wenige Meter daneben Lucas, wie er dasteht mit seinen rosa Rosen, sein Teint schimmert golden vom Kerzenschein. Er wartet ganz still, bis das ganze Theater vorbei ist, was soll er denn auch sonst tun. Genau das hat sie sich immer gewünscht, sie sieht nur ihn und hört den anderen gar nicht mehr zu, sie ignoriert auch, dass Signora Trenetti ihr den Teller vor die Nase hält. »Riech doch bitte mal! Das ist doch köstlich! Das solltest du bald essen, kalt schmeckt es nur halb so gut.«

Isabella geht auf Lucas zu und schaut ihn an. Was hat er alles auf sich genommen, um für sie zu kämpfen! Sie ist sich ganz sicher, dass er mit diesem ganzen Wahnsinn um sie herum nichts zu tun hat. Er deutet ihr, dass sie in den Kreis steigen soll. Sie steigt ganz vorsichtig zu ihm und nimmt die Blumen entgegen, der süßliche Duft steigt ihr in die Nase. Er bückt sich und drückt ihr die Flaschenpost mit dem Wort *Liebe* in die Hand. Er sieht sofort, dass eigentlich die Flasche mit dem Wort *Ich* dran wäre, aber egal, hat er halt seine eigene Choreografie zerstört, er will den Augenblick nicht ruinieren. Isabella umarmt ihn, ihr kommen die Tränen, mehr braucht es nicht. Wirklich nicht.

Es ist ganz ruhig am Strand, alle beobachten Isabella und Lucas. Angelo schaut geschockt zu, da kann er jetzt wirklich keine Meter machen. Signora Vaccillano flüstert zu Signora Trenetti. »Das können wir jetzt selber essen.«

Mister Bride bittet Pater Maestro, dass er das Pferd nimmt. »Dieser intensive Geruch verstopft meine Nase.«

Signor Fratello seufzt, das ist ja alles wirklich romantisch, aber so erfährt er nie, wozu er diese Delfine aufgeblasen hat.

Signora Trenetti und Signora Vaccillano sitzen beim Tisch und essen das Herz-Abendessen, sie reichen sich gegenseitig Kostproben und geben sich Verbesserungstipps. »Das war zu lange im Ofen, das hättest du früher rausnehmen müssen.«, beurteilt Signora Trenetti die Herzpizza.

Pater Maestro beobachtet Isabella und Lucas genau, er spürt, dass seine Chance endlich gekommen ist. Er drückt Mister Bride wieder die Pferde in die Hand. Mister Bride rutscht ein »Nicht schon wieder« heraus. Aber Pater Maestro hört gar nicht hin, er geht zu den beiden Turteltauben, die für nichts mehr Augen haben. Pater Maestro stellt ihnen die Frage alle Fragen. »Wollt ihr heiraten? Das wäre doch wunderschön hier in Fribello. Der krönende Abschluss einer Versöhnung, einer Reise!«

Lucas schaut Isabella an. »Würdest du mich heiraten?«

Sie fällt ihm mit einem lauten »Ja!« um den Hals.

Pater Maestro dreht sich zu den anderen. »Wir haben eine Hochzeit! Endlich wird in Fribello wieder geheiratet!« Alle applaudieren.

Signora Mistrella stellt sich zu Mister Bride hin, vielleicht kann sie diese romantische Stimmung ja für sich nützen. »Soll ich dir ein Pferd abnehmen?« Er nickt erleichtert, er ist ein Pferd los, und jetzt ist auch sie noch da.

Pater Maestro geht zu Mister Bride und Signora

Mistrella und holt die Pferde, er zwinkert ihnen zu. »Ihr seid die Nächsten.«

»Ich bitte euch, kommt alle zu den Blumenbuchstaben mit. Bitte folgt mir!« Er stellt sich in die Wiese und dreht sich zu den Hochzeitsgästen. Es bricht ein Gemurmel aus. Signor Fracallo ruft ihm zu. »Du hast dich zu den falschen Buchstaben gestellt. I und A. Du musst hinübergehen.« Alle lachen.

Pater Maestro dreht sich um und stellt die Pferde neben den richtigen Buchstaben auf. Ein Pferd für das I und ein Pferd für das L. »Die Zeremonie kann beginnen, wenn keiner einen Einspruch hat.«

Angelo tobt. »Ihr seid alle Verräter. Niemand von euch bekommt jemals wieder Obst von mir! Nie wieder! Ihr könnt euer Leben lang nur noch Tomaten aus der Dose essen!« Er dreht sich um und läuft fast in ein Pferd. Nur weg hier!

Pater Maestro will endlich beginnen. »Gut, das war zu erwarten. Wenn es sonst keine Einwände gibt.«

Mister Bride zeigt auf, alle drehen sich zu ihm. Was ist jetzt los? Will der etwa auch etwas von Isabella? »Kann ich vielleicht vorher noch mein Gedicht vorlesen? Ich habe mir so viel Mühe gegeben und es würde ja gut passen, weil wir ja jetzt ein Brautpaar haben.«

Pater Maestro will nicht unhöflich sein. »Nun gut.«

Mister Bride holt einen Zettel aus seiner Tasche, er richtet sich auf. »Die Liebe, man muss sie verstehen, aber wenn das gelingt, kann man all ihre Vorteile sehen. Wenn man sie erlebt, die echte und wahre Liebe, dann kann man sich wunderbar an ihr erfreuen.

Glück kann man es nennen, wenn man erkennt, dass der andere seine Gefühle ebenfalls Liebe nennt. Wer dieser einzig wahren Liebe eine Bühne gewährt, tut gut daran, damit er für immer Treue erfährt.«

Alle applaudieren und jubeln. Signora Mistrella ist gerührt, sie hofft, dass er beim Schreiben an sie gedacht hat. Kann ja gut sein.

Pater Maestro richtet sich auf, das ist jetzt sein Auftritt. Er überlegt kurz, was sagt er jetzt eigentlich? Ach ja, ihm fällt etwas ein. »Ihr Lieben, eine weite Reise habt ihr gemacht, um euch wieder zu finden. Für Liebende ist eben kein Weg zu weit oder zu steinig. Ihr werdet euer Glück dadurch noch mehr genießen, weil ihr euch bewusst seid, was euch ausmacht. Fribello wird für immer euer Ort der Liebe sein. Lucas, willst du Isabella zu deiner Frau nehmen?«

Er hört ein deutliches »Ja«. Da ist kein Zögern in dieser Stimme, findet Pater Maestro.

Signora Trenetti flüstert Signora Vaccillano ins Ohr. »Ihre Bücher, hoffentlich lässt diese Isabella ihre wunderbaren Bücher da.«

Signora Vaccillano lacht. »Sie hat mich wieder zum Lesen gebracht. Diesen Touristen kann sie ruhig mitnehmen, die Bücher nicht.« Beide lachen.

»Isabella, bist du bereit? Möchtest du Lucas zu deinem...?«

Sie lässt ihn gar nicht ausreden. »Ja, ich will!« Und wie sie das will. Isabella küsst ihren Lucas. Endlich! Doch viel Zeit bleibt ihnen nicht, denn alle wollen sie umarmen.

Signora Vaccillano steht neben Signora Trenetti.

»Gilt das jetzt? Pater Maestro hat ja die Frage nicht fertig gestellt? Und der arme Angelo, an den denkt jetzt keiner mehr! Aber so eine Hochzeit ist halt wirklich schön.«

Signora Trenetti nickt. »Na sicher gilt das! Diese Touristen sind jetzt verheiratet. Angelo wird sich schon wieder erholen, er wird sie vergessen. Da mache ich mir keine Sorgen. Jetzt kann er sich wenigstens wieder um seinen Laden kümmern.«

Signor Cattasina hat seine Gitarre aus dem Laden geholt. Ach wie hat er das vermisst. Und wie schön er spielen kann! Pater Maestro ruft. »Ich fordere euch alle zum Tanz auf! Tanzt für das Brautpaar!« Signora Cottinetti zieht die Schuhe aus und schwingt das Tanzbein. Signor Costadella bewegt sich ganz zufällig in ihre Richtung. Mister Bride fordert Signora Mistrella auf. »Darf ich bitten?« Sie nimmt die Einladung lächelnd an. Das Brautpaar dreht sich in der Mitte im Kreis. Isabella flüstert. »Ach Fribello, du wunderbarer Ort, wir werden dich bald wieder besuchen.«

Angelo ist in seinem Obstladen, er dreht kein Licht auf. Er lehnt mit dem Rücken an der Tür und holt tief Luft. »Die kommen ihm nicht mehr in den Laden! Ach was! Die kommen ihm nicht mehr in sein Dorf! Was bilden sich diese Touristen überhaupt ein? Die eine ignoriert ihn, der andere hat ihn voll ausgenützt. Er braucht keine Touristen mehr, er braucht überhaupt niemanden mehr.«

Donatella tanzt zu Dottore Fracallo und flüstert ihm ins Ohr. »Könntest du als Präsident des Verschönerungsvereins das I in ein D verwandeln, so dass dann hier D und A steht? Ich schätze, ich brauche noch ein paar Wochen.«

Rezepte

für das
Herz-Abendessen

TOMATENSUPPE

Zutaten (für 4 Personen):

- 1 kg Tomaten (für die schnelle Variante: ¾ Liter passierte Tomaten aus der Flasche)
- ½ L Gemüsebrühe
- Oregano, Basilikum und ganz wenig Rosmarin (alles frisch und fein gehackt)
- 3 EL Olivenöl
- 1 EL Rohrohzucker
- 1 Schalotte
- ½ Knoblauchzehe
- 1 TL Meersalz

Zubereitung:

Die Tomaten vierteln und vom Strunk befreien. Die Schalotte und den Knoblauch fein hacken.

In einem Topf das Öl leicht erhitzen, den fein gehackten Zwiebel und den Knoblauch kurz darin anbraten. Nun erst das Salz und danach die Tomatenstücke ergänzen und kurz anschmoren lassen. Mit der Suppe aufgießen und etwa 10 Minuten köcheln. Nun die fein gehackten Kräuter und danach den Zucker einrühren. Weitere 2 Minuten köcheln, fertig!

Rezept von Nina Mandl
http://www.ninamandl.at

ROTE RÜBEN RISOTTO MIT RUCOLA, GERÖSTETEN KICHERERBSEN & KREN

Zutaten (für 4 Personen):

- 1 mittelgroße Rote Rübe
- ¼ Sellerie-Knolle
- 1 kleine rote Zwiebel
- 250 g Risotto-Reis
- ½ L Suppe
- ½ L Rote Rüben-Saft
- 1/8 L Rotwein
- 2–3 EL Olivenöl
- etwas Parmesan
- 4 EL Butter
- 1 Spritzer Balsamico Essig
- Pfeffer
- 1 Lorbeerblatt
- 1 Sternanis
- 2–3 Gewürznelken
- Salz
- Zitronensaft
- Kichererbsen (vorab gekocht und im Rohr mit Gewürzen gebacken)
- etwas Rucola
- 1 Stück frische Krenwurzel (frisch reiben)

Zubereitung:

Rote Rüben und Sellerie schälen und in kleine Würfel schneiden. Die Suppe und den Rote Rübensaft mit dem Sternanis, den Nelken und dem Lorbeerblatt aufkochen. Die Gemüsewürfel zugeben und etwa 20 Minuten köcheln, danach das Gemüse abseihen, die Gewürze herausklauben und den Fond aufheben.

Die Zwiebel schälen, fein hacken und in etwas Olivenöl anschwitzen. Rasch den Reis beifügen und ebenfalls kurz anschwitzen. Mit dem Wein ablöschen und die Gemüsewürfel zugeben.

Nun mit einem Schöpfer nach und nach den Kochfonds zugießen und etwa 20 Minuten auf kleiner Flamme köcheln. Dabei öfters umrühren und laufend etwas vom Fond zugießen.

Risotto vom Herd nehmen, Butter und Parmesan einrühren und mit Salz, Pfeffer und einem Spritzer Balsamico abschmecken. Mit etwas Rucola und frisch geriebenem Kren und den gebackenen Kichererbsen servieren.

Rezept von Nina Mandl
http://www.ninamandl.at/

ERDBEER FLAMMKUCHEN

Zutaten (2 Portionen):

für den Teig
- 300 g Mehl
- 125 ml Wasser
- 4 EL Öl
- 1 TL Salz

für den Belag
- 300 g Erdbeeren
- 1 Becher Schmand
- 2 Schalotten
- 1 Bund Basilikum
- Balsamikoessig
- 10 g Zucker
- Salz und Pfeffer
- 1 TL Olivenöl

Zubereitung:

1. Der Teig wird aus Mehl, Öl, Wasser und Salz zu einem glatten, nicht klebenden Teig verarbeitet. Sollte der Teig zu bröselig sein, etwas mehr Öl und Wasser hinzufügen. Wenn der Teig klebt, etwas Mehl hinzugeben. Den Teig zu einer Kugel formen und in Frischhaltefolie in den Kühlschrank legen. Den Ofen vorheizen auf ca. 220°C Umluft oder 230°C Ober-/Unterhitze.

2. Zum Belegen den Teig aus dem Kühlschrank nehmen, teilen und zu 2 ovalen Teigen ausrollen (ca. 3 mm dick), auf ein mit Backpapier ausgelegte Backblech legen. Den Schmand mit einem Löffel gleichmäßig auf dem Teig verteilen.

3. Zwiebeln in Ringe schneiden, die Erdbeeren waschen und in Scheiben schneiden. Zwiebeln in etwas Olivenöl andünsten, Zucker dazugeben, schmelzen lassen, mit Balsamico ablöschen und kurz einköcheln. Zuerst die Zwiebeln dann die Erdbeeren gleichmäßig auf der Creme verteilen. Den belegten Teig im Backofen bei 200°C (Umluft) oder 210°C (Ober-/Unterhitze) ca. 15-20 min. backen (bis der Rand braun ist).

Mit Salz und Pfeffer würzen und mit Basilikumblättchen garnieren.

Rezept von Annamaria Zinnau
http://himbeerrotfoodart.blogspot.com

TIRAMISU & ERDBEEREN

Zutaten:

- etwas Getreidekaffee (Instant)
- etwas Rum
- etwas Amaretto
- 4 Eier
- 50 g Kristallzucker
- 1 Prise Salz
- 50 g Staubzucker
- 500 g Mascarino oder Mascarpone
- etwas Vanille
- 1–2 Packungen Vollkorn-Biskotten
- reines Kakaopulver zum Bestreuen
- 250 g frische Erdbeeren

Zubereitung:

1. Wasser zum Kochen bringen und ca. 1/4 Liter Getreidekaffee brühen, überkühlen lassen, dann mit Rum & Amaretto abschmecken.

2. Die Erdbeeren waschen, das Grüne entfernen und in feine Scheiben schneiden oder hoben.

3. Die Eier trennen. Das Eiweiß mit dem Kristallzucker und dem Salz zu steifen Schnee schlagen.

4. Die Dotter mit dem Staubzucker schaumig rühren, Mascarino und Vanille beigeben – dann alles gut verrühren. Zuletzt den Schnee unterheben und alles zu einer homogenen Masse vermischen.

5. Eine geeignete Form wählen, in welche das Tiramisu eingesetzt wird. Die Biskotten in der Getreidekaffee-Mischung tränken und in den Boden der Form schlichten. Dann eine Lage Erdbeeren darüber, gefolgt von einer Schicht Mascarino-Crème. Am Ende mit Crème abschließen und kräftig mit Kakaopulver bestreuen.

6. Mindestens 12 Stunden im Kühlschrank kalt stellen. Vor dem Servieren mit weiteren frischen Erdbeeren dekorieren.

Rezept von Die fabelhafte Welt von LILLI & JOJO
https://www.lilliundjojo.at

PANNA COTTA

Zutaten:

- Panna Cotta
- 500 ml süße Sahne
- 50 g Zucker
- 1 Vanilleschote
- 2 Blätter Gelatine

Zubereitung:

Die Gelatine in kaltem Wasser zehn Minuten einweichen.

Vanilleschote aufschlitzen, das Mark entfernen und mit dem Mark und dem Zucker zu der Sahne geben.

Sahne aufkochen und dann fünfzehn Minuten köcheln lassen. Ab und an umrühren.

Topf vom Herd nehmen, Vanilleschote entfernen und die Gelatine tropfnass mit einem Schneebesen unter die nicht mehr kochende Sahne rühren. Unter Rühren abkühlen lassen.

Dann vorsichtig auf die Gelatine gießen und die Gläser wieder für einige Stunden, am besten über Nacht, in den Kühlschrank stellen.

Rezept von Ariane Wirth-Piller
https://tradolceedamaro.blogspot.com

Quelle Panna Cotta: Die echte italienische Küche, Gräfe und Unzer, München 1990

RAVIOLI DI SCAMORZA CON BURRO AGLI AGRUMI

Ravioli aus dem Ristorante alla Madonna

Zutaten (für 2-3 Personen):

Pastateig

- 150 g Mehl, gesiebt
- 50 g Hartweizengrieß (semola di grano duro rimacinata)
- 2 Eier
- ein Prise Salz
- ein paar Tropfen Olivenöl

Füllung

- 150 g Scamorza, ital. halbfester
- Kuhmilchkäse (hier: ungeräuchert)
- 150 g Schafskäse-Ricotta (Ricotta di pecora)
- 1 El Parmigiano Reggiano, frisch gerieben
- ein paar frische Majoranblättchen
- Salz, frisch gemahlener Pfeffer
- frisch gemahlene Muskatnuss

Zubereitung:

Da das Herstellen der Pasta mit Fotos einfacher geht, das Grundrezept auf https://tradolceedamaro.blogspot.com holen und einen Pastateig machen. Diesen dann mindestens eine halbe Stunde im Kühlschrank ruhen lassen.

Scamorza reiben und mit der Ricotta und dem geriebenen Parmesan verkneten. Mit Majoranblättchen, Salz, Pfeffer und Muskatnuss abschmecken.

Den Pastateig mehrfach durch die Nudelmaschine drehen, dann in ausreichenden Abständen walnussgroße Häufchen der Füllung auf die Nudelplatten setzen, eine weitere Platte darüberlegen und mit dem Ravioliausstecher die einzelnen Nudeltaschen ausstechen.

Die Ravioli in köchelndem Salzwasser in 3 bis 4 Minuten garziehen.

Zitrusbutter

Zutaten:

- 60 g weiche Butter
- etwas Salz
- Abrieb einer unbehandelten Zitronen und einer Orange
- Parmesanspäne und Majoranblättchen

Zubereitung:

Die Butter mit dem Salz und dem Zitrusfrüchteabrieb verkneten.

Kurz vor dem Anrichten die Butter in einer Pfanne schmelzen lassen und die Ravioli darin schwenken.

Ravioli mit ein paar Parmesanspänen und Majoranblättchen servieren.

Rezept von Ariane Wirth-Piller
https://tradolceedamaro.blogspot.com

TORTA CAPRESE AL LIMONE E CIOCCOLATO BIANCO
Zitronenkuchen von Signor Costadella

Zutaten (für eine 26 cm-Springform)

- 150 g geschälte Mandeln
- 150 g weiße Schokolade
- 100 g Butter + Butter für die Form
- (eventuell Backpapier)
- 4 Eier
- 100 g Zucker
- 1 Vanillestange
- 60 g Kartoffelstärke
- 1 P. Backpulver
- 3 unbehandelte Zitronen
- 30 ml Limoncello (Rezept folgt)
- Puderzucker

Zubereitung:

Die Mandeln sehr fein mahlen und die Schokolade fein reiben. Mandeln und Schokolade mit dem Abrieb der drei Zitronen, der Kartoffelstärke und dem Backpulver in eine Schüssel geben. Eine Zitrone auspressen und die Butter schmelzen.

Den Backofen auf 170 Grad (Ober- und Unterhitze) vorheizen und den Boden einer Springform mit Backpapier auslegen. Den Springformrand mit Butter ausfetten.

Die vier Eier mit dem Zucker und dem ausgekratzten Vanillemark mit einem Handrührgerät mindestens 10 Minuten auf höchster Stufe hellschaumig aufschlagen; das Volumen sollte sich deutlich vergrößert haben.

Zitronensaft, Limoncello und zerlassene Butter unter die Trockenmasse rühren, dann vorsichtig mit einem Rührlöffel die aufgeschlagenen Eier unterheben.

Teig in die vorbereitete Springform füllen und im vorgeheizten Ofen 40 Minuten backen. Abgekühlt dick mit Puderzucker bestäuben.

Rezept von Ariane Wirth-Piller
https://tradolceedamaro.blogspot.com

IMPRESSUM

Bibliografische Informationen der Deutschen Nationalbibliothek
Die Deutsche Nationalbibliothek verzeichnet diese Publikation in der Deutschen Nationalbibliografie; detaillierte bibliografische Daten sind im Internet über

http://dnb.d-nb.de abrufbar.

ISBN: 978-3-95894-126-7 (Print) // 978-3-95894-127-4 (E-Book)

Bildnachweis: Shutterstock/alaver, Shutterstock/Woodhouse (Umschlag), Vecteezy.com (Buchblock), Sebastian Blaha (Autorinnenfoto)

E-Book-Herstellung: Open Publishing GmbH